Le Livre de Poche Jeunesse

La saga Waterfire
Deep Blue

Jennifer Donnelly

Jennifer Donnelly est née à Port Chester (New York) en 1963. Elle a étudié la littérature anglaise et l'histoire européenne à l'université de Rochester et fréquenté le Birkbeck College de l'université à Londres. Elle a vécu quelques années en Angleterre avant de s'installer à Brooklyn avec son mari.

JENNIFER DONNELLY

La saga Waterfire
Deep Blue

Traduit de l'anglais (États-Unis)
par Lucile Galliot

REMERCIEMENTS

Mes remerciements les plus chaleureux à Stephanie Lurie, Suzanne Murphy, Jeanne Mosure et l'ensemble de l'équipe de Disney pour m'avoir présentée à Sera et au reste de la bande ; à Steve Malk, l'agent le plus merveilleux qu'un auteur puisse rêver d'avoir ; ainsi qu'à ma mère, Wilfriede, mon mari, Doug, et ma fille, Daisy, pour leur amour, leurs encouragements, et pour avoir toujours, toujours été là pour moi.

Illustrations de couverture : © Shane Rebenscheid
Design de couverture : © SJI Associates, Inc.

Traduit de l'anglais (États-Unis) par Lucile Galliot

L'édition originale de cet ouvrage a paru en langue anglaise chez
Disney•Hyperion,
an imprint of Disney Book Group., sous le titre :
THE WATERFIRE SAGA: DEEP BLUE

Pour Daisy, avec tout mon amour.

Car plus d'une fois, glissant doucement
jusqu'à la plage,
Silencieux, esquivant les rayons de lune,
m'immergeant dans l'ombre,
Me remémorant alors les formes obscures,
les échos,
Les bruits et les images, tous à leur façon,
Les bras blancs des brisants s'agitant sans relâche,
Moi, pieds nus – un enfant –, le vent caressant
mes cheveux,
J'écoutais inlassablement.

— Extrait de *Sorti du berceau balancé sans fin*,
de Walt Whitman

PROLOGUE

Du cœur des montagnes noires et de la nuit roumaine, du plus profond des eaux froides et sombres de l'Olt ancestral, le chant des sorcières des rivières s'éleva :

Fille de Merrow, réveille-toi,
Quitte à jamais l'enfance et ses voies.
Le rêve laisse place à un cauchemar odieux.
Ne dors plus, mon enfant, ouvre les yeux…

Des ombres où elle se tenait, la vénérable Baba Vrăja observait le feu d'eau[1] bleu d'un regard anxieux et vigilant.

— *Vino, un rău. Arată-te*, murmura-t-elle dans sa langue séculaire. *Viens, créature maléfique, montre-toi.*

Autour du feu d'eau, les huit sorcières des rivières continuaient de psalmodier. Les mains jointes, elles nageaient en

1. « Waterfire » en anglais, d'où le titre. Un glossaire des termes propres à cet univers est placé en fin d'ouvrage (page 339 à page 350).

cercle dans le sens inverse des aiguilles d'une montre, leurs queues puissantes les propulsant à travers l'onde.

Fille de Merrow, toi l'élue,
Voici le début de la fin, ton heure est venue.
Le temps est compté, notre sortilège se dissout,
Note après note, notre mélopée se dénoue.

— *Vin, diavolul, vin*, grogna Vrăja en se rapprochant du cercle. *Eşti lângă... te simţi... Viens, démon, viens. Tu es proche... Je le sens...*

Sans crier gare, le feu d'eau s'amplifia et ses flammes dardèrent telles des langues de serpent dans l'obscurité. La tête inclinée, les sorcières resserrèrent l'étreinte de leurs mains. Soudain, la plus jeune d'entre elles poussa un cri et se plia en deux, terrassée par la souffrance.

Vrăja connaissait bien cette douleur. Elle vous déchirait l'intérieur comme un crochet d'acier à la pointe aiguisée. Elle nagea jusqu'à la jeune sorcière.

— Bats-toi, *dragă* ! lui dit-elle. Sois forte !

— Je... je ne peux pas. C'est beaucoup trop ! Que les dieux me viennent en aide !

Sa peau – du même gris moucheté que les galets des rivières – commença à blêmir et sa queue s'agita frénétiquement.

— Bats-toi ! répéta Vrăja d'une voix forte. Le cercle ne doit pas se briser ! Les Iele ne peuvent faiblir !

Dans un cri déchirant, la jeune sorcière releva la tête, puis joignit de nouveau sa voix au chant. Aussitôt, des couleurs apparurent dans le feu d'eau. Elles tourbillonnèrent un instant, puis fusionnèrent pour former une image : une porte de bronze incrustée de glace, enfouie profondément sous la surface. Alors une rumeur s'éleva – comme un millier de murmures.

Shokoreth... Amăgitor... Apateón...

Derrière la porte, quelque chose remua. Cela semblait émerger d'un long sommeil. La chose tourna son visage sans yeux vers le nord et se mit à rire.

Shokoreth… Amăgitor… Apateón…

Vrăja se rapprocha encore du feu d'eau et ferma les yeux par mesure de protection. Contre la vision. Contre le mal et la peur. Contre la marée rouge sang qui approchait. Elle puisa au plus profond de son être et offrit à la magie tout ce qu'elle possédait, tout ce qu'elle était. Sa voix s'affermit et, couvrant celle des autres, submergea les murmures, les craquements de la glace et les gloussements rauques de la créature.

Fille de Merrow, trouver les cinq est ton devoir,
Avec assez de courage pour garder espoir.
Le cœur de l'une abritera la lumière,
Une autre, tel un prophète, est visionnaire.

L'une, qui manque encore de foi,
De mentir n'a d'autre choix.
Une autre possède une âme forte et sûre.
La dernière maîtrise le chant des créatures.

Ensemble, trouvez les talismans
Qui appartenaient aux six Puissants,
Dissimulés sous des eaux délétères
Suite au duel entre ténèbres et lumière.

Ces objets ne doivent être rassemblés
Ni dans la colère, l'envie ou la rage.
Par la courageuse Merrow ils furent dispersés,
De peur qu'ils ne libèrent la destruction de sa cage.

Venez à nous, par les mers et les rivières,
Devenez un seul esprit, un seul cœur, à l'unisson

Avant que les eaux et les créatures qui y prospèrent
Soient dévastées par Abbadon !

La chose derrière les barreaux hurla de rage et se jeta contre la porte. L'impact créa une onde de choc qui déferla jusqu'aux sorcières en passant par le feu d'eau. La puissance de la secousse ébranla leur cercle, menaçant de le briser, mais elles tinrent bon. La chose tendit une main à travers les barreaux, comme pour atteindre Vrăja et lui arracher le cœur. Le feu d'eau grandit encore, puis s'éteignit subitement. La chose avait disparu. La rivière redevint silencieuse.

Une à une, les sorcières coulèrent à pic au fond de la rivière. Étendues sur la vase satinée, les yeux clos, elles haletaient, recroquevillées sur leurs nageoires froissées.

Il ne restait plus que Vrăja, flottant là où le cercle s'était tenu. Son visage ridé trahissait une grande fatigue, à l'image de sa vieille silhouette, courbée en avant. Des mèches de cheveux gris, échappées de sa longue tresse, tournoyaient comme des anguilles autour de sa tête. Elle poursuivit seule la psalmodie, et sa voix – lasse mais pleine de défi – s'éleva à travers les eaux sombres.

Fille de Merrow, réveille-toi,
Quitte à jamais l'enfance et ses voies.
Debout, mon enfant ! Trouver les cinq est ton devoir,
Il est encore temps de garder espoir.

Debout, mon enfant ! Trouver les cinq est ton devoir,
Il est encore temps de garder espoir.
Debout, mon enfant…

1

— Debout, mon enfant ! Par les larmes de Circé… Voilà déjà cinq fois que je t'appelle ! Aurais-tu du sable dans les oreilles, ce matin ?

Serafina se réveilla en étouffant un petit cri. Ses longs cheveux brun cuivré tombaient sur ses épaules en une cascade désordonnée. Ses yeux d'un vert profond étaient écarquillés d'effroi. Cette chose dans la cage… Ses gloussements rauques et ses horribles cris résonnaient encore dans son esprit. Elle pouvait percevoir sa perfidie et sa rage. Le cœur battant, elle fouilla la pièce du regard, convaincue que la créature se trouvait à ses côtés, mais constata rapidement qu'il n'y avait aucun monstre dans sa chambre.

Seulement sa mère. Tout aussi effrayante, à sa façon

C'est bien le jour pour se prélasser au lit ! Le Dokimí a lieu ce soir et il te reste beaucoup de choses à faire !

La Serenissima Regina Isabella, souveraine de Miromara, nageait d'une fenêtre à une autre et tirait les rideaux d'un geste sec.

La lumière du jour provenant des eaux supérieures pénétra à travers les vitres, réveillant les vers tubicoles massés sur le pourtour de la chambre. Dans une explosion de couleurs, ils déployèrent leurs plumeaux, éclaboussant les murs de jaune, de bleu de cobalt et de magenta. Les rayons ocre réchauffèrent les touffes d'algues ancrées au sol. Elles miroitèrent dans la glace d'un grand miroir doré et allèrent se refléter sur les murs de corail perlé. Pelotonnée au pied du lit, une petite pieuvre verte – Sylvestre, l'animal de compagnie de Serafina – déguerpit pour échapper à la lumière.

— Tu ne pourrais pas te contenter de jeter un chanvoûtement, maman ? marmonna Serafina, la voix encore rauque de sommeil. Ou demander à Tavia de le faire à ta place ?

— J'ai envoyé Tavia chercher ton petit déjeuner. Et non, je ne vais pas jeter de chanvoûtement pour tirer tes rideaux. Comme je te l'ai déjà dit des milliers de fois…

— … on ne gâche pas la magie pour les tâches quotidiennes, récita Serafina.

— Exactement. Maintenant, lève-toi ! L'empereur et l'impératrice sont arrivés. Tes suivantes t'attendent dans ton antichambre, la canta magus sera bientôt là pour répéter ton chanvoûtement et toi tu restes affalée là, aussi paresseuse qu'une éponge !

Isabella chassa un banc de poissons violets de devant l'une des fenêtres et regarda à l'extérieur.

— La mer est si calme aujourd'hui… On peut même voir le ciel ! Espérons qu'aucune tempête ne viendra troubler les eaux.

— Qu'est-ce que tu fais ici, maman ? demanda Serafina, qui doutait que sa mère se soit déplacée pour lui parler météo. Tu n'as pas un royaume à gouverner ?

— Si, répondit-elle d'un ton glacial. Merci de t'en soucier. Mais n'aie crainte : j'ai confié la Miromara l'espace d'une petite heure aux mains parfaitement compétentes de ton oncle.

Dans un scintillement d'écailles argentées, Isabella traversa la pièce pour rejoindre le lit de sa fille, sa robe en soie de mer grise virevoltant derrière elle, son épaisse chevelure noire ramassée en un haut chignon sur le sommet de sa tête.

— Regardez-moi toutes ces conques ! s'exclama-t-elle en jetant un regard noir vers le tas de coquillages blancs qui jonchaient le sol au pied du lit de Serafina. Tu as dû veiller tard pour écouter tout cela, j'imagine !

— Je n'avais pas le choix ! se défendit Serafina. Je dois rendre ma conque-dissert sur le Périple de Merrow la semaine prochaine !

— Pas étonnant que j'aie tant de mal à te tirer du lit ! répliqua Isabella en ramassant un des coquillages pour le porter à son oreille. *La conquête merrovingienne des Landes de Thira* par le professore Giovanni Bolla, dit-elle avant de s'en débarrasser. J'espère que tu n'as pas perdu trop de temps sur cette conque-là. Bolla est un imbécile. Un chef militaire en pantoufles. Il prétend que les Opafago ont été maîtrisés sous la menace de représailles. Sornettes ! Les Opafago sont des cannibales et les cannibales n'ont que faire des décrets-lois. Un jour, Merrow leur a envoyé un messager pour leur dire qu'ils encouraient des sanctions, et ils l'ont mangé !

Serafina poussa un petit grognement.

— Alors, c'est pour *ça* que tu es venue ? Tu ne crois pas qu'il est trop tôt pour une leçon de politique ?…

— Il n'est *jamais* trop tôt pour la politique. C'est l'encerclement par les soldats miromarains, les acqua guerrieri, qui a eu raison des Opafago. La force, pas la diplomatie. N'oublie jamais cela, Sera. Ne t'assois jamais à la table des négociations avec des cannibales, ou c'est *toi* qui finiras au menu.

— Je garderai ça à l'esprit, maman, promit Serafina en levant les yeux au ciel.

Elle se redressa dans la gigantesque coquille Saint-Jacques nacrée qui lui servait de lit, et s'étira. La moitié inférieure du coquillage, garnie d'une épaisse couche d'anémones roses moelleuses, constituait sa couche. L'autre moitié formait le baldaquin, perché sur les pointes de quatre grandes turritelles. Des tentures d'algues japonaises y étaient suspendues, entre lesquelles de minuscules poissons jouaient à cache-cache.

Lorsque Serafina se leva, les doigts boudinés des anémones tentèrent de s'agripper à elle. Elle enfila une robe de soie de mer blanche brodée de fils d'or et de semence de perles. Dans la lumière sous-marine, ses écailles chatoyaient à la manière du cuivre neuf. Elles lui couvraient la queue comme le buste et mettaient en valeur les reflets cuivrés, quoique plus sombres, de sa chevelure. Cette couleur lui venait de son père, le principe consorte Bastiaan, héritier de la Maison des Kaden, famille noble originaire de la mer de Marmara. Ses nageoires, d'un rose corail pastel aux reflets verts, alliaient souplesse et puissance. Elle avait la silhouette fuselée et la grâce d'une nageuse sous-marine hors pair. Le grain de sa peau, d'une jolie teinte olive, ne présentait jamais le moindre défaut, mais, ce matin, son visage était blême et des cernes lui soulignaient les yeux.

— Que se passe-t-il ? demanda Isabella lorsqu'elle remarqua la pâleur de sa fille. Tu es aussi blanche que le ventre d'un requin. Es-tu malade ?

— Je n'ai pas très bien dormi. J'ai fait un cauchemar, répondit-elle en glissant une ceinture autour de sa taille. Il y avait quelque chose d'horrible dans une cage. Un monstre. Il voulait s'échapper et je devais l'en empêcher, mais je ne savais pas comment faire.

À mesure qu'elle parlait, les images lui revenaient en mémoire, effroyables et prégnantes.

— Une terreur nocturne, rien de plus, affirma Isabella d'un ton dédaigneux. Rien d'étonnant quand on a les nerfs en pelote.

— Les Iele étaient là, poursuivit Serafina. Les sorcières des rivières. Elles voulaient que je les rejoigne… Tu me racontais des histoires sur les Iele, autrefois. Tu disais qu'elles étaient les créatures les plus puissantes de notre espèce et que, si un jour elles nous appelaient, on *devait* y aller. Tu te rappelles ?

Isabella sourit, fait rare chez la souveraine.

— Oui. Ce qui me surprend, c'est que toi, tu te le rappelles ! Je te racontais ces histoires quand tu étais petite sirle. Pour que tu sois plus sage. Je prétendais que si tu ne restais pas en place, comme doit le faire toute principessa de la Maison de Merrow, les Iele te convoqueraient pour te tirer les oreilles ! Ce n'étaient que des épouvantails de mousse et d'écume…

Serafina savait bien que les sorcières des rivières n'existaient pas, mais elles lui avaient paru si réelles dans son rêve !

— Elles étaient vraiment là, juste devant moi ! Si proches qu'il m'aurait suffi de tendre la main pour les toucher, insista-t-elle avant de secouer la tête, consciente de sa propre naïveté. Mais ce n'était qu'un rêve, bien sûr. Et j'ai bien plus important à penser aujourd'hui.

— En effet. Ton chanvoûtement est prêt ?

— Ah, c'est donc pour *ça* que tu es ici, répliqua Serafina avec malice. Pas pour me souhaiter bonne chance, ni pour me conseiller une coiffure, me parler du prince héritier, ou quoi que ce soit d'autre qui ressemblerait à une conversation normale entre une mère et sa fille. Non ! Tu es juste venue t'assurer que je n'allais pas rater mon chanvoûtement…

Isabella la fixa de son regard bleu acier.

— Te souhaiter bonne chance ne servirait à rien. Ta coiffure ne t'aidera pas non plus. La seule chose qui compte, c'est ton chanvoûtement. J'attends de toi la perfection, Sera.

La perfection. Serafina travaillait si dur dans tout ce qu'elle entreprenait : ses études, ses jets de chant, ses compétitions hippiques… ! Mais elle avait beau exiger beaucoup d'elle-même, sa mère parvenait toujours à viser plus haut.

— Inutile de te rappeler que la cour de Miromara et celle de Matali seront dans l'assistance, poursuivit Isabella. Tu ne peux te permettre la moindre fausse note. Chose qui n'arrivera pas, pour peu que tu ne perdes pas tes moyens. Les nerfs sont nos pires adversaires. Apprends à les dominer, ou c'est eux qui te domineront. Dis-toi que ça pourrait être bien pire : tu n'es pas en guerre, ni en plein marasme parlementaire… Ce n'est qu'un Dokimí, après tout !

— C'est ça, maman. Ce n'est qu'un Dokimí, gronda Serafina, les nageoires flamboyantes de colère. Rien qu'une cérémonie au cours de laquelle Alítheia me déclarera fille du sang… ou me tuera ; où je devrai *seulement* jeter mon chant aussi bien qu'une canta magus ; où je devrai *seulement* prononcer mes vœux de fiançailles et promettre au royaume de lui donner un jour une fille. Franchement, il n'y a pas de quoi fouetter un poisson-chat !

Un silence pesant tomba sur la pièce. Ce fut Isabella qui le brisa :

— Un jour, mes nerfs m'ont trahie, moi aussi. Mes ministres d'État s'étaient ligués contre moi à propos d'une initiative commerciale importante, et…

— Maman ! l'interrompit Serafina avec colère. Tu ne pourrais pas agir en mère pour une fois, et oublier l'espace d'une seconde que tu es la regina ?

Isabella esquissa un sourire triste.

— Non, Sera. Je ne peux pas.

Dans le ton brusque de sa voix perçait comme un soupçon de regret.

— Quelque chose ne va pas ? demanda Serafina, soudain inquiète. Que se passe-t-il ? Les Matalins sont arrivés sans encombre, j'espère ?

Il n'était pas rare que des bandes de hors-la-loi s'attaquent aux voyageurs qui traversaient certaines voies maritimes peu fréquentées. Les pires d'entre eux, les Praedatori, étaient connus pour dépouiller leurs victimes de tout ce qui pouvait avoir de la valeur : écums, bijoux, armes, jusqu'aux hippokampes que chevauchaient les voyageurs.

— Les Matalins vont très bien. Ils sont arrivés la nuit dernière. Tavia les a vus. Ils ont fait bonne route, mais sont épuisés. Qui ne le serait pas ? C'est un long voyage que de rejoindre la mer Adriatique depuis l'océan Indien.

Serafina se sentit soulagée. Elle ne s'inquiétait pas seulement pour le prince héritier et ses parents, l'empereur et l'impératrice, mais aussi pour Neela, la cousine du prince, qui avait pris part, elle aussi, à l'expédition mataline. Neela était la meilleure amie de Serafina, et il lui tardait de la retrouver. Sera avait beau passer ses journées entourée d'une foule de personnes, elle souffrait de solitude. En présence de ses servantes et des dames de sa cour, elle ne pouvait jamais se permettre de baisser la garde. Neela était la seule avec qui elle se sentait vraiment elle-même.

— Desiderio a-t-il chevauché à leur rencontre pour les accueillir ? demanda-t-elle.

Isabella marqua une courte hésitation.

— En fait, c'est ton père qui s'en est chargé.

— Pourquoi ? Je croyais que Des devait le faire ?

Serafina savait que son frère était impatient d'accueillir les Matalins. Mahdi – le prince héritier – et lui étaient de vieux amis.

— Desiderio a été envoyé sur la frontière occidentale. En compagnie de quatre régiments d'acqua guerrieri, répondit Isabella sans ambages.

Serafina était abasourdie. Et inquiète pour son frère.

— Quoi ? s'exclama-t-elle. Quand ?

— Tard hier soir. Sur ordre de ton oncle.

Vallerio, le frère d'Isabella, était le chef d'état-major des armées de Miromara, ce qui plaçait son autorité au second rang, juste après celle de sa sœur.

— Pourquoi ? demanda Sera, angoissée.

Chaque régiment comptait trois mille guerrieri. La situation à la frontière occidentale devait être particulièrement menaçante pour que son oncle y envoie tant de soldats.

— Nous avons eu vent d'une nouvelle attaque. Contre Acqua Bella, un village au large des côtes de la Sardaigne.

— Combien de personnes ont été enlevées ? demanda Serafina, effrayée à l'avance par la réponse.

— Plus de deux mille.

Isabella détourna le visage, mais sa fille eut le temps de voir ses yeux briller de larmes contenues.

Les attaques avaient commencé une année plus tôt. Et, depuis, six villages miromarains avaient été frappés. Personne ne savait pourquoi les assaillants enlevaient les villageois, ni où ils les emmenaient ou qui était derrière ces razzias. C'était comme s'ils s'évanouissaient chaque fois dans l'écume.

— Y a-t-il eu des témoins, cette fois-ci ? Sais-tu qui a fait ça ?

Son aplomb retrouvé, Isabella se retourna vers Serafina.

— Non. Si seulement nous le savions ! Ton frère pense que c'est l'œuvre des terragoggs.

— Les *humains* ? Impossible, objecta Serafina. Des chanvoûtements nous protègent d'eux. Et ce, depuis que les Mer ont été créés, il y a quatre mille ans. Ils ne peuvent pas entrer en contact avec nous. Ils n'ont jamais pu le faire.

Elle frissonna à l'idée que les humains puissent un jour découvrir comment briser les chanvoûtements. Le peuple mer serait aussitôt arraché à l'océan, ses membres piégés par milliers dans leurs impitoyables filets. Ils deviendraient des objets de transaction, emprisonnés dans des aquariums pour divertir les goggs. Leur nombre chuterait de façon dramatique, comme cela avait été le cas pour le thon ou la morue. Aucune autre créature, qu'elle soit marine ou terrestre, ne se montrait aussi cupide et fourbe que les terragoggs. Même les Opafago, bien que sauvages et brutaux, ne chassaient que pour se nourrir. Les goggs, eux, s'appropriaient absolument tout.

— Je ne crois pas que ce soient les humains, précisa Isabella. C'est ce que j'ai dit à ton frère. Mais un grand chalutier a été repéré à proximité des eaux d'Acqua Bella, et Desiderio est convaincu qu'il est impliqué. Ton oncle, pour sa part, pense que l'Ondalina se cache derrière ces attaques et qu'elle planifie aussi de prendre Cerulea d'assaut. C'est pourquoi il a envoyé nos régiments faire une démonstration de force le long de la frontière occidentale.

Tout cela n'avait rien de réjouissant. L'Ondalina, le royaume des Mer de l'Arctique, était un vieil ennemi. Il avait déclenché – et perdu – une guerre contre la Miromara près d'un siècle plus tôt, et l'inimitié des Ondaliniens avait continué de couver dans l'ombre du traité de paix.

— Comme tu le sais, l'Ondalina a rompu le permutavi il y a trois mois, poursuivit Isabella. Ton oncle pense que l'amiral Kolfinn a agi ainsi dans le dessein de faire obstacle à tes fiançailles avec le prince héritier et de proposer la main de sa fille Astrid en échange. Une alliance avec la Matali s'avérerait tout aussi précieuse pour eux que pour nous.

Découvrir les machinations de l'Ondalina lui faisait froid dans le dos, mais Serafina était surprise – et flattée – que sa mère discute de tout cela avec elle.

— Peut-être vaudrait-il mieux reporter le Dokimí ? suggéra-t-elle. À la place, tu pourrais réunir le Conseil des Six Eaux pour lancer un avertissement à l'Ondalina. L'empereur Bilaal est déjà là. Tu n'aurais plus qu'à convoquer le président de l'Atlantica, le vénérable du Qin et la reine d'Eaudouce.

Le visage d'Isabella s'assombrit et Serafina comprit qu'elle aurait mieux fait de se taire.

— Le Dokimí ne peut pas être reporté ! La stabilité de notre royaume en dépend. La lune est pleine et les marées sont hautes. Tous les préparatifs sont achevés. Un report fournirait un atout de plus à Kolfinn !

Désireuse de voir un peu d'estime dans les yeux de sa mère, Serafina fit une nouvelle tentative :

— Et si nous dépêchions un régiment supplémentaire sur la frontière occidentale ? Dans une des conques que j'ai écoutées hier…

Fouillant dans les coquillages qui jonchaient le sol, elle en ramassa un à la hâte.

— La voilà : *Traité sur les mesures de défense.* On y apprend qu'une simple démonstration de force peut suffire à décourager l'ennemi, et que…

Isabella la coupa net :

— Ce n'est pas l'oreille collée sur une conque que tu apprendras à gouverner un royaume !

— Mais, maman, la démonstration de force a fonctionné avec les Opafago dans les Landes ! C'est toi-même qui l'as dit il y a cinq minutes !

— Oui, ça a marché, mais c'était un tout autre contexte. À cette époque, Cerulea n'était pas sous la menace de raids éclair. Merrow pouvait se permettre de transférer ses guerrieri depuis la cité jusque dans les Landes. Comme tu le sais – du moins je l'espère –, nous avons actuellement six régiments en garnison ici, dans la capitale. Quatre ont déjà été envoyés à la frontière occidentale avec Desiderio. Si l'on en dépêche un de plus, il ne nous en restera plus qu'un sur place.

— Oui, mais…

— Et que se passera-t-il si les pillards qui ont frappé nos villages décidaient d'attaquer Cerulea alors que nous n'avons plus qu'un seul régiment de guerrieri pour nous défendre et pour défendre les Matalins ?

— Nous avons toujours ta garde personnelle, les Janiçari, répliqua Serafina d'une voix devenue aussi faible que ses espoirs d'impressionner sa mère.

Isabella balaya ses propos d'un revers de la main.

— Ça n'est jamais qu'un millier de soldats supplémentaires, tout au plus. Ça ne suffit pas pour organiser une stratégie de défense efficace. Réfléchis, Serafina, réfléchis ! Gouverner, c'est comme jouer aux échecs. Le danger peut venir de toutes les directions, d'un pion comme d'une reine. Tu dois jouer le plateau entier, pas la pièce isolée. Dans quelques heures à peine, tu seras proclamée héritière du trône miromarain. Tu *dois* apprendre à réfléchir !

— Mais je réfléchis ! cria Serafina. Au nom des dieux, maman ! Pourquoi es-tu toujours aussi dure avec moi ?

— Parce que tes ennemis le seront mille fois plus que moi ! répondit Isabella sur le même ton.

Un autre silence douloureux s'interposa entre la mère et la fille, bientôt interrompu par un martèlement frénétique sur la porte.

— Entrez ! aboya Isabella.

Les portes de la chambre s'ouvrirent et un des pages de Vallerio nagea à l'intérieur. Il s'inclina devant les deux sirènes, puis s'adressa à Isabella :

— Le seigneur Vallerio m'envoie vous escorter jusqu'à votre salle d'apparat, Votre Grâce.

— Pourquoi ?

— Des rapports font part d'une nouvelle attaque.

Isabella serra les poings.

— Dites au seigneur Vallerio que je m'y rends immédiatement.

Le page s'inclina, puis quitta la pièce.

Serafina s'avança vers sa mère.

— Je viens avec toi.

— Non, dit la souveraine d'un ton sec. Prépare-toi pour ce soir. Tout doit bien se passer. Nous avons désespérément besoin de cette alliance avec la Matali. Aujourd'hui plus que jamais.

— Maman, je t'en prie…

Mais il était trop tard. Isabella avait déjà quitté la chambre de Sera d'un battement de nageoire.

Elle était partie.

2

Lorsque la porte se referma sur Isabella, Serafina sentit des larmes lui monter aux yeux, mais elle les refoula.

Les conversations avec sa mère se terminaient presque toujours sur un silence embarrassé ou des propos enflammés. Elle avait fini par s'y faire. Mais cela restait malgré tout douloureux.

Un tentacule gracile lui caressa l'épaule. Un autre s'enroula autour de son cou. Un troisième se lova autour de son bras. Extrêmement sensible à l'humeur de sa maîtresse, Sylvestre était devenu bleu d'inquiétude. Elle posa la tête contre la sienne.

— Le Dokimí me fait tellement peur, Sylvestre ! Ma mère ne veut pas m'écouter, mais peut-être que Neela le fera, elle ? J'ai vraiment besoin d'en parler à quelqu'un. Et si Alítheia m'arrachait la tête ? Et si je ratais mon chanvoûtement ? Et si Mahdi ne…

Serafina ne put exprimer sa dernière crainte à voix haute. C'était bien plus terrifiant que toutes les épreuves qui l'attendaient.

— Serafina ! Mon enfant, où es-tu ? Ta coiffeuse est là !

C'était Tavia, sa gouvernante, qui l'appelait depuis son antichambre. Sylvestre fila dès qu'il entendit le son de sa voix. Le temps n'était plus aux tracasseries. Il fallait qu'elle y aille. Elle était attendue par Tavia, par la canta magus et par sa cour au grand complet.

— J'arrive !

Elle se dirigea vers la porte, puis s'arrêta net. De l'autre côté de ces battants, elle n'était plus Serafina, mais *Votre Grâce*, *Votre Majesté* ou encore *Sérénissime Principessa*. Elle leur appartenait.

Elle détestait l'atmosphère étouffante de sa cour. Elle détestait les chuchotements, les regards échangés, les sourires de façade.

En présence de sa cour, elle devait toujours être habillée à la perfection, nager gracieusement, ne jamais élever la voix, sourire ou converser à propos des marées, quand elle aurait cent fois préféré aller galoper avec Clio ou explorer les ruines de la reggia, l'ancien palais de Merrow. Elle détestait le poids écrasant des conventions, l'obligation constante de se montrer parfaite en tout, ainsi que les regards acerbes et les commentaires acérés si elle ne l'était pas.

— Deux minutes, murmura-t-elle.

D'un battement de queue, elle s'élança vers l'autre extrémité de sa chambre, poussa les portes de la baie vitrée et sortit sur le balcon, faisant sursauter un couple de poissons-perroquets posé sur la balustrade. En contrebas s'étalait la cité royale.

Cerulea, vaste et tentaculaire, avait grandi au fil des siècles, faisant du tout premier village mer le centre culturel qu'il était aujourd'hui. Cette magnifique cité antique avait été bâtie tout en quartz bleu, extrait des fonds marins. À cette heure de la journée, les rayons du soleil transperçaient la Queue du Diable, un immense bosquet épineux protecteur qui flottait au-dessus de la ville, et faisaient miroiter les toits des maisons.

Le palais d'origine se dressait au centre de Cerulea. Lorsque son toit s'était écroulé plusieurs siècles auparavant, un nouveau palais avait été érigé au sommet d'un mont sous-marin – une construction baroque faite de corail, de quartz et de nacre. C'était là, désormais, que vivaient la famille royale et la cour. Les ruines de la reggia se trouvaient toujours au cœur de la ville, comme pour rappeler le poids du passé.

Les yeux de Serafina balayèrent les rues sinueuses de Cerulea, les flèches du Kolegio avec ses professeurs en robes noires et son énorme Ostrokon, le quartier de la Toise Dorée, ses grandes résidences, ses restaurants chic et ses magasins de luxe. Son regard voyagea plus loin encore, par-delà les murs de la ville, pour se poser sur le Kolisseo, où flottaient le drapeau royal de la Miromara – une branche de corail rouge sur fond d'argent – et celui de la Matali – un dragon rampant tenant dans sa patte un œuf bleu argenté. C'était là-bas, dans quelques heures seulement, que Sera subirait l'épreuve du Dokimí devant la cour, la famille royale mataline, les Mer de Miromara…

… et Mahdi.

Voilà deux ans qu'elle ne l'avait pas vu. Fermant les yeux, elle se remémora son visage : ses yeux sombres, son sourire timide, son expression sérieuse. L'âge venu, ils se marieraient. Ce soir, ils prononceraient leurs vœux de fiançailles. Elle trouvait cette coutume ridicule, mais était heureuse que ce soit lui et pas un autre. Les dernières paroles qu'il lui avait adressées juste avant de repartir pour la Matali résonnaient encore à ses oreilles :

— Mon choix, lui avait-il murmuré en lui prenant la main. Le *mien*. Pas le leur.

Serafina rouvrit les yeux. Leur éclat vert était troublé par l'inquiétude. Une fois rentré chez lui, Mahdi lui avait envoyé des conques privées, portées par un messager de confiance. Chaque fois que l'une d'elles lui parvenait, elle s'enfuyait dans sa chambre, impatiente de coller le coquillage à son oreille pour entendre le son de sa voix. Mais, au bout d'un an, les conques privées avaient cessé d'arriver et laissé place à des messages officiels dans lesquels Mahdi parlait d'une voix empruntée et formelle.

À peu près à la même époque, Serafina avait commencé à entendre des rumeurs à propos de lui. On racontait qu'il était devenu fêtard, qu'il passait ses nuits à dériver de banc en banc, à traîner avec des amis aux mœurs dissolues, et qu'il dépensait des fortunes en montures de caballabong, un sport comparable au polo des goggs. Serafina n'était pas sûre qu'il faille croire à toutes ces histoires, mais… Et si c'était vrai ? Et s'il avait changé ?

— Serafina, vas-tu venir, oui ? l'appela sa gouvernante. Thalassa va arriver d'une minute à l'autre et tu sais qu'elle n'aime pas qu'on la fasse attendre !

— J'arrive, Tavia ! cria la sirène en regagnant l'intérieur de sa chambre.

Serafina…

— Grande déesse Neria, j'ai dit que j'arrivais !

Fille de Merrow, toi l'élue…

Serafina se figea. Ça n'était pas la voix de Tavia. Ça ne venait pas de l'antichambre.

Ça venait de derrière son dos.

— Qui est là ? s'écria-t-elle en pivotant sur place.

Voici le début de la fin, ton heure est venue…

— Giovanna, c'est toi ? Donatella ?

Mais personne ne répondit. Car il n'y avait personne.

Soudain, elle perçut un mouvement furtif sur sa gauche et laissa échapper un petit cri. Mais elle éclata aussitôt de rire, soulagée. Ce n'était que son miroir ! Une vitrina tournait en rond à l'intérieur.

Grand et très ancien, son miroir possédait un cadre doré vermoulu et une glace piquée de taches noires. Il avait été récupéré dans une épave de terragogg. Des fantômes vivaient à l'intérieur. Il s'agissait de vitrina : des âmes d'humains beaux et vaniteux qui avaient passé trop de temps à s'y admirer. Le miroir avait fini par les capturer. Leur beauté avait fané, leur corps péri, mais leur esprit continuait de vivre, piégé pour toujours derrière la glace.

Le miroir de Serafina abritait une comtesse, un jeune et beau duc, trois courtisanes, un acteur et un archevêque. Ils lui adressaient souvent la parole. C'était la comtesse qu'elle venait de voir bouger.

Serafina toqua sur le cadre. La comtesse souleva ses épais jupons et courut à sa rencontre, ne s'arrêtant qu'à quelques centimètres de la glace. Elle portait une haute perruque blanche extrêmement élaborée. Elle avait le visage poudré, les lèvres peintes, et elle semblait effrayée.

— Il y a quelqu'un avec nous, Principessa, souffla-t-elle en jetant un regard par-dessus son épaule. Quelqu'un qui n'est pas d'ici.

Elles la virent au même moment : une silhouette se détachait au loin, sombre et immobile. Serafina avait entendu dire que les miroirs servaient parfois de portails sous l'eau et que l'on pouvait les emprunter à loisir, à condition de savoir comment faire. Toutefois, seuls les mages les plus puissants s'avéraient capables de nager dans ce monde de liquide argenté. Serafina ne connaissait personne qui l'ait fait. Pas même Thalassa. Sous ses yeux et ceux de la comtesse, la silhouette avança dans leur direction.

— Ce n'est pas une vitrina, siffla la comtesse. Si ça peut entrer, ça peut aussi sortir. Éloignez-vous du miroir ! *Vite !*

La silhouette s'approchait toujours, et Serafina reconnut aux teintes grises et marron de sa queue mouchetée qu'il s'agissait d'une sirène des rivières. Elle portait un long manteau noir composé de plumes de balbuzard. Une collerette, faite de bois de cerf entremêlés, se dressait derrière sa nuque. Ses cheveux étaient gris, ses yeux perçants. Elle chantait.

Le temps est compté, notre sortilège se dissout,
Note après note, notre mélopée se dénoue…

Serafina reconnut la voix. Elle l'avait entendue dans son cauchemar. Elle appartenait à Baba Vrăja, la sorcière des rivières.

La comtesse l'avait incitée à fuir, mais Serafina en était incapable. Figée sur place, elle avait le visage à quelques centimètres seulement de la glace, le cœur au bord des lèvres.

Vrăja l'appela :

— Viens, mon enfant.

Serafina leva lentement la main, comme plongée en transe. Elle allait toucher le miroir lorsque Vrăja s'arrêta subitement de chanter. Elle se retourna pour regarder quelque chose – quelque chose que Serafina ne pouvait pas voir. Ses yeux s'écarquillèrent d'effroi.

— Non !

La sorcière se contorsionna puis vola en éclats. Une centaine d'anguilles se tortillèrent à l'endroit où elle se trouvait l'instant d'avant, puis disparurent dans les profondeurs argentées.

Quelques secondes plus tard, un terragogg apparut dans le cadre, faisant naître à chacun de ses pas des rides à la surface de l'argent. Il portait un costume noir. Ses cheveux, coupés très court, étaient d'un blond si clair qu'ils en paraissaient presque blancs. Il se tenait de profil et observait les dernières anguilles disparaître. L'une d'elles se montra plus lente. L'homme l'empoigna et, d'un coup de dents, mordit dans sa chair. La créature se tordit de douleur. Son sang ruisselait sur le menton du gogg. Il finit de la dévorer, puis se tourna face au miroir.

Serafina plaqua ses mains sur sa bouche. Les yeux de l'homme étaient complètement noirs. Pas de blanc ni d'iris, une simple fenêtre sur le néant.

Il s'approcha du miroir et plongea son bras à travers. Sera bondit en arrière en criant. Elle percuta une chaise et tomba par terre. Le bras de l'homme émergea de la glace, puis son épaule. Sa tête se frayait à son tour un chemin lorsque la voix de Tavia s'éleva :

— Serafina ! Quelque chose ne va pas ? appela-t-elle depuis l'autre côté de la porte. Je vais entrer !

L'homme lança un regard haineux dans sa direction. L'instant d'après, il avait disparu.

— Que s'est-il passé, mon enfant ? demanda Tavia. Tout va bien ?

Serafina se releva, toute tremblante.

— J'ai... j'ai vu quelque chose dans le miroir. Ça m'a effrayée et je suis tombée.

Dotée des pattes et du buste d'un crabe bleu, Tavia trottina jusqu'au miroir. Serafina vit qu'il était vide à présent. Plus aucune trace de sorcière des rivières ou de terragogg vêtu de noir. Tout ce qu'elle voyait, c'était le reflet de sa gouvernante.

— Fichues vitrina. Sans doute ne leur as-tu pas prêté assez attention ces derniers temps. Elles deviennent irritables quand on ne les flatte pas suffisamment.

— Mais celles-là étaient différentes. C'étaient...

Tavia se tourna vers elle.

— Oui, mon enfant ?

Une sorcière effrayante sortie tout droit d'un cauchemar et un terragogg avec des yeux noirs ultra bizarres, faillit-elle dire, avant de réaliser que de tels propos risquaient de la faire passer pour une folle.

— ... Euh, elles étaient *différentes*. Je ne les avais jamais vues auparavant.

— Ce sont des choses qui arrivent. La plupart des vitrina cherchent à se faire remarquer, mais parfois on peut tomber sur un fantôme plus timide, expliqua Tavia en frappant plusieurs coups secs sur la glace. Un peu de silence, là-dedans, vous m'entendez ? Ou je range le miroir dans un placard !

Elle récupéra une étoffe de soie de mer drapée sur un fauteuil et s'en servit pour recouvrir le miroir.

— Voilà qui devrait les calmer, ajouta-t-elle. Les vitrina détestent les placards. On n'y trouve personne pour vous dire à quel point vous êtes jolie.

Tavia redressa la chaise renversée par Serafina, puis la réprimanda pour avoir tardé à rejoindre sa cour.

— Ton petit déjeuner est prêt. Tout comme ta couturière. Il n'y a plus de temps à perdre maintenant !

Serafina jeta un dernier regard vers le miroir, plus très sûre déjà de ce qu'elle venait de voir. Vrăja ne pouvait pas être réelle. Elle était une Iele, et les Iele n'existaient que dans les histoires. Mais cette main qui avait surgi du miroir ? Sans doute une illusion créée par un jeu de lumière, une hallucination provoquée par le manque de sommeil ou l'angoisse suscitée par son Dokimí. Sa mère ne lui avait-elle pas rappelé que les nerfs étaient parfois nos pires adversaires ?

— Serafina, c'est la *dernière* fois que je t'appelle ! gronda Tavia.

La princesse redressa la tête et, d'un battement de queue, franchit le seuil menant à son antichambre pour rejoindre sa cour.

3

— Non, non, non ! Pas les peignes incrustés de *rubis*, espèce de limace de mer, les peignes avec les *émeraudes* ! grommela la coiffeuse. Va vite me chercher les bons !

Son assistante déguerpit aussitôt.

— Pardonnez-moi, mais vous faites erreur ! L'étiquette exige qu'en entrant dans le Kolisseo la duchessa di Tsarno précède la contessa di Cerulea.

C'était donna Giovanna, châtelaine de la chambre, qui s'adressait à donna Ottavia, maîtresse de la garde-robe.

— Ces roses de mer viennent d'arriver pour la principessa de la part du principe Bastiaan, annonça une servante. Où dois-je les poser ?

On pouvait distinguer une dizaine de voix, et toutes parlaient en même temps. Elles s'exprimaient en merlangue, la langue commune du peuple mer.

Serafina essaya de ne pas leur prêter attention afin de se concentrer sur son chanvoûtement.

— Tous ces sauts d'octave, murmura-t-elle. Cinq contre-ut aigus, des trilles et des arpèges… Pourquoi Merrow a-t-elle prévu une épreuve si *difficile* ?

Spécifiquement composé pour tester les futures regina sur leur maîtrise de la magie, le chanvoûtement du Dokimí devait être lancé sous la forme d'un canta mirus, un chant extraordinaire. Un mirus était une forme de magie complexe qui requérait une voix puissante et beaucoup de talent. Pour la maîtriser, il fallait prévoir de longues heures d'entraînement, et Serafina avait dû travailler sans relâche pour y exceller. Les lanceurs de mirus pouvaient commander à la lumière, au vent, à l'eau et au son. Les meilleurs d'entre eux avaient la capacité d'embellir les chanvoûtements existants, voire d'en créer de nouveaux.

La plupart des sirènes de l'âge de Serafina ne savaient lancer que des sortilèges en canta prax, c'est-à-dire sous la forme d'un chant simple. Les prax créaient une magie d'usage pratique, utile au quotidien et à la survie des Mer : des sorts de camouflage pour tromper les prédateurs, des sorts d'écholocation pour nager dans les eaux sombres, des sorts pour se déplacer plus vite ou pour épaissir un nuage d'encre. Les canta prax étaient les tout premiers sortilèges que l'on apprenait aux enfants mer et même ceux qui n'avaient pas beaucoup d'aptitudes à la magie étaient capables de les lancer.

Serafina prit une profonde inspiration et commença à s'exercer. Elle chantait à mi-voix pour que personne ne puisse l'entendre, tout en s'observant dans un panneau de mica décoratif. Il lui était impossible de répéter le sortilège en entier – au risque de détruire la pièce – mais elle pouvait toujours travailler certains passages.

— Alitheia ? Tu ne l'as jamais vue ? Moi je l'ai déjà vue deux fois, ma chère, et le moins qu'on puisse dire… c'est qu'elle est absolument terrifiante !

Assise dans un coin, la vieille baronessa Agneta discutait avec la toute jeune donna Cosima. La première avait des cheveux gris et portait une robe affichant un camaïeu de violet particulièrement criard. Cosima, quant à elle, était vêtue d'une tunique bleue et une épaisse tresse blonde lui arrivait au bas du dos. Serafina bafouilla, perturbée par leur conversation.

« Tu n'as aucune raison d'avoir peur d'elle, alors cesse de te tracasser », lui avait souvent répété sa mère, mais, d'après ce que Serafina avait entendu dire sur Alítheia, c'était beaucoup plus facile à dire qu'à faire !

— Elle a été fabriquée par les dieux eux-mêmes. Bellogrim, le forgeron, l'a façonnée, et Neria lui a insufflé la vie, poursuivit Agneta d'une voix forte, car elle était à moitié sourde.

— Est-ce qu'il y aura des bisous pendant le Dokimí ? demanda Cosima en fronçant le nez. On m'a dit qu'il y en aurait.

— Un peu à la fin. Tu n'auras qu'à fermer les yeux. C'est ce que je fais, moi, répondit la baronessa en sirotant son thé de sargasse.

La boisson chaude – épaisse et sucrée, à l'instar de la plupart des breuvages mer – se trouvait contenue dans une tasse raffinée provenant, comme la totalité de la porcelaine du palais, d'une épave de terragogg.

— Le Dokimí comporte trois parties, mon enfant : deux épreuves et un serment.

— Pourquoi ?

— Pourquoi ? *Quia Merrow decrevit !* C'est du latin. Ça signifie…

— Parce que Merrow l'a décrété, termina Cosima.

— Exact. Dokimí est un mot grec qui signifie « test », et c'est précisément ce qui va se passer. Lors de la première épreuve – le rituel du sang –, Alítheia apparaîtra pour s'assurer que la principessa est bel et bien une fille du sang.

— Pourquoi ? demanda Cosima.

— *Quia Merrow decrevit*, répondit la baronessa en reposant sa tasse. La seconde épreuve est le rituel du chant. Il consiste en un chanvoûtement à la complexité diabolique. Un souverain puissant doit posséder une voix puissante car, comme tu le sais, la magie d'une sirène réside dans sa voix.

— Et pourquoi d'ailleurs ? Je me suis toujours posé la question. Pourquoi ne pas utiliser une baguette ? Ça serait tellement plus simple !

— Parce que la déesse Neria, qui nous a fait le don de la magie, savait que les sortilèges chantés se propagent mieux sous l'eau que ceux des baguettes magiques. Dans la mer, le danger est partout, mon enfant. La mort a la nageoire vive.

— Mais pourquoi doit-on *chanter* nos sortilèges, Baronessa ? Pourquoi ne pas se contenter de les prononcer ?

La baronessa soupira.

— On ne vous apprend donc rien à l'école de nos jours ? Nous chantons parce que le chant *décuple* la magie. Ma foi, le chant et la magie ne font qu'un ! *Cantare* : c'est encore du latin et cela signifie…

— … chanter.

— Oui. Et c'est de *cantare* que sont issus à la fois les mots *chant* et *enchantement* ou encore *cantique* et *incantation* : la musique et la magie. Songe aux sons de la mer, petite… le chant des baleines, le cri des mouettes, le murmure des vagues. Ils sont si beaux et si puissants que toutes les créatures du monde perçoivent la magie qu'ils renferment, même les terragoggs, pourtant dépourvus d'oreille musicale.

La baronessa prit un oursin dans l'assiette devant elle, brisa la coquille entre ses dents et en aspira le jus.

— Si, et seulement si, la principessa remporte ces deux épreuves, reprit-elle, alors elle pourra passer à la troisième étape du Dokimí : l'engagement. C'est à ce moment-là qu'elle prononcera ses vœux de fiançailles, qu'elle promettra à son peuple d'épouser le triton qui lui était destiné et de donner au royaume une nouvelle fille du sang, tout comme sa mère avant elle. Et sa grand-mère. Et ainsi de suite en remontant jusqu'à Merrow.

— Mais *pourquoi*, Baronessa ? demanda Cosima.

— Grands dieux ! Encore un pourquoi ? répliqua Agneta avec impatience. *Quia Merrow decrevit !* Voilà pourquoi !

— Mais que se passerait-il si Serafina n'avait pas envie de se marier, de régner sur la Miromara ou de donner une fille au royaume ? Si elle préférait, je ne sais pas moi, ouvrir un café et vendre du thé aux perles ?

— Ne sois pas ridicule. *Bien sûr* qu'elle a envie de régner sur la Miromara ! Qu'est-ce que tu vas encore nous imaginer là ?

Agneta prit un nouvel oursin. Cosima fronça les sourcils et Serafina sourit tristement. D'aussi loin qu'elle se souvienne, elle avait posé les mêmes questions dans son enfance et reçu invariablement la même réponse : *quia Merrow decrevit.* Comme un grand nombre des règles du monde des adultes, beaucoup des décrets de Merrow n'avaient aucun sens à ses yeux. Et pourtant, il fallait quand même les suivre, que cela lui plaise ou non.

Bien sûr qu'elle a envie de régner sur la Miromara ! avait dit la baronessa. Mais, la vérité, c'est que ce n'était pas le cas tous les jours. L'espace d'un instant, elle essaya de s'imaginer ce qui se passerait si, au lieu de lancer son chanvoûtement ce soir, elle s'enfuyait pour aller vendre du thé aux perles…

Tavia apparut avec le petit déjeuner, et son babillage joyeux chassa toutes ces pensées ridicules.

— Et voilà, ma chérie, dit la gouvernante en posant un plateau d'argent sur une table. Pommes d'eau, baies d'anguille, éponge marinée… tes plats préférés ! lista-t-elle en repoussant un tentacule vert d'une petite tape. Sylvestre, bas les pattes !

— Merci, Tavia, dit Serafina sans un regard pour le plateau.

Elle n'avait pas faim. Reprenant son souffle, elle allait se remettre à ses exercices, mais Tavia n'en avait pas tout à fait terminé avec elle.

— Au fait, je n'ai pas encore eu l'occasion de te le dire, commença-t-elle en posant une pince bleue sur son cœur, mais la domestique personnelle de l'impératrice Ahadi se trouvait dans les cuisines ce matin. Elle était venue chercher du thé pour sa maîtresse. Comme je sais qu'elle raffole des serpules corses, je me suis assurée qu'on lui en serve à volonté. Après son deuxième bol, elle m'a confié que l'empereur était en bonne santé et l'impératrice toujours aussi autoritaire.

— Vraiment ? demanda Serafina d'un air détaché.

Elle savait qu'elle ne devait pas se montrer trop impatiente d'avoir des nouvelles des Matalins, particulièrement du prince héritier. La moindre réaction de sa part à une information le concernant serait évidemment épiée et commentée.

— Et la princesse Neela, comment va-t-elle ? Quand viendra-t-elle dans mes appartements ? Je suis impatiente de la voir !

— Je ne sais pas, mon enfant, mais la domestique d'Ahadi – celle des cuisines – m'a fait d'autres révélations… des révélations à propos du prince héritier ! répliqua Tavia avec un air de conspiratrice.

— C'est gentil de sa part.

Serafina savait que l'incorrigible commère qu'était Tavia mourait d'envie qu'elle l'interroge sur les fameuses « révélations à propos du prince héritier », mais elle n'en fit rien. Au lieu de cela, elle travailla un trille.

Tavia patienta autant qu'il lui était possible, puis les mots lui jaillirent de la bouche :

— Oh, Serafina ! Ne souhaites-tu pas savoir ce que la domestique m'a dit ? Elle m'a raconté que les écailles du prince héritier sont du bleu le plus profond qui soit, qu'il porte une boucle d'oreille et qu'il a désormais les cheveux tirés en arrière, attachés en une queue-d'hippokampe !

— Mahdi porte une *boucle d'oreille* ? s'exclama Serafina, oubliant l'espace d'un instant qu'elle n'était pas censée se montrer intéressée. C'est ridicule. Et maintenant tu vas me dire qu'il s'est teint les cheveux en rose et qu'il a un piercing à la nageoire ! La dernière fois que je l'ai vu, il était maigrichon et maladroit. Un vrai gobie, exactement comme mon frère. Desiderio et lui n'avaient qu'une chose en tête : jouer à Gorgones et Galions du matin au soir.

— Principessa ! la reprit Tavia. Le prince Mahdi est l'héritier du trône matalin, et le prince Desiderio un commandant de notre royaume, et aucun des deux n'apprécierait de se voir comparé à un gobie ! Je pensais que tu serais au moins rassurée d'apprendre que ton futur époux est devenu un triton très séduisant !

Serafina haussa les épaules.

— J'imagine, oui.

— Tu *imagines* ?

— Quelle différence qu'il soit séduisant ou non ? Le prince héritier sera mon époux et ce, même s'il ressemble à une limace de mer !

— Oui, mais il est plus facile de tomber amoureuse d'un triton attrayant que d'une limace de mer !

— L'amour n'a rien à voir avec tout ça, Tavia, et tu le sais. Mon mariage est une affaire d'État, pas une affaire de cœur. Les alliances royales sont faites pour affermir les liens entre royaumes et défendre leurs intérêts communs.

— De grands discours venant d'une enfant qui ignore encore tout de l'amour, grommela Tavia. Tu es la digne fille de ta mère, il n'y a pas de doute. Le devoir avant tout !

S'éloignant d'un pas trottinant, elle s'en alla houspiller une femme de chambre.

Serafina sourit, satisfaite d'avoir su dissiper les soupçons de Tavia. Si elle savait !

Mais elle ne savait rien. Et n'en saurait jamais rien. Serafina avait su garder son secret, ce n'était pas pour le révéler maintenant.

Elle prit une profonde inspiration et tenta à nouveau de répéter son chanvoûtement.

— Coco, gronda une voix, *cesse* d'importuner la baronessa Agneta et viens donc essayer ta robe de cérémonie !

Cette fois, elle avait été interrompue par donna Elettra, la grande sœur de Cosima.

— Les essayages, c'est *barbant* ! répliqua la jeune sirle.

Puis Serafina entendit une autre voix, volontairement basse et étouffée :

— C'est ce que tu vas porter pour la procession ? Tu ne devrais pas faire tant d'efforts pour éclipser la princesse.

Un rire s'éleva, rauque et grave, suivi d'une voix belle et envoûtante :

— Je n'ai même pas besoin de faire d'effort. Elle ne fait pas le poids. S'il maintient les fiançailles, c'est uniquement parce qu'il n'a pas le choix. Tout le monde le sait. Ses vœux, il s'en fiche pas mal. Tout comme d'elle.

Ces mots étaient aussi tranchants qu'une mâchoire de requin. Serafina buta sur une note et toute la mesure en fut déstabilisée. Regardant droit devant elle dans le panneau de mica, elle vit les reflets de Lucia Volnero et de Bianca di Remora, deux de ses dames d'honneur. Elles se trouvaient à l'autre extrémité de la chambre et discutaient à mi-voix, une robe spectaculaire entre les mains. Elles ne le savaient pas, mais le son, capté par la voûte du plafond, se propageait d'un bout à l'autre de la pièce, de sorte que Serafina les entendait aussi bien qu'elle les voyait dans le panneau de mica.

Bianca poursuivit :

— Ce que tout le monde sait, *mia amica*, c'est que tu as des vues sur lui. Tu ferais mieux de te sortir cette idée de la tête !

— Et pourquoi donc ? Fille de duchesse, c'est aussi un bon parti, tu ne crois pas ? Et cette fille de duchesse-là en particulier… En tout cas, c'est ce qu'il semble penser, *lui*.

— Que veux-tu dire ?

— Avec une poignée d'amis, on s'est fait la belle, la nuit dernière. On est allés jusqu'à la Lagune.

Serafina n'en revenait pas. La Lagune – l'étendue d'eau qui baignait la cité humaine de Venise – se trouvait tout près de la Miromara, mais il était formellement interdit de s'y aventurer. C'était un lieu sombre, labyrinthique, semé d'embûches et envahi de créatures dangereuses.

— Nooon !? s'exclama Bianca.

— Oh que si. C'était carrément à contre-courant. On a dérivé en banc toute la nuit. Les Matalins, moi, et quelques sirles de plus. C'était démentiel !

— Est-ce qu'il s'est passé quelque chose ? Entre le prince et toi ?

Lucia esquissa un sourire malfaisant.

— Eh bien, on peut dire qu'il sait dériver. Tu aurais dû voir la puissance de ses mouvements, et…

Bianca gloussa.

— Et ? Et quoi ?

Les bavardages enjoués d'un groupe de servantes en robe de cérémonie couvrirent la réponse de Lucia.

Les joues de Serafina s'enflammèrent. Elle baissa les yeux, furieuse et blessée. Elle aurait voulu dire à Lucia qu'elle avait entendu chacun de ses propos infects – mais elle ne le ferait pas. Elle était membre de la famille royale, et les membres de la famille royale ne criaient pas. Ils ne tapaient pas de la nageoire. Ils ne perdaient jamais leur sang-froid. Jamais. *Ceux qui ont autorité sur les autres doivent en premier avoir autorité sur eux-mêmes*, lui répétait souvent sa mère, tout particulièrement lorsqu'elle se plaignait d'être placée aux côtés d'un ambassadeur ennuyeux lors des dîners officiels, ou lorsqu'on les surprenait, Desiderio et elle, en plein combat d'escrime dans la grande galerie.

Elle jeta de nouveau un coup d'œil à Lucia. *Elle passe son temps à semer la pagaille. Je me demande ce qu'elle fait encore là, d'ailleurs…* songea-t-elle, mais elle connaissait la réponse : Lucia était une Volnero, une famille noble aussi ancienne et puissante que la sienne. Les duchesses Volnero avaient le droit de faire partie de la cour, et leurs filles le privilège héréditaire de servir de dames d'honneur aux princesses du royaume.

Lucia et ses yeux couleur saphir, ses écailles argentées, sa chevelure bleu nuit relevée en un chignon qui lui dégageait les épaules. *Avec un physique pareil, n'importe qui peut rater une bonne centaine de trilles sans que personne ne le remarque*, songea Serafina. Sans compter que Lucia ne ratait *jamais* rien. Elle avait une voix superbe. On racontait même que les Volnero descendraient des Morganes…

Serafina ignorait si la rumeur disait vrai, mais elle savait que Portia, la mère de Lucia, avait envoûté l'oncle de Serafina autrefois. Portia et Vallerio avaient eu l'intention de se marier, mais Artemesia, la regina de l'époque, mère de Vallerio et d'Isabella, s'était opposée à leur union. Les Volnero comptaient des traîtres dans certaines branches de leur corail généalogique, et elle avait refusé que son fils se lie ainsi à une lignée corrompue.

Furieux, Vallerio avait quitté Cerulea et passé plusieurs années à Tsarno, une cité-forteresse située en Miromara occidentale. Portia en avait épousé un autre, Sejanus Adaro, le père de Lucia. Certains prétendaient qu'elle l'avait choisi uniquement pour sa ressemblance avec Vallerio, avec lequel il partageait un visage séduisant, des écailles argentés et des cheveux noirs. Sejanus était mort un an seulement après la naissance de Lucia. Vallerio, lui, ne s'était jamais marié et s'était dévoué corps et âme au bien-être du royaume.

Portia a sûrement transmis ses secrets à Lucia, songea Serafina avec amertume. Elle soupira en pensant à ce que sa mère lui avait enseigné, comme les formules de politesse qu'il convient d'employer quand on s'adresse au ministre des Affaires étrangères de l'Atlantica ou le fait que le Parlement doit se réunir uniquement à l'occasion des grandes marées et non en période de morte-eau. Elle aurait aimé qu'une fois, juste une fois, sa mère lui donne des conseils concernant des trucs de sirles, comme les anémones à embrasser pour obtenir des lèvres pulpeuses ou ce qu'il faut appliquer sur sa queue pour la faire scintiller…

Ça suffit, Serafina, se reprit-elle. *Ne laisse pas Lucia t'influencer. Neela saura si Mahdi s'est rendu à la Lagune ou non. Contente-toi de travailler ton chanvoûtement.* Savoir que sa meilleure amie serait bientôt avec elle lui remonta le moral. La seule vue de son visage rendrait tout ce calvaire plus facile à vivre.

Serafina releva la tête, redressa les épaules et tenta, une fois de plus, de reprendre sa répétition.

— Votre Grâce, puis-je vous complimenter sur votre robe ? demanda une voix mielleuse dans son dos. J'espère que vous la porterez ce soir.

Serafina jeta un coup d'œil dans le mica. C'était Lucia. Elle souriait. À la manière d'un barracuda.

— Non, mais merci tout de même, répondit-elle, méfiante.

Ça n'était pas dans les habitudes de Lucia de faire des compliments sincères.

— Quel dommage. Vous devriez. Elle est simple et si fraîche ! Le génie à l'état pur. Dans ce genre de situation, rien de mieux que de miser sur le contraste.

— Le contraste ? répéta Serafina, perplexe.

Elle se retourna vers Lucia.

— Votre look. Il offre un fabuleux contraste.

Serafina baissa les yeux sur sa tenue. C'était une simple robe bleu clair. Rien de spécial. Elle l'avait enfilée à la hâte, juste après être entrée dans l'antichambre.

— Ma robe est d'un bleu uni. Et nous sommes dans la *mer*, Lucia. Niveau contraste, on peut faire mieux.

— Ha ! Votre Grâce est si drôle ! C'est une bonne chose que vous sachiez en rire. Je suis heureuse de voir que ça ne vous tracasse pas. Vous avez raison. Les triçons sont bien tous les mêmes ! Et puis, de toute façon, je suis sûre qu'il l'a déjà oubliée à l'heure qu'il est.

Un silence tomba sur la pièce. Tout le monde avait interrompu ce qu'il faisait pour tendre l'oreille. Les échanges à couteaux tirés étaient un sport très apprécié des courtisans.

— Lucia, qui a oublié qui ? De quoi et de qui parles-tu ? demanda Serafina, embrouillée.

Les yeux de Lucia s'écarquillèrent. Elle posa une main sur son cœur.

— Vous ne savez rien ? Quelle idiote je fais ! Je croyais que vous étiez au courant. Je veux dire, *tout le monde* est au courant. Je… je suis désolée. Ce n'est rien. J'ai fait une erreur !

Elle s'éloigna d'un battement de queue.

C'était bien la première fois que Lucia admettait avoir fait une erreur. Serafina vit là l'occasion de la rabaisser et de lui faire payer ses propos malveillants. Et, même si une petite voix lui conseillait de laisser couler, elle sauta sur l'occasion.

— Une erreur à quel sujet, Lucia ?

La sirène s'immobilisa.

— S'il vous plaît, Votre Grâce, répondit Lucia, visiblement gênée, je préférerais ne rien dire.

— Mais si, dis-moi.

— Si vous insistez…

— C'est le cas.

À l'instant même où ces mots passaient la barrière de ses lèvres, Serafina comprit que c'était elle qui avait fait une erreur. Lucia se retourna. Elle affichait de nouveau son sourire de barracuda. Sa gêne n'avait été qu'une feinte.

— Je parlais du prince héritier et de sa petite amie, dit-elle. Enfin, de la dernière en date.

— Sa… sa *petite amie* ? répéta Serafina, estomaquée.

— Ça suffit, Lucia ! siffla Bianca. Tu vas trop loin !

— Mais, Bianca, dois-je m'opposer à la volonté de notre principessa ? C'est elle qui a souhaité que je parle, répliqua Lucia en fixant Serafina de ses yeux étincelants. Je suis *vraiment* désolée que vous appreniez cela de ma bouche. Et encore plus le jour de votre Dokimí ! J'étais persuadée que vous étiez au courant, autrement je n'y aurais jamais fait allusion. Je souhaitais seulement vous complimenter sur votre look, qui offre un joli contraste avec le sien. Tout ce qu'elle a pour elle, c'est une chevelure blonde, des écailles turquoise et des courbes plus généreuses que celles d'un tourbillon.

Lucia baissa la tête, un sourire triomphant sur les lèvres. Serafina se sentait humiliée, mais elle était déterminée à ne rien laisser paraître. La faute lui revenait totalement. Elle avait été assez stupide pour tomber dans le piège tendu par Lucia, à elle de s'en extirper à présent.

— Lucia, merci *beaucoup* de m'avoir prévenue, dit-elle en souriant. Voilà qui est extrêmement rassurant. J'espère qu'elle lui aura appris deux ou trois choses.

— Co... comment, Votre Grâce ?

— Écoute, on le sait tous – ce n'est un secret pour personne –, lors de sa dernière visite, le prince héritier avait des allures de gobie et s'y prenait comme une tanche avec les sirles.

— Vous n'êtes pas fâchée, alors ?

— Pas du tout ! Pourquoi le serais-je ? J'espère seulement qu'elle a fait du bon travail : qu'elle lui aura appris quelques pas de danse ou comment envoyer une conque d'amour dans les règles de l'art. Il fallait bien que *quelqu'un* s'en charge. Les triçons ressemblent à des hippokampes, tu ne trouves pas ? Ils n'offrent de plaisante compagnie qu'une fois dressés. Maintenant, mesdemoiselles, vous m'excuserez, mais j'ai vraiment besoin de m'exercer.

Contrariée, Lucia fit volte-face et s'éloigna tandis que Serafina, un sourire de façade vissé sur les lèvres, reprenait son chanvoûtement. Garder ce masque imperturbable lui coûtait beaucoup. Heureusement, les autres n'y voyaient que du feu. Habituée aux us de la cour, à ses coups de griffes perpétuels, elle s'avérait particulièrement douée pour cacher ses sentiments.

Sylvestre, en revanche, ne l'était pas.

Rouge de colère, la pieuvre fonça à la poursuite de Lucia. Arrivée près d'elle, elle siphonna autant d'eau qu'elle put en absorber, puis la recracha sous la forme d'un jet puissant qui lui percuta l'arrière de la tête de la jeune sirle. Son chignon se disloqua.

Lucia se figea et porta une main à sa coiffure.

— Mes cheveux ! glapit-elle en pivotant sur elle-même.

— Sylvestre ! s'écria Serafina, horrifiée. Présente tes excuses !

La pieuvre feignit de prendre une mine contrite, puis cracha à nouveau sur Lucia, en plein visage cette fois.

— Espèce de sale poulpe ! Je vais t'étriper ! explosa-t-elle. Avarus, attaque !

L'animal de compagnie de Lucia, un poisson-scorpion, fondit sur la pieuvre. Sylvestre fila sous la table où était posé le petit déjeuner de Serafina. Avarus le suivit. La table se renversa et projeta le plateau dans les eaux. Sylvestre saisit une pomme d'eau au vol et la lança en direction du poisson-scorpion. Avarus esquiva le projectile, passa à l'attaque et piqua la pieuvre. Sylvestre poussa un jappement et, quelques secondes plus tard, l'antichambre de Serafina disparut sous un nuage d'encre noire.

Serafina n'y voyait plus rien, mais elle percevait sans mal le chaos qui l'entourait : ses dames de compagnie toussaient et poussaient des cris aigus, trébuchaient sur les tables et les chaises ou se percutaient les unes les autres. Lorsque le nuage se dissipa enfin, elle vit Lucia et Blanca occupées à essuyer l'encre de leur visage, Giovanna tenter d'en débarrasser sa chevelure et Tavia menacer Sylvestre de le pendre par les tentacules.

Puis une autre voix, imposante et majestueuse, s'éleva au-dessus de la mêlée :

— Jadis, les membres de la famille royale faisaient décapiter les nobles indisciplinés. Quel dommage que cette coutume soit tombée dans l'oubli…

4

Thalassa, la canta magus, ne donnait pas l'impression de plaisanter.

Elle flottait sur le seuil de l'antichambre, les bras croisés sur sa poitrine généreuse, ses tentacules déployés autour d'elle. Ses cheveux, gris comme un ciel de tempête, étaient noués en un chignon banane élégant. Un bouquet d'anémones rouges mettait sa nuque en valeur. Elle portait une robe pourpre ainsi qu'une longue cape noire composée de coquilles de moule. Elle claqua des doigts et deux seiches la lui retirèrent.

Le silence s'était aussitôt imposé dans la chambre. Thalassa, gardienne de la magie de Miromara, était la lanceuse de chant la plus puissante du royaume. Personne n'aurait jamais – au grand jamais – osé mal se comporter en sa présence. Même Isabella se tenait plus droite lorsque Thalassa entrait dans la même pièce qu'elle.

— Encore en train de semer la zizanie, Lucia ? Rien de surprenant, venant d'une Volnero. Te rappelles-tu ce que les méfaits de ton ancêtre Kalumnus lui ont valu ? Non ? Laisse-moi te rafraîchir la mémoire : sa tête dans un panier. Tout comme ta grand-tante Livilla. Je serais sur mes gardes si j'étais toi.

Les yeux de Lucia brillèrent d'un air menaçant au rappel fâcheux des forfaits de ses ancêtres. Kalumnus avait essayé d'assassiner Merrow pour prendre sa place sur le trône. Il avait été capturé, décapité, et sa famille envoyée en exil. Deux mille ans plus tard, Livilla Volnero avait tenté de lever une armée contre les Merrovingia. La Révolte de la Frontière – c'est ainsi qu'on l'appela – fut matée et Livilla exécutée à son tour. Bien que tous ces événements se soient déroulés des siècles plus tôt, un climat de méfiance continuait d'envelopper les Volnero à la manière d'une brume marine.

— Et toi, Bianca, poursuivit Thalassa, une vraie di Remora ! Toujours à suivre le gros poisson. Tu devrais peut-être songer à reconsidérer vers qui se porte ta loyauté. Les Merrovingia *sont* la Miromara et le seront toujours. Alítheia est là pour y veiller, ajouta-t-elle avant de lever un doigt couvert de bagues. Dehors, maintenant ! Tout le monde, excepté la principessa.

Serafina savait que son professeur était venue pour une ultime répétition avant le chanvoûtement.

— Nous ne sommes plus qu'à quelques heures de ton Dokimí. Or, hier, le trille de la cinquième mesure n'était toujours pas en place. Il devrait être vif et joyeux, comme les bonds d'un dauphin, pas pesant comme ceux d'un requin-baleine. Nous avons du pain sur la planche.

— Oui, Magistra.

— Depuis le début, je te prie.

Serafina entonna le chant… et buta dès les premières notes.

— Encore, ordonna la canta magus. Sans faute, cette fois. Le chanvoûtement est censé prouver ton excellence ! Et, pour l'instant, même la simple compétence te fait défaut !

Serafina recommença. Cette fois, elle passa les premières mesures sans mal et réalisa le trille difficile sans la moindre erreur. Ses yeux, fixés jusque-là sur le mur devant elle, se tournèrent vers Thalassa.

— Bien, bien, mais cesse de hacher les phrases. *Legato, legato, legato !*

D'un signe de tête, Serafina montra qu'elle avait compris et essaya d'adoucir sa voix, liant les phrases entre elles dans un glissement ininterrompu. Il ne s'agissait plus d'un simple chant à présent, mais d'un jet de chant.

Le chanvoûtement de Merrow, chanté comme il sied, racontait les origines du peuple mer. À l'image de toutes les principessas qui l'avaient précédée, Serafina devait lancer le chanvoûtement originel, puis ajouter plusieurs mouvements de sa composition illustrant la progression du peuple mer suite au règne de Merrow. Elle devait décrire sa propre place dans cette évolution, ainsi que celle de son fiancé, en faisant usage de la couleur, de la lumière et du mouvement. L'éblouissement suscité par le chanvoûtement serait à la hauteur de sa maîtrise de la magie.

Elle était en train de faire apparaître un portrait de Merrow lorsque Thalassa lui fit de grands signes de la main.

— Non, non, non ! Arrête !

— Qu'y a-t-il ? J'ai fait une erreur ?

— Tes images, elles sont bien trop pâles. Tu ne leur insuffles aucune vie !

— Je… je ne comprends pas, Magistra. Toutes mes notes étaient justes. Je l'avais parfaitement sous contrôle, cette mesure…

— C'est justement le problème, Serafina : trop de contrôle ! Ça a *toujours* été ton problème. Je veux de l'émotion, de la passion. Je veux une tempête, pas le calme plat ! Encore !

Serafina inspira profondément, puis reprit là où Thalassa l'avait interrompue. Pendant qu'elle chantait, la canta magus se mit à virevolter autour d'elle, l'asticotant, la défiant sans lui laisser le moindre répit. Alors que la jeune sirène entamait un passage particulièrement difficile – un hommage à son futur époux –, Thalassa s'approcha encore plus près d'elle, poussée en avant par ses puissants tentacules.

— De l'expression, Serafina, plus d'expression !

La principessa avait fait apparaître un tourbillon d'eau pour créer un effet visuel. Elle en ajouta deux de plus.

— Bien, bien ! Maintenant, sers-toi de la magie pour me faire *ressentir* des choses ! Émerveille-moi !

Serafina souleva les tourbillons à l'aide de sa voix. Ils enflèrent et se mirent à tourner de plus en plus vite. Elle oublia qu'elle se trouvait dans le palais, oublia de contenir sa magie. Sa voix devint plus grave, plus puissante. Elle leva une main devant elle et, d'un geste gracieux, fit se courber les tourbillons. Elle les tordit une, deux, trois fois et força l'eau à se superposer sur elle-même pour réfracter la lumière.

— Excellent ! s'écria Thalassa.

La voix de Sera grimpa ensuite dans les hauteurs. Elle survola les arpèges, gravit puis dévala les octaves sans le moindre effort. Elle plia l'eau encore et encore, une bonne dizaine de fois supplémentaires, jusqu'à ce qu'elle se craquelle et se brise en gros éclats, projetant des rayons de lumière dans toutes les directions, telle une montagne de diamants étincelants. Puis arriva le passage où elle devait faire apparaître un portrait du prince héritier.

Elle essaya de créer la plus belle image qu'elle puisse imaginer, mais, dès qu'elle vit le visage de Mahdi miroiter devant elle, sa voix se brisa. Elle ne pouvait s'empêcher de réentendre Lucia lui annoncer qu'il avait une petite amie. Et si elle ne mentait pas ?

Alors ses émotions la submergèrent et elle perdit le contrôle de son chanvoûtement. Les tourbillons se séparèrent violemment et allèrent percuter le sol, faisant valdinguer une table, un fauteuil, et se fissurer les vitres de deux fenêtres.

— Je n'y arrive pas ! s'écria-t-elle avec colère en fouettant l'eau de sa queue. Ce chanvoûtement est *impossible* ! ajouta-t-elle en se retournant vers Thalassa, son sang-froid totalement disparu. Dites à ma mère que j'annule le Dokimí. Dites-lui que je ne suis pas à la hauteur ! Pas à la hauteur pour lui succéder ! Pas à la hauteur pour lancer ce fichu chanvoûtement ! Et pas à la hauteur pour le prince héritier !

5

Thalassa posa une main sur son cœur.

— Pourquoi un tel accès de colère ? Cela ne te ressemble pas, mon enfant. Tu connais ce chanvoûtement sur le bout des doigts. Tout ce que tu as à faire, c'est de le lancer !

— Oui, bien sûr. C'est tout, répliqua vivement Serafina. Juste le lancer. Devant toute la cour. Et les Matalins. Et, oh je ne sais pas, dix mille Miromarains ? C'est trop dur ! Je n'arriverai pas à aller au bout. Je vais rater ce trille. Ma voix n'est pas assez puissante. Elle n'est pas aussi belle que d'autres. Elle n'est pas aussi belle que celle de… de…

Thalassa haussa un sourcil.

— De Lucia ?

Serafina hocha tristement la tête. À son étonnement, Thalassa ne lui fit aucun reproche, ni même la leçon. Au lieu de cela, elle se mit à rire.

— Dis-moi, finit-elle par demander, à quel endroit naît la voix ?

Serafina leva les yeux au ciel.

— Dans la gorge, évidemment.

— C'est vrai pour beaucoup. Et ça l'est certainement pour Lucia. Mais ce n'est pas ton cas. Ta voix naît ici, dit Thalassa en touchant Serafina au niveau du cœur. C'est une voix magnifique. Je le sais, je l'ai entendue. Tout ce que tu dois faire, c'est la laisser sortir. Montre-moi ton cœur, Serafina ! C'est de là que surgit la véritable magie.

La principessa laissa échapper un petit rire amer.

— Montrer mon cœur ? Face à la cour ? Pourquoi ? Pour que Lucia Volnero puisse y plonger un poignard ?

— J'ai entendu ce que Lucia a dit. Ignore-la. Elle rêve d'être à ta place. Elle veut le pouvoir, le palais, sans oublier le prince charmant…

Au son du mot « prince », l'inquiétude assombrit le regard de Serafina, mais elle la fit disparaître d'un battement de paupières, si rapide qu'il aurait échappé à n'importe qui d'autre. Mais Thalassa n'était pas n'importe qui.

— Ah, dit-elle avec sagesse. Voilà donc ce qui se cachait derrière tout ça.

S'asseyant sur un sofa, elle tapota le coussin à côté d'elle.

— Dis-moi, poursuivit-elle, est-il amoureux de toi ?

— Oui. Non. Je ne sais pas, Magistra ! répondit Serafina, en larmes. C'est ce que je crois, oui. Enfin, ce que je *croyais*. Mais j'ai des doutes à présent. Après ce que Lucia vient de dire…

Elle alla s'asseoir à côté de son professeur.

— Serafina, dit Thalassa en passant un bras autour de ses épaules. As-tu parlé de tes sentiments à quelqu'un ? À ta mère ? À Tavia ? Qu'en pensent-elles ?

Serafina secoua la tête.

— Je ne leur ai rien dit. Je ne l'ai dit à *personne*. C'est mieux comme ça.

— Pourquoi ?

— Parce que ça finirait par s'ébruiter. Les courtisans finiraient par l'apprendre, d'une manière ou d'une autre. Alors, ça ne m'appartiendrait plus. Ils s'en empareraient. Vous ne comprenez pas, Magistra. Ma vie tout entière est publique. Je ne peux aller nulle part sans une escorte. Je ne peux rien faire par moi-même. Chacun de mes mouvements, chacun de mes mots ou de mes regards, est commenté, décortiqué ! Pour une fois, une fois seulement, je souhaitais garder quelque chose pour moi et moi seule.

Thalassa prit la main de Serafina dans la sienne.

— Tu te trompes, tu sais. Je comprends parfaitement. Je sais ce que c'est de ne pas avoir de vie privée. Je suis la canta magus, après tout.

Serafina la dévisagea, perplexe.

— Mon talent a été repéré alors que je n'étais qu'une enfant. Une voix comme la mienne, m'a dit mon professeur, ça ne se rencontre qu'une fois par millénaire. À quatre ans, je savais déjà plier l'eau, lancer la lumière et façonner le vent. À six, j'ai été retirée à mes parents et confiée au Kolegio. À huit, je lançais des chants pour ta grand-mère, Artemesia, et sa cour.

— Et vous, comment avez-vous surmonté tout ça, Magistra ?

Thalassa éclata de rire.

— Plutôt mal. Quand j'étais petite, la musique me procurait beaucoup de plaisir. Je lançais mes chanvoûtements uniquement parce que j'aimais le faire. Mais une fois plus âgée, lorsque j'ai dû chanter pour la cour, j'ai commencé à écouter ce que disaient les autres. J'ai entendu leurs remarques – malveillantes et cruelles, pour certaines – et je les ai crues. J'ai laissé leurs voix pénétrer en moi, imprégner mon cœur.

Thalassa lâcha la main de Serafina. Elle effleura sa poitrine du bout des doigts, juste au-dessus de son cœur, puis les retira. Ses lèvres esquissèrent une grimace tandis que de fines volutes de sang accompagnaient son geste. Le liquide grenat tourbillonna dans l'eau comme de la fumée dans les airs, puis se coagula pour former une image. Par ce chant de sang, Serafina pouvait accéder aux souvenirs que contenait le cœur de son professeur. Elle vit des nobles, des membres de la cour de sa grand-mère, chuchoter derrière leur main.

Elle ne deviendra jamais mage… sa voix n'est pas assez puissante… elle est trop grave… elle est trop aiguë… ses trilles manquent de netteté… elle est trop grosse… elle est trop maigre… elle n'est pas jolie…

Thalassa chassa les souvenirs d'un revers de la main.

— J'ai essayé de contenter les voix. Je me suis mise à faire de la musique pour elles, et non plus pour moi-même, et mes chanvoûtements en ont souffert. Par chance, je me suis rendu compte de l'effet que les voix avaient sur moi, et je me suis fait la promesse de ne plus jamais les écouter. J'ai protégé mon cœur avec ardeur. Je l'ai verrouillé et je n'ai plus laissé entrer rien ni personne à l'intérieur, excepté ma musique.

— Je ferai la même chose, annonça résolument Serafina.

— Non, mon enfant. Je te raconte tout cela pour te convaincre de ne *pas* fermer ton cœur.

— Mais vous venez de dire…

— Ce que je n'ai *pas encore* dit, c'est qu'en ne laissant personne entrer dans ton cœur tu te protégeras de toute souffrance, certes, mais aussi de l'amour. Quand j'avais seize ans, je voulais être une canta magus. Il n'y avait rien de plus important à mes yeux que la musique et la magie. Toi, cependant, tu vas devenir une souveraine, et le pouvoir le plus puissant d'une souveraine provient de son cœur, de l'amour qu'elle porte à ses sujets et de celui qu'ils lui portent en retour.

Serafina réfléchit à ce que Thalassa venait de dire. Elle avait souvent rêvé de pouvoir parler de ses sentiments pour Mahdi à quelqu'un. Elle avait ardemment désiré ouvrir son cœur, mais elle avait eu trop peur. Sans réfléchir, elle porta une main à sa poitrine et en tira un chant de sang. Elle laissa échapper un petit cri, car elle était bien plus jeune que Thalassa et ses souvenirs étaient plus aiguisés. Les dérouler faisait mal.

— Je suis touchée par ta confiance, mon enfant, dit Thalassa. Es-tu certaine de vouloir me montrer cela ?

Serafina hocha la tête et Thalassa observa le sang tournoyer à travers l'eau, prendre forme et se colorer pour rendre visible son souvenir. Serafina regarda, elle aussi. C'était arrivé deux ans plus tôt, mais il lui semblait que c'était hier. C'était arrivé avant les attaques et les disparitions, avant les tensions avec l'Ondalina, avant que les eaux soient devenues si dangereuses.

C'était arrivé dans les ruines de l'ancien palais de Merrow.

6

Serafina se cachait.

De sa mère, des ministres, de ses laquais, et de Mahdi.

Elle avait filé en douce. Cela rendait chaque fois tout le monde fou d'inquiétude, mais elle avait besoin au quotidien de prendre quelques minutes pour échapper à la vue et aux oreilles de la cour. Et aujourd'hui plus que jamais : l'alliance avait été décidée, l'annonce avait été faite, Serafina avait rencontré son futur époux. Et rien ne lui plaisait en lui.

Mahdi était arrivé en Miromara une semaine plus tôt avec ses parents – l'empereur et l'impératrice –, ses cousins – Neela et Yazeed – et leur escorte royale pour rencontrer sa future épouse, comme l'exigeait la coutume. Il avait seize ans, l'air sérieux, intelligent et timide. Il ne pratiquait ni l'équitation ni l'escrime, préférait à toute autre la compagnie de Yazeed et de Desiderio – le frère de Serafina, un triçon de son âge –, et avait à peine adressé la parole à Serafina, de deux ans plus jeune que lui. Il se montrait courtois avec elle, comme avec tout le monde, mais rien de plus.

— C'est un gobie. Je ferais mieux d'épouser Palomon, avait-elle dit à Tavia, en référence à l'hippokampe grincheux de sa mère.

Leur première véritable conversation eut lieu par pur hasard. Assise dans les jardins de la cour sud, elle était occupée à écouter une conque lorsqu'elle avait vu Mahdi et son chaperon, l'ambassadeur Akmal, passer tout près d'elle. Ils ne l'avaient pas repérée. Elle se trouvait sur une plate-forme de corail juste au-dessus d'eux, dissimulée derrière un immense éventail de mer.

— Que pensez-vous de la princesse, Votre Grâce ? entendit-elle l'ambassadeur demander. Elle est charmante, n'est-ce pas ?

Serafina savait qu'il n'était pas convenable de laisser son oreille traîner, mais c'était plus fort qu'elle. Curieuse, elle s'appuya contre l'éventail de mer.

— Quelle importance, ce que j'en pense ? avait répondu le prince. C'est *leur* choix, celui de mes parents, de leurs conseillers. Pas le mien. Je n'ai pas voix au chapitre.

À cet instant précis, l'éventail de mer, vieux et friable, céda sous le poids de Serafina. Il bascula de la plate-forme de corail et alla se fracasser au fond de la mer, soulevant un épais nuage de sable. Lorsque ce dernier finit par se dissiper, Sera jeta un œil par-dessus le bord de la plate-forme. Mahdi leva les yeux et l'aperçut.

— Oups, murmura-t-elle. Ça, c'est embarrassant.

— Vous nous avez entendus, dit-il.

— Je n'en avais pas l'intention. J'étais assise là à écouter une conque et puis vous êtes passés et… Eh bien, je n'ai pas pu m'empêcher de tendre l'oreille. Écoutez, je suis désolée. Je m'en vais.

— Non, ne partez pas. S'il vous plaît, dit Mahdi. Laissez-nous, ordonna-t-il à son ambassadeur.

— Votre Grâce, est-ce bien raisonnable ? Cela risque de faire jaser.

— *Laissez-nous*, répéta Mahdi, les dents serrées.

L'ambassadeur s'inclina et s'éloigna. Dès qu'il fut parti, le jeune prince nagea jusqu'à Sera et l'aida à passer par-dessus les bords déchiquetés de l'éventail de mer. Ils allèrent s'asseoir sur un rocher tout proche.

— C'est moi qui suis désolé, dit-il. Je n'aurais pas dû dire ça.

— Inutile de vous excuser. Je sais ce que vous ressentez.

Il la dévisagea.

— Mais je pensais…

Serafina éclata de rire.

— Vous pensiez quoi ? Que, parce que je suis une sirle, je ne verrais rien à redire à tout ça ? Être fiancée à seize ans et mariée à vingt ? À quelqu'un que d'autres ont choisi à ma place ? Quelle preuve d'ouverture d'esprit, Votre Grâce ! Nous sommes au quarante et unième siècle, vous savez, pas au dixième. Et, pour être parfaitement honnête, je préférerais bien mieux entreprendre un doctorat en histoire de l'Atlantide antique plutôt que de vous épouser !

Après cela, elle avait souvent senti le regard de Mahdi s'attarder sur elle. Il avait des yeux magnifiques, sombres et expressifs, ourlés de longs cils noirs. Quand elle relevait la tête lors d'un dîner ou d'un spectacle, il lui arrivait de le surprendre en train de l'observer. Il détournait chaque fois le regard.

La deuxième fois qu'ils se rencontrèrent seul à seule, ce fut Serafina qui le trouva en train de se cacher. Elle avait une autre conque d'histoire à écouter et s'était débrouillée pour fausser compagnie à sa cour. Ce qui posait problème, toutefois, c'était que sa nouvelle cachette était déjà occupée par quelqu'un. Mahdi était assis là, dans un bosquet de varech, un couteau dans une main et un petit objet de couleur ivoire dans l'autre. Lorsqu'il l'entendit approcher, il tenta de les dissimuler.

— Vous ne pouvez pas me laisser respirer une minute ? soupira-t-il.

Serafina fit demi-tour.

— Désolée. Je ne voulais pas vous déranger.

Mahdi releva vivement la tête.

— Oh, non. Mes excuses, Serafina. Je croyais que c'était Akmal. Il me suit comme mon ombre.

— Ce n'est pas grave, Mahdi. Je vais trouver un autre endroit pour…

— Non, attendez, Serafina. *S'il vous plaît.*

Il ouvrit la main afin de lui montrer l'objet qu'il y tenait caché. C'était une petite pieuvre de trois centimètres environ, finement sculptée dans un morceau d'os.

— On dirait Sylvestre ! s'exclama-t-elle, ravie.

— C'était l'idée.

— C'est magnifique, Mahdi !

— Merci, dit-il avec un sourire timide. Personne ne sait que je sculpte. J'ai réussi à garder ça secret. Je ne sais même pas pourquoi, d'ailleurs, ajouta-t-il en détournant le regard. C'est juste que… parfois, ça fait du bien d'avoir une chose… rien qu'une chose…

— … à soi et à personne d'autre ? termina-t-elle.

C'était comme s'ils se voyaient l'un l'autre pour la première fois.

— C'est ce que je ressens avec Clio, dit-elle.

— Clio ?

— Mon hippokampe. Il m'est interdit de la monter seule, rapport à mon rang de principessa et tout le reste. Si je veux sortir, je dois être escortée par des gardes. Mais je parviens toujours à les devancer un peu et, l'espace d'un court instant, il n'y a plus que Clio et moi. Je n'entends plus que le battement de ses nageoires. Si un banc de dauphins nous dépasse, je les observe seule. Si une baleine passe au loin, j'entends son chant seule. Si je tombe de selle et que je me casse le cou, je le fais seule aussi, ajouta-t-elle avec un petit sourire triste.

Mahdi lui prit la main et plaça la petite pieuvre dans le creux de sa paume.

— Pour *toi.*

Quelques nuits plus tard, elle l'avait senti lui reprendre la main, dans le noir cette fois, pendant un spectacle de lumières aquatiques donné en son honneur. Il l'avait regardée, lui demandant de ses yeux noirs si cela ne la dérangeait pas. D'un regard, elle lui avait répondu que non. Et puis, un soir alors qu'ils jouaient à cache-cache dans la reggia avec Desiderio, Neela, Yazeed et les membres les plus jeunes de la cour, il l'avait soudain attirée dans les profondeurs des ruines.

— Je t'ai trouvée, dit-il tandis qu'ils flottaient l'un à côté de l'autre.

— Non, Mahdi, tu n'as pas compris la règle du jeu. Vous ne jouez pas à cache-cache en Matali ? Ce n'est pas ton tour. C'est Desiderio qui s'y colle, expliqua-t-elle en vérifiant d'un rapide coup d'œil que son frère n'était pas dans les parages.

— Je ne parle pas du jeu. Je t'ai trouvée, toi, Serafina. C'est toi que je cherchais. Tu sais, la chose que je souhaitais garder pour moi et moi seul…

Et, l'attirant à lui, il l'avait embrassée.

Il avait été merveilleux, ce baiser. Doux et sucré. Serafina soupira en revivant l'instant, puis rougit soudainement lorsqu'elle se rappela que Thalassa observait elle aussi le chant de sang.

Il y avait eu d'autres baisers échangés les jours suivants, des baisers volés derrière les piliers ou dans les écuries, de longues discussions chaque fois qu'ils avaient pu s'échapper, des sourires et des regards lorsque ce n'était pas possible. Et puis, alors que Mahdi s'apprêtait à quitter la Miromara pour rentrer chez lui, il lui avait offert une bague. Ce n'était ni de l'or ni l'un des joyaux hors de prix de la couronne mataline, c'était un anneau tout simple avec un cœur au milieu, sculpté dans un coquillage blanc. Il l'avait façonné pour elle, le soir dans sa chambre. Au moment de présenter ses adieux officiels devant la cour, il s'était incliné pour lui baiser la main et en avait profité pour lui glisser l'anneau au doigt.

— Mon choix, lui avait-il murmuré. Le *mien*. Pas le leur. J'espère seulement être le tien, Serafina.

Sur ces mots, le chant de sang se dispersa dans l'eau puis s'évanouit, emportant avec lui le passé.

Thalassa regarda Serafina.

— Et tu doutes de son amour, petite écervelée ?

— Je n'en doutais pas avant, Magistra.

Elle parla à Thalassa des conques privées que Mahdi lui avait envoyées et lui dit comment elles avaient subitement cessé de lui parvenir.

— L'année dernière, poursuivit-elle, je n'ai reçu que quelques messages officiels. Rien d'autre. Et maintenant…

Elle s'interrompit, incapable de terminer sa phrase.

Thalassa pencha la tête sur le côté.

— Et maintenant ? l'encouragea-t-elle.

— Et maintenant, il semble être devenu très différent du triçon dont j'étais tombée amoureuse : un triçon à contre-courant, avec les cheveux longs et une boucle d'oreille, d'après Tavia. Et une petite amie, si j'en crois Lucia.

— Lucia serait prête à raconter n'importe quoi pour te contrarier, tu le sais. Rien ne lui ferait plus plaisir que de te voir échouer aujourd'hui. Une raison de plus pour triompher ! Viens, on va retravailler ce trille, et le…

Elles furent interrompues par le bruit d'une porte s'ouvrant à la volée.

— Serafiiiiiiiiina !

Surprise, la principessa se retourna vivement. Une sirène flottait sur le seuil de l'antichambre. Elle portait un sari jaune. Ses longs cheveux de jais, d'un noir brillant, lui arrivaient à la queue et sa peau luisait d'un joli éclat bleu pâle. Elle était entourée de serviteurs pliés en deux sous le poids de coffrets dorés, de coquilles de palourde enrubannées et de sacs au tissu arachnéen.

— Puissante Neria ! grommela Thalassa. Qui donc ose…

Mais Serafina reconnut la sirène au premier regard.

— Neeeela ! s'écria-t-elle, ses soucis subitement chassés par la joie de retrouver sa meilleure amie.

— Mon éponge en sucre ! Te voilà, *enfin* ! Je t'ai apporté des tooooonnes de cadeaux !

Les deux sirènes tombèrent dans les bras l'une de l'autre et tourbillonnèrent sur place en riant. Neela brillait d'un bleu vif maintenant. Elle était une bioluminescente, au même titre que les poissons-lanternes ou les seiches naines : une lueur envoûtante émanait de sa peau en cas d'émotion forte ou en présence d'autres bioluminescents.

— Princesse Neela, vous ne devriez pas être ici, gronda Thalassa. Nous sommes en plein milieu d'une répétition de chanvoûtement ! Comment êtes-vous entrée ?

— Tavia ! répondit Neela avec un grand sourire.

Thalassa fronça les sourcils.

— Et combien de paquets de bing-bangs cela vous a-t-il coûté pour la soudoyer, cette fois ?

— Deux. Et une boîte de zée-zées.

Elle lâcha Serafina, tira une jolie boîte rose d'une des piles chancelantes et nagea jusqu'à Thalassa.

— Je suis *vraiment* désolée de vous avoir interrompue, Magistra. Puis-je vous offrir un zée-zée ? demanda-t-elle en ouvrant la boîte.

— Sûrement pas, répondit fermement Thalassa. Je sais ce que vous avez derrière la tête. Ce n'est pas moi que vous achèterez avec des bonbons.

— Un chillawonda, alors ? Et que diriez-vous d'un kanjaywoohoo ? Ça ne se refuse pas, un kanjaywoohoo… Et je n'en connais pas de meilleurs. Il faut trois jours entiers aux cuisiniers du palais pour les préparer. Ils sont formés de huit couches et de cinq enchantements différents, expliqua Neela en fourrant l'un des bonbons dans sa bouche. Mmm ! Des krills fourrés au caramalgue… Trooop bon ! Vous voyez ?

— Ce que je vois, c'est que nos esprits sont ailleurs en ce moment, renifla Thalassa en prenant un bonbon dans la boîte. Vous ne pouvez pas rester longtemps, Princesse Neela. Pas plus d'une ou deux minutes. Nous devons *absolument* poursuivre la répétition.

— Bien sûr, Magistra, acquiesça Neela. Juste une minute ou deux.

Thalassa, radoucie, goûta le bonbon.

— Oh ! là, là ! C'est bien du varech au curry ?

Neela hocha la tête et lui en tendit un autre.

— Prunes des grèves, cténophores et œufs de crabe salés. C'est *imbattable.*

Thalassa croqua dedans.

— Oh, c'est vrai que c'est bon ! J'imagine qu'une petite demi-heure de pause est envisageable, dit-elle, ses doigts planant au-dessus de la boîte.

Neela la lui donna. Et, tandis que Thalassa demandait à ses valets-seiches de lui rapporter du thé, la princesse mataline saisit la main de Serafina. Elle l'entraîna hors de l'antichambre, dans un vaste couloir bordé de part et d'autre de fenêtres gardées grandes ouvertes pour laisser pénétrer l'eau fraîche.

— Tope-moi la nageoire, sirle ! murmura-t-elle en fermant la porte derrière elle. Mon plan diabolique a fonctionné. Je me suis dit que tu ne serais pas contre une petite pause dans ta répétition de chant.

— Tu ne t'es pas trompée, répondit Serafina avec un grand sourire.

— Oh, oh… Opafago à midi.

Ce n'était pas vraiment un Opafago, mais un garde du palais nageant dans leur direction.

— Votre Grâce ? Tout va bien ? demanda-t-il. Vous ne devriez pas vous promener dans les couloirs sans escorte.

Serafina grommela. Intimité, solitude, tête-à-tête avec une amie… Toutes ces choses dont elle rêvait étaient quasi impossibles au palais.

— Requins blancs à neuf heures, lui souffla Neela en montrant d'un signe de tête un groupe de servantes équipées de seaux et de balais à franges.

— Bonjour, Vos Grâces, bonjour ! dirent-elles en faisant la révérence.

— … et un calmar géant à six heures.

C'était Tavia.

— Serafina ? Princesse Neela ? Que faites-vous à flotter au milieu du couloir comme les premiers mérous venus ?

La gouvernante s'élança vers elles, le regard noir.

— Nous sommes encerclées, Capitaine, dit Neela à voix basse. Je crains qu'il ne nous reste plus qu'une seule issue possible.

Serafina gloussa.

— Tu n'es pas sérieuse. On n'a pas fait ça depuis qu'on a huit ans. Et, même à l'époque, ça nous avait attiré des ennuis.

— On dirait que je suis Jacquotte Delahaye.

— Tu es *toujours* Jacquotte ! protesta Serafina. C'est la meilleure de tous les pirates !

— Ne fais pas le bébé. Tu peux être Sayyida al-Hurra.

Neela nagea jusqu'à une fenêtre située sur la face nord du couloir. Elle plissa les yeux en dévisageant Serafina et dit :

— Abandonnez le navire, seau à lombrics ! La dernière aux ruines est un marin d'eau douce !

C'était au mot près ce qu'elle disait à Serafina lorsque, petites, elles jouaient aux reines pirates et s'affrontaient à la course.

Serafina nagea jusqu'à une fenêtre de la façade sud.

— Préparez-vous à bouffer du sable dans mon sillage, rat de fond de cale !

— Un… deux… trois ! crièrent en chœur les deux sirènes.

Une fraction de seconde plus tard, Serafina et Neela plongèrent du haut des fenêtres du palais et disparurent.

7

Bien décidée à remporter la course, Neela contourna une des flèches du palais, puis plongea tête la première. Elle dévala les courants marins, passa en trombe sous une arcade, fit sursauter les dignitaires matalins qui la franchissaient en sens inverse et prit la direction des ruines de la reggia de Merrow. Elle nageait beaucoup trop vite, mais elle s'en fichait pas mal. C'était si merveilleux de fendre les eaux, de se sentir puissante et libre !

Après avoir esquivé une tourelle et filé comme une flèche sous un pont, Serafina commençait à gagner du terrain sur elle. Neela tenta de creuser l'écart au prix d'une formidable accélération, mais son amie parvint tout de même à la rattraper. Elles touchèrent en même temps le mur de façade du vieux palais – du moins la partie qui tenait encore debout – puis s'affalèrent sur un tas de corallines rouges en riant à gorge déployée.

— Gagné ! s'écria Neela, le souffle court.

— Pas du tout ! On était coude à coude !

— Ouais, sauf que j'ai gagné.

— Je n'arrive pas à croire qu'on ait sauté par la fenêtre. On va avoir de sacrés problèmes...

Neela savait aussi bien que Serafina que cela ne se faisait pas du tout. Les Mer civilisés empruntaient les portes pour entrer et sortir des bâtiments. Nul doute que tante Ahadi serait contrariée.

— C'est sûr, mais ça valait le coup ! dit-elle en tirant deux bonbons de sa poche. Tiens : éponge violette aux oursins marinés. Trop bon, t'as pas idée. Ça vaut tous les triçons du monde.

— Si bon que ça ? sourit Serafina en prenant la friandise.

— Mmm-hmm, dit Neela en croquant dans la sienne.

Elle mangeait trop de bonbons. C'était systématique lorsqu'elle était angoissée. Comme maintenant, par exemple. Sera allait sans doute lui demander des nouvelles de son cousin. C'était couru d'avance. Qu'allait-elle bien pouvoir lui dire ?

Neela s'étendit sur les algues moelleuses et leva les yeux vers les eaux éclaboussées de soleil.

— Quel bonheur d'être enfin arrivée ! J'ai eu les nerfs à vif pendant tout le voyage. Les dragons que nous montions tressaillaient au moindre guppy et les éléphants de mer qui portaient nos malles se sont emballés par deux fois. Sans compter que je n'arrivais jamais à dormir la nuit à cause de tous ces cauchemars...

— Ah oui ? Quel genre de cauchemars ?

— Je ne m'en souviens même plus.

Neela se les rappelait très bien, mais elle n'avait aucune envie d'en parler. C'étaient des rêves idiots.

— Et oncle Bilaal a eu vraiment la frousse que les Praedatori nous attaquent. Il s'attendait à voir Karkharias, leur chef, nous bondir dessus à chaque virage. Alors qu'il ne sait même pas la tête qu'il a, vu que personne ne l'a jamais rencontré.

— Mais vous n'avez pas été attaqués, si ?

— Non, tout s'est bien passé. On avait des tas de gardes avec nous. Mais j'étais si heureuse de voir apparaître les flèches de Cerulea hier soir ! Tu n'imagines même pas.

— Je suis vraiment contente que tu sois là, Neela. Je ne me voyais pas traverser l'épreuve du Dokimí sans toi.

Sera ne lui avait encore rien demandé. Bien. Peut-être pourrait-elle faire en sorte que ça dure ?

— Tout va bien avec le chanvoûtement ? Tu as le trac ? Tu porteras quoi ?

— Pas vraiment. Complètement. Je ne sais pas.

Se redressant vivement, Neela fit sursauter une aiguille de mer qui s'était approchée par curiosité.

— Tu ne sais *pas* ce que tu vas porter ? Comment c'est possible, ça ? Le Dokimí est prévu depuis des années, non ?

— La robe m'est offerte par la Miromara. Les meilleurs artimer du royaume planchent dessus. Il n'y a que ma mère qui l'ait déjà vue. Et, de toute façon, ça n'a pas d'importance.

— La robe, c'est *primordial* !

— Je vais lancer un chanvoûtement, pas participer à un concours de beauté. C'est sérieux, tu sais.

— Ma belle, *rien* n'est plus sérieux qu'un concours de beauté. La *vie* est un concours de beauté. C'est ce que dit toujours ma mère, en tout cas. J'ai hâte que tu voies ma tenue. Absolument imbattable. C'est un sari rose sombre. Le drapé est en soie de mer, mais le corsage et le jupon sont composés de milliers de coquilles d'anomie cousues sur un voile de tulle. Je voulais qu'il soit bleu roi, mais ma tante a insisté pour le rose. Je l'ai fait moi-même.

— Non !?

— Si. Je t'assure. Mais chut, ne le dis à personne ! Tu sais ce que c'est, en Matali… Les dieux interdisent aux membres de la famille royale de faire quoi que ce soit de leurs mains, lui rappela tristement Neela

— Tu as des soucis avec tes parents ? demanda Serafina, le regard plein de sollicitude.

— C'est le moins qu'on puisse dire. On se bagarre là-dessus depuis des semaines. Ça fait tout un drame ! J'ai dû engloutir pas moins de vingt boîtes de zée-zées. En un seul jour.

Neela rêvait de devenir styliste, mais ses parents refusaient de la laisser en faire son métier. Ça, ou quoi que ce soit d'autre. Elle était une princesse mataline, et les princesses matalines se devaient d'être bien habillées, d'être plaisantes à regarder puis, un jour, de se marier. Et rien d'autre. Or, Neela désirait tellement plus ! La couleur faisait palpiter son cœur, le tissu prenait vie entre ses mains. Elle avait le talent et la passion, et souhaitait s'en servir.

Serafina lui prit la main.

— Je suis désolée, Neels.

— Oh, eh bien… Je ne deviendrai jamais styliste, mais je peux toujours faire semblant.

— Tu es *déjà* styliste, répliqua Serafina dans un accès de colère. Les stylistes créent et conçoivent des tenues. C'est ce que tu fais. Et peu importe si ça plaît ou pas !

Neela sourit. Sera avait la loyauté d'un poisson-lion, prompte à défendre ceux qui lui étaient chers. C'était une des nombreuses raisons pour lesquelles elle l'aimait.

— J'espère seulement qu'Alítheia n'aime pas le rose, dit Neela. Je ne voudrais pas qu'elle me prenne pour un zée-zée géant. C'est vrai qu'elle mesure plus de trois mètres ?

— Oui.

— Ah. Mais euh… *pourquoi* ?

— *Quia Merrow decrevit.*

— Pourquoi un chanvoûtement aussi long et alambiqué ?

— *Quia Merrow decrevit.*

— Pourquoi des fiançailles à seize ans ? C'est vraiment d'un autre âge. Attends… ne dis rien. Laisse-moi deviner…

— *Quia Merrow decrevit.*

— Mais Merrow l'a décrété, quoi, il y a *quarante siècles*, Sera ! Il y en a eu des marées, depuis, tu sais !

— Je le sais. Crois-moi, Neela, j'ai écouté des tonnes de conques sur Merrow et l'Atlantide pour mes cours, et je ne comprends toujours pas pourquoi elle a pris tous ces décrets bizarres. Le Dokimí dans son ensemble est une épreuve barbare et rétrograde. Ça vient d'une époque où l'espérance de vie était courte : les principessas devaient se préparer à régner dès leur plus jeune âge. Le plus étrange, c'est que cette cérémonie signifiera mon entrée dans l'âge adulte, me proclamera apte à régner, alors que je suis aussi capable de diriger la Miromara que de voler jusqu'à la Lune. Je n'arrive même pas à régner sur ma propre cour, ajouta-t-elle avec un grand soupir.

— Quoi ? De quoi tu parles ?

— De ma cour, répondit Serafina avec une grimace. Il y a cette sirle... Elle s'appelle Lucia...

— Je me souviens d'elle. Lors de ma dernière visite, ma peau s'était mise à briller et elle m'avait dit que je ressemblais à un phare antibrouillard. De la manière la plus mielleuse qui soit, bien sûr.

— C'est Lucia tout craché, ça. Là, elle a dit quelque chose à propos de Mahdi...

Oh non, songea Neela. *Vite, changer de sujet.*

— Hé ! Tu sais quoi ? Si on allait nager un peu ? Pourquoi on n'irait pas se promener dans les ruines, histoire de se dégourdir les nageoires ? On papotera en route.

Neela prit Sera par la main et l'aida à se relever du tas de corallines. Elles pénétrèrent dans les ruines en franchissant ce qui était autrefois l'embrasure d'un portail. Son ancienne arcade s'était effritée avec le temps. Les murs de l'ancien palais s'étaient écroulés, tout comme le toit qu'ils soutenaient. Des anémones, du corail et du varech recouvraient désormais les sols ornés de mosaïque. Dans ce qui était autrefois la grande galerie de Merrow se dressaient toujours d'immenses piliers de quartz bleu, témoins d'une gloire passée.

— Il faudrait que tu voies le collier de rubis que je vais porter ce soir ! dit Neela tandis que les deux amies nageaient côte à côte. Il appartient à ma mère. Complètement imbattable...

Elle parlait pour ne rien dire, cherchant désespérément à empêcher la conversation de dévier à nouveau sur Mahdi.

— Comment vont tes parents ? demanda Serafina.

— Très bien ! Fabuleusement bien ! Ils t'envoient leurs salutations et regrettent de ne pas pouvoir être ici. Mais il fallait bien que quelqu'un garde la boutique en l'absence d'oncle Bilaal.

— Et comment vont l'empereur et l'impératrice ? Et ton frère… et Mahdi ?

— Vraiment nickel. Mais je ne les ai pas encore vus aujourd'hui. On est arrivés vers vingt heures, hier soir. J'étais tellement fatiguée que je suis allée directement dans ma chambre pour m'affaler sur mon lit. Tous les autres ont fait pareil.

— Neela…

— Oh ! T'ai-je raconté ce qui s'est passé lors de notre précédente visite d'État ? Ha ha ! C'est une histoire vraiment drôle ! s'esclaffa Neela avant de se lancer dans les détails.

Mais Serafina, l'écoutant d'une oreille distraite, finit par l'interrompre :

— Et donc, euh, comment va Mahdi ?

Neela sentit son cœur se serrer. Sera s'immobilisa.

— Quoi ? demanda-t-elle devant le sourire figé de son amie.

— Rien, répondit joyeusement Neela. Mahdi se porte bien.

— Il *se porte bien* ? Ma grand-tante Berta se *porte bien*. Qu'est-ce que tu ne me dis pas ?

Neela tira un nouveau bonbon de sa poche.

— Oh, miam-miam : ver plat confit au miel de zostère. Vas-y, goûte !

— *Neela* !

— Eh bien, tu vas le trouver *un petit peu* changé, c'est sûr. Mais bon, tu ne l'as pas vu depuis deux ans. On a *tous* changé en deux ans !

— Écoute, je sais que c'est ton cousin, mais tu es aussi mon amie. Tu *dois* me dire la vérité !

Neela soupira.

— Très bien… Alors voilà : il semblerait que Sa Mahdinesse royale traverse une *phase*. En tout cas, c'est le mot qu'utilise tante Ahadi. Tout est de la faute de Yazeed, d'après elle.

— Ton frère ? Quel rapport il a avec ça ?

— Yaz est un gros fêtard. Toujours le premier à s'imbiber comme une éponge et à jouer les poissons-clowns pour amuser la galerie. Mes parents ne savent plus quoi faire et tante Ahadi est furieuse. Elle lui reproche de pousser Mahdi à la débauche. Ils sortent quasiment *tous* les soirs. Ça a commencé il y a un an environ. C'est à ce moment-là qu'ils se sont fait percer les oreilles. Tante Ahadi a sauté au plafond. Avec ma mère, elles ont menacé de les échouer à vie sur une plage.

— Ça ne ressemble pas au Mahdi de mes souvenirs, commenta Serafina en jouant nerveusement avec les franges de sa robe. Neels, il faut que je te demande quelque chose d'autre. Lucia m'a dit que…

Neela dépiauta un autre bonbon et mordit dedans.

— Beurk, grimaça-t-elle. Oursin de mer fermenté.

Elle le refila à un poisson-demoiselle qui passait près d'elle.

— Elle m'a dit qu'il avait une petite amie. Elle a dit que…

Serafina s'interrompit subitement.

Neela, occupée à s'essuyer les doigts sur une feuille d'algue, releva la tête. C'est alors qu'elle les vit : deux corps – des jeunes tritons – étendus, immobiles, sous un récif de corail à l'arrière du patio.

Serafina fut prise de panique.

— Je… je n'arrive pas à voir s'ils respirent ou non, balbutia-t-elle en nageant vers eux. Il faut aller chercher de l'aide. Je crois qu'ils sont *morts* !

La panique s'empara aussi de Neela, mais pour une tout autre raison…

— Non, ils ne sont pas morts, répondit-elle à mi-voix. Mais, si tante Ahadi apprend ça, ils vont regretter de ne pas l'être.

8

Neela rattrapa Serafina et lui saisit le bras.

— Allez, viens ! dit-elle en essayant de l'éloigner des deux tritons. C'est dangereux. On ferait mieux de prévenir les gardes du palais.

— Mais, imagine qu'ils soient blessés, qu'ils perdent du sang ? On ne peut pas s'en aller comme ça !

— Mais si, on peut. Sans problème.

Serafina parvint à libérer son bras et repartit en direction des corps.

— Ils ne sont pas morts ! Ils respirent et… Oh ! Ah. Je ne m'attendais pas vraiment à ça…

Neela ferma les yeux et se pinça la racine du nez. Comment pouvaient-ils être aussi stupides ? Comment ?

— Euh, Neela ? C'est *Mahdi*…

— … et Yazeed, compléta son amie.

Elle baissa les yeux vers eux. Les deux triçons étaient allongés sur le dos. Mahdi avait un foulard violet noué autour du front et des traces de rouge à lèvres sur la joue. Un grand anneau d'or pendait à l'une de ses oreilles. Ses cheveux noirs, tirés en arrière, étaient attachés en une queue-d'hippokampe. Yaz portait une paire de brillants d'oreilles. Quelqu'un avait dessiné un smiley sur son torse au rouge à lèvres. Une bande rose courait à travers ses cheveux noirs taillés en brosse. Il avait une grosse chaîne en or autour du cou et un tatouage sur le bras. Tandis qu'elle les observait, un poisson bossu plutôt repoussant nagea jusqu'à Yaz et lui donna un petit coup sur le menton. Ouvrant à peine les yeux, Yaz l'enlaça, l'attira à lui et l'embrassa. Tandis que Mahdi continuait de ronfler, Yazeed complimenta le poisson dans un murmure pour sa magnifique chevelure blonde.

Livide, Neela frappa les deux garçons d'un coup de queue.

— Eh ! s'écria Mahdi.

— Du calme, ma belle ! glapit Yaz en lâchant le poisson. Tout ce que j'ai dit, c'est que… Neela ? dit-il en dévisageant sa sœur, les yeux ronds.

Mahdi grimaça, ébloui par la lumière.

— Yaz, vieille rascasse, où étais-tu passé ?! Je t'ai attendu des plombes ! J'ai fini par me poser là en attendant que tu me rattrapes. J'ai dû m'endormir. Pourquoi faut-il toujours que tu sois en retard d'un épisode ?

— Yazeed, retire ces boucles d'oreilles ridicules ! Et relevez-vous, tous les deux ! se fâcha Neela. Serafina est là.

Mahdi blêmit.

— Quoi ? Oh non, murmura-t-il en se redressant. Serafina, c'est toi ?

— Contente de te voir aussi, Mahdi.

Elle parlait d'une voix calme, mais Neela percevait le trouble dans ses yeux. Elle avait espéré cacher à Sera les frasques de son cousin, espéré aussi qu'il se tiendrait à carreau le temps de leur séjour. Apparemment, c'était trop demander.

— Attends, Serafina, il faut que je t'explique, commença-t-il à dire en se redressant.

— Euh, Mahdi ? C'est moi ou tu *brilles* ? demanda Serafina.

— Une minute… Il *brille* ? intervint Neela.

Elle nagea jusqu'à son cousin, l'observa de près, puis fit de même pour Yazeed. Certaines parties de leur corps brillaient, d'autres étaient complètement translucides.

Elle attrapa la chaîne en or de son frère et la fit passer au-dessus de sa tête. Une petite coquille de buccin y était suspendue. Lorsqu'elle la retourna, deux perles roses en tombèrent.

— Des perles de transmerence, j'imagine, dit-elle. Laissez-moi deviner. Hier soir, après avoir enchanté des perles, vous vous êtes faufilés hors du palais. Puis, quand vous avez essayé de rentrer en douce, vous avez trouvé portes closes. Idem pour les fenêtres. Alors vous avez passé la nuit ici, à cuver sous un récif de corail. Il reste néanmoins un point à éclaircir : où êtes-vous allés ?

— Nulle part, répondit innocemment Yazeed. On est juste sortis se promener.

— Oh, arrête. Je parie que vous êtes allés à la Lagune. Je me trompe, peut-être ? répliqua Neela en croisant les bras.

Yazeed regarda tout autour de lui, comme subitement fasciné par l'architecture du lieu.

Neela jeta un œil à son amie. Après avoir longuement fixé les traces de rouge à lèvres qui couvraient les joues de Mahdi, le regard de Serafina glissa vers le foulard noué autour de son front. Un « L » était brodé dessus. *L pour Lucia*, songea Neela. Elle sentit son cœur se serrer en lisant la peine sur le visage de son amie.

— Tu es vraiment un cas désespéré, Mahdi ! dit-elle avec colère. Nous sommes les hôtes des Merrovingia – invités ici pour tes fiançailles, qui plus est – et toi, tu vas dériver en banc ?

— On n'a pas *dérivé*. On a juste, euh, assisté à un concert, répondit Yaz. Pour élargir notre horizon culturel, tu vois ?

Neela leva les mains.

— Arrête. C'est bon.

Elle se tourna Mahdi, passa un doigt sur sa joue couverte de rouge à lèvres et le lui montra.

— Élargir votre horizon culturel, hein ?

Mahdi eut le bon goût de rougir.

— Neela, dit Serafina d'une petite voix. Je dois rentrer.

Mais Neela ne l'écoutait pas, trop occupée à sermonner son frère.

Les laissant se disputer, Mahdi nagea jusqu'à Serafina.

— Hé, Sera... dit-il d'une voix hésitante.

— Désolée, Mahdi, je dois y aller.

— Non, attends. Je t'en prie. Je m'excuse pour tout ça. Vraiment. Ce n'est pas comme ça que j'imaginais nos retrouvailles. Je sais de quoi ça a l'air, mais les choses ne sont pas toujours ce qu'elles semblent être.

Serafina sourit tristement.

— Les triçons non plus, j'imagine.

Mahdi tressaillit.

— Serafina, tu ne sais pas...

— ... qui tu es, compléta la principessa. Je ne sais pas qui tu es, Mahdi. Je ne le sais plus.

— Serafina ! s'écria Yaz. Sirle de mon cœur, tire-moi de là ! Tu peux dire à Sue Nami ici présente de m'épargner ? Tout ce qu'on a fait, c'est traîner au *Corsaire*. Les Navigateurs à Vue y donnaient un concert. C'est mon groupe préféré. Celui de Mahdi aussi. Fallait y aller, ou c'était la crise de FOMO assurée !

— La crise de FOMO ? répéta Serafina.

— Le Flip Obsessionnel de Manquer l'Occase, expliqua Yaz.

— Ne l'encourage pas, Sera, intervint Neela. Monsieur se prend pour un rebelle avec son jargon débile de gogg.

— On a commencé à danser, mais un groupe de sirles a reconnu Mahdi. Ces gourdes sont devenues hystériques et nous ont couverts de rouge à lèvres. Ensuite, des forbans nous ont dit qu'il y avait une raie-party en cours à Cerulea, alors on a fait demi-tour. Il ne s'est rien passé d'autre, je te jure !

— Une raie-party dans les ruines de la reggia ? répliqua Neela. Tu penses vraiment qu'on va te croire ? C'est un monument national !

— On est dans la reggia ? C'est au Kolegio qu'on était censés aller ! s'exclama Yaz en se tournant vers Mahdi. Bravo, le poisson pilote !

Yaz débitait des bobards. Et à la chaîne. Neela en était persuadée. Il mentait pour couvrir ce qu'ils avaient réellement fait cette nuit.

— Écoutez, je dois vraiment y aller, dit Serafina.

Elle était douée pour dissimuler ses sentiments, mais cette fois-ci c'était au-dessus de ses forces.

— Attends, Sera, dit Mahdi, l'air désespéré. Je suis *désolé*. Je t'ai fait du mal, je le vois bien…

— Oh non. Je vais parfaitement bien, Votre Grâce, répondit Serafina en battant des cils pour retenir ses larmes.

Mahdi secoua la tête.

— *Votre Grâce ?* Holà, Sera, c'est *moi*.

— Oui, c'est bien toi. Il faut croire que Lucia disait vrai, dit-elle doucement avant de secouer la tête. Ne t'inquiète pas, Mahdi. Pour que ça me fasse mal… il faudrait déjà que j'en aie quelque chose à faire.

9

— Bonjour, Votre Grâce !

— Bonjour, Principessa !

— Je vous souhaite le meilleur en ce jour de fête, Votre Majesté !

Dans la grande galerie, les courtisans s'inclinaient et souriaient au passage de Serafina. Elle les remercia, accepta poliment leurs bons vœux, mais dut se retenir tout du long pour ne pas éclater en sanglots. Elle avait le cœur brisé. Elle l'avait donné à Mahdi et il l'avait réduit en miettes. Il n'était pas celui qu'elle croyait. Il était insouciant, cruel, et elle ne voulait plus jamais le revoir.

Sera nagea rapidement en direction de la salle d'apparat de sa mère, là où se réglaient les affaires du royaume. Il fallait qu'elle lui raconte ce qui venait de se passer. Elle savait bien que ses fiançailles étaient une affaire d'État, mais il était évident qu'à son époque personne ne lui imposerait plus de s'engager vis-à-vis de quelqu'un comme Mahdi.

Lorsque Serafina atteignit la salle d'apparat, les gardes de sa mère s'inclinèrent et lui ouvrirent la porte en tirant les gigantesques battants. Trois des quatre murs de la pièce étaient couverts du sol au plafond de nacre étincelante. Ils étaient ornés de hauts panneaux de *pietra dura*, des fresques en marqueterie incrustées d'ambre, de quartz, de lapis et de malachite représentant les reginas du royaume. Vingt lustres imposants en verre soufflé étaient suspendus au plafond. Chacun mesurait près de deux mètres cinquante de diamètre et contenait des milliers de minuscules globes de lave. Tout au bout de la pièce, un trône en or en forme d'éventail de mer se dressait, seul, sur une estrade en améthyste. Des miroirs au tain précieux recouvraient le mur situé derrière lui.

La salle d'apparat était vide, ce qui signifiait qu'Isabella travaillait sans doute dans la Chambre de la présence royale. Ce n'était pas pour déplaire à Serafina. Avec un peu de chance, elle aurait cinq minutes pour parler en tête à tête avec sa mère.

La Chambre de la présence royale était une pièce beaucoup plus petite. Sobre et fonctionnelle, elle était meublée d'un grand bureau, de plusieurs chaises et d'étagères couvertes de conques renfermant toutes sortes d'archives, depuis les pétitions jusqu'aux procès-verbaux du Parlement. Seuls la famille et les conseillers les plus proches d'Isabella étaient autorisés à y entrer. En s'approchant de la porte, Serafina vit qu'elle était légèrement entrouverte. Elle était sur le point de s'engouffrer dans la pièce, la gorge déjà nouée de sanglots, lorsqu'elle se figea en entendant des voix.

Sa mère n'était pas seule. Sera jeta un œil par l'entrebâillement et aperçut son oncle ainsi qu'une poignée de ministres de haut rang. Le conte Orsino, ministre de la Défense, étudiait une carte sur le mur. Elle représentait la Miromara, un empire qui s'étendait depuis le détroit de Gibraltar à l'ouest et couvrait toute la Méditerranée jusqu'à la mer Noire à l'est.

— Je ne sais pas si cela a le moindre rapport avec les dernières attaques, Votre Grâce, dit-il, mais un chalutier a été repéré dans le golfe de Venise pas plus tard que ce matin. Un des bateaux de Treebot.

Les traits tirés, Orsino semblait exténué, comme s'il n'avait pas dormi de la nuit.

Vallerio, qui regardait par la fenêtre, les mains jointes derrière le dos, jura à la mention du nom de Treebot.

Serafina savait qui il était. Tout le monde le connaissait en Miromara. Alfred Venom Treebot était un terragogg. Il possédait une flotte de bateaux de pêche. Certains étaient des chalutiers de fond, des navires tractant de gigantesques filets lestés au fond de la mer. Ils attrapaient de grandes quantités de poissons et détruisaient tout ce qui se trouvait sur leur chemin, y compris les récifs coralliens âgés de plusieurs centaines d'années. D'autres de ses bateaux pratiquaient la pêche à la palangre. Ils jetaient à la mer de longues lignes sur lesquelles étaient fixés des hameçons dérivant sur plusieurs kilomètres. Mais cela ne tuait pas que les poissons. Les hameçons capturaient aussi des milliers de tortues, d'albatros et de phoques. Treebot n'en avait rien à faire. Son équipage halait les filets, puis rejetait les créatures noyées par-dessus bord comme de vulgaires détritus.

— Je ne pense pas que le chalutier ait quoi que ce soit à voir avec les attaques, dit Isabella. Les assaillants ont capturé tous les habitants sans la moindre exception, mais ont laissé les maisons intactes. Les filets de Treebot auraient aussi détruit les bâtiments.

Elle parlait d'une voix blanche. Son visage semblait soucieux et fatigué.

— Nous avons également reçu des rapports notant la présence de Praedatori dans les environs des attaques, précisa Orsino.

— Les Praedatori s'emparent des biens de valeur, pas des gens, répliqua Isabella d'un ton dédaigneux. Ce n'est qu'une petite bande de voleurs. De plus, ils ne sont pas en nombre suffisant pour attaquer des villages entiers.

Sera se demanda comment elle pouvait le savoir. Les Praedatori agissaient toujours dans l'ombre, si bien que nul ne savait grand-chose sur eux.

— Ce n'est pas Treebot non plus, ajouta Vallerio. C'est un gogg. Nos sortilèges de défense nous protègent des membres de son espèce.

Il avait quitté sa place près de la fenêtre et nageait désormais de long en large, maîtrisant avec peine sa colère.

— C'est l'Ondalina, poursuivit-il. C'est Kolfinn qui se trouve derrière ces attaques.

— Tu n'en sais rien, Vallerio, répliqua Isabella. Tu n'as aucune preuve.

Les ministres échangèrent quelques regards. Serafina savait que sa mère et son oncle étaient rarement du même avis.

— Aurais-tu oublié que l'amiral Kolfinn a rompu le permutavi ? demanda-t-il.

Le permutavi était un pacte liant l'Ondalina et la Miromara, promulgué après la guerre de la crête de Reykjanes. Il prescrivait l'échange des enfants des deux dirigeants. Le petit frère d'Isabella et de Vallerio, Ludovico, avait été envoyé en Ondalina dix ans plus tôt en échange de la sœur de Kolfinn, Sigurlin. Desiderio était supposé aller vivre là-bas à son tour et Astrid, la fille de Kolfinn, venir en Miromara. Sans autre explication, l'amiral avait envoyé un messager une semaine avant l'échange pour annoncer qu'il ne l'enverrait pas.

— De plus, poursuivit Vallerio, mes informateurs m'ont prévenu que des espions de Kolfinn avaient été repérés dans la Lagune.

— Kolfinn ne nous a pas encore expliqué pourquoi il a rompu le permutavi, lui rappela Isabella. Qui sait s'il n'a pas de bonnes raisons ? Et la présence d'espions ondaliniens dans la

Lagune ne date pas d'hier. Chaque royaume envoie ses espions dans la Lagune. *Nous* envoyons des espions dans…

Vallerio l'interrompit :

— Nous devons déclarer la guerre et nous devons le faire *maintenant* ! Avant d'être pris pour cible *à notre tour*. C'est ce que je te répète depuis des semaines, Isabella.

Les propos de son oncle arrachèrent un frisson à Serafina.

Isabella se pencha en avant sur sa chaise.

— Desiderio a envoyé un messager nous alerter qu'il n'avait rien vu : ni armée, ni artillerie, pas même le moindre soldat ondalinien. J'hésite à entrer en guerre sur la foi d'accusations aussi légères et sans convoquer le Conseil des Six.

Vallerio renifla avec dédain.

— Tu hésites à entrer en guerre ? Tu *hésites* ? Hésite encore un peu, et le Conseil des Six deviendra le Conseil des Cinq !

— Je refuse qu'on me force la main, Vallerio ! aboya Isabella. C'est *moi* qui dirige ce royaume. Tu ferais mieux de t'en souvenir. Je ne suis pas inquiète pour ma vie, mais pour celle de mes sujets. Car beaucoup seront sacrifiés si la guerre éclate !

— *Quand* la guerre éclatera ! tonna Vallerio. Pas *si* !

Il fit volte-face et, de colère, balaya d'un revers de la main un gros coquillage posé sur la table. Ce dernier se fracassa contre le mur.

Le silence tomba sur la Chambre. Isabella lança un regard noir à Vallerio et Vallerio le lui rendit.

Le conte Bartolomeo, le plus vieux conseiller de la regina, se leva de sa chaise. Il arbitrait ces violentes prises de bec depuis qu'Isabella et Vallerio étaient enfants.

— Si je puis me permettre de vous le demander, Votre Grâce, dit-il à Isabella dans l'espoir d'apaiser les tensions, comment avancent les préparatifs pour le Dokimí ?

— Très bien, répondit la regina d'un ton brusque.

— Et le chanvoûtement ? La principessa le maîtrise-t-elle ?

— Serafina ne laissera pas tomber la Miromara.

Bartolomeo sourit.

— La principessa est-elle heureuse à l'idée de ses fiançailles ? Est-elle amoureuse du prince héritier ? D'après ce que j'ai compris, toutes les sirles de Miromara le sont.

— L'amour vient avec le temps, répondit Isabella.

— Pour certains, intervint sèchement Vallerio. Pour d'autres, il ne vient jamais.

Un voile de tristesse couvrit le visage de la regina.

— Tu aurais dû te marier, mon frère. Voilà plusieurs années. Tu aurais dû te trouver une épouse.

— C'est ce qui se serait passé si celle que j'avais choisie ne m'avait pas été refusée. J'espère que Serafina trouvera le bonheur avec le prince héritier.

— Je l'espère également, dit Isabella. Et, plus important encore, comme souveraine de son peuple.

— C'est à ce peuple, justement, que tu dois penser *aujourd'hui*, Isabella, dit Vallerio. Je t'en supplie.

L'urgence se faisait de nouveau sentir dans sa voix.

Serafina se mordit la lèvre. Même s'ils passaient leur temps à se disputer, sa mère accordait plus de valeur à ses conseils qu'à ceux de tout autre.

— Et si j'avais raison à propos de l'Ondalina ? poursuivit-il. Si j'avais raison et que tu avais tort ?

— Alors, que les dieux aient pitié de nous ! Laisse-moi quelques jours de plus, Vallerio. S'il te plaît. Nous ne sommes qu'un petit royaume, le plus petit de toutes les eaux, tu le sais. Si nous devons entrer en guerre, il faut que nous soyons sûrs du soutien des Matalins.

— N'est-ce pas déjà le cas ? Le Dokimí se tiendra ce soir. Quand Serafina et Mahdi seront unis, leurs royaumes le seront également. Leurs vœux ne pourront plus être rompus.

— Tu te rappelles certainement que les négociations avec Bilaal autour de ces fiançailles ont été longues et difficiles. Je soupçonne Kolfinn d'avoir négocié simultanément avec lui en faveur de sa fille. Le vénérable du Qin aussi, pour sa petite-fille. Nul ne sait ce qu'*ils* lui ont proposé en échange. Leurs ambassadeurs se sont joints à la cour pour assister à la cérémonie. Pour autant que je sache, ils *continuent* de faire des offres. Rien n'est joué d'avance. Je ne serai pas tranquille tant que Sera et Mahdi n'auront pas échangé leurs vœux.

— Et, une fois qu'ils l'auront fait, annonceras-tu l'état de guerre ?

— Seulement si cela nous permet de l'éviter. Si nous déclarons seuls la guerre à l'Ondalina, Kolfinn ne bougera pas d'un cil. Si on le fait avec les Matalins pour alliés, il s'enfuira la queue basse.

Serafina repensa à la visite de sa mère plus tôt dans sa chambre. Elle voyait leur discussion sous un tout autre jour à présent. Voilà pourquoi son chanvoûtement l'inquiétait tant, et pourquoi elle avait dit qu'une alliance avec la Matali était capitale. Elle permettrait d'éviter une guerre avec l'Ondalina. Ou de la remporter.

Quelques instants plus tôt, Serafina souhaitait à tout prix voir sa mère. Elle n'avait plus qu'une chose en tête désormais : s'éclipser le plus discrètement possible.

Isabella travaillait sans relâche pour ses sujets, négligeant son bien-être au profit du leur, acceptant stoïquement les fardeaux et la peine qu'entraîne le port de la couronne. Sera osait à peine imaginer la réaction de sa mère si elle avait déboulé dans la Chambre pour se plaindre de la conduite de Mahdi.

Elle devait aller jusqu'au bout : mettre son chagrin et son amertume de côté, et se lier à un triton dont elle ne supportait même plus la vue, dans le seul but d'épargner une guerre à son peuple. C'est ce que sa mère aurait fait à sa place, et c'est exactement ce qu'elle allait faire, elle aussi.

Je la déçois continuellement, pensa Serafina. *Mais pas ce soir. Ce soir, je la rendrai fière.*

10

— Vous n'êtes que deux lombrics de fond de cale ! Ou plutôt non, « lombrics » ne vous rend pas justice. « Sangsues » conviendrait mieux, siffla Neela entre ses dents. Mollusques. Guppys attardés.

— Chut ! dit l'impératrice Ahadi. Cessez de gigoter et taisez-vous !

Neela resta silencieuse deux secondes, puis enfonça son index entre les omoplates de Mahdi.

— Tu ne la mérites pas. Elle est beaucoup trop bien pour toi. Je ne serais pas étonnée qu'elle te fasse faux bond aujourd'hui. *Moi*, je refuserais de me fiancer à toi.

— J'irai lui parler après la cérémonie, dit Mahdi. Je lui expliquerai.

Neela leva les yeux au ciel.

— Ouah, Mahdi, quelle idée de génie… ou pas !

— Est-ce que je dois vous séparer comme des enfants ? fulmina l'impératrice Ahadi à voix basse. La cérémonie est sur le point de commencer !

Neela, Yazeed, Mahdi et le reste de la suite mataline étaient assis dans la tribune royale du Kolisseo, un énorme théâtre de pierre à mer ouverte datant de l'époque de Merrow. Isabella et Bilaal se tenaient côte à côte sur deux trônes d'argent au premier rang de la tribune.

Coiffée d'une couronne d'or sertie de joyaux, la regina faisait forte impression, ses longs cheveux noirs noués en un chignon bas sur la nuque. Un plastron d'apparat constitué de coquilles d'ormeau bleues couvrait son buste, sous lequel tourbillonnaient des jupes diaphanes en soie de mer indigo. L'empereur Bilaal resplendissait dans une veste à col montant, et sa tête était coiffée d'un turban fuchsia paré de perles, d'émeraudes et – au centre – d'un rubis aussi gros qu'une balle de caballabong.

Le père de Serafina, le principe consorte Bastiaan, et son oncle, le principe del sangue Vallerio, étaient assis juste derrière Isabella. Il n'y avait pas de roi, en Miromara. La regina représentait la plus haute autorité. Les tritons pouvaient être princes du sang, s'ils avaient la regina pour mère, ou princes consorts s'ils en épousaient une.

Et face à eux tous, sur une estrade de pierre, reposait un cercle d'or martelé serti de perles, d'émeraudes et de corail rouge : la couronne de Merrow. Ancienne, précieuse et sacrée, elle symbolisait le règne ininterrompu des Merrovingia.

L'impératrice et le prince héritier se tenaient juste derrière Bilaal, devant Neela et Yazeed. Derrière la tribune royale se déployaient ensuite les mages miromarains – Thalassa, la canta magus, gardienne de la magie, et Fossegrim, le liber magus, gardien du savoir – et les puissantes duchessas du royaume. Neela reconnut Portia Volnero. Elle savait que l'oncle de Sera était tombé amoureux d'elle autrefois. Elle pouvait aisément voir pourquoi : drapée dans un tissu pourpre digne d'une reine, Portia était éblouissante avec ses longs cheveux auburn qui ondoyaient librement. Lucia Volnero était là, elle aussi, attirant tous les regards dans une robe argentée et chatoyante. Derrière les duchessas se trouvait le reste de la cour, des centaines de nobles, de ministres et de conseillers, tous vêtus de leurs plus beaux costumes d'apparat, faisant de cette cérémonie une somptueuse démonstration de pouvoir et de richesse.

— Où est Sera ? chuchota Yazeed.

— Elle n'est pas encore dans le Kolisseo, répondit Neela. Les Janiçari vont l'y escorter pour le rituel du sang, la première épreuve.

Elle leva les yeux pour contempler l'amphithéâtre. Sur son pourtour, les drapeaux miromarain et matalin flottaient au gré des courants nocturnes : la branche de corail rouge de la Miromara et le dragon rampant de la Matali avec son œuf bleu argenté. Elle savait que le dragon représenté était un redoutable sabregueule, et que ses œufs arboraient normalement une couleur marronnasse. Sans doute le créateur du drapeau, les trouvant trop laids, avait-il préféré donner à celui-là une teinte plus esthétique.

Il ne restait plus un seul siège de libre dans le Kolisseo et l'eau vibrait d'une sorte de tension fébrile. L'éclat de la lave blanche illuminait les eaux sombres. Elle bouillonnait et écumait dans des globes de verre posés au sommet de grosses coquilles de buccin fixées à des supports muraux. Pour obtenir cette lave, on faisait venir le magma de la mer du Nord, où des mineurs gobelins, les Feuerkumpel, une tribu de Kobold grincheux, l'extrayaient de gisements profonds. Une fois raffiné et blanchi, il était versé par les Höllebläser – des souffleurs de verre gobelins, non moins désagréables – dans des globes de verre assez résistants pour supporter sa chaleur infernale.

À la lueur de la lave, Neela distinguait les visages de la foule. Beaucoup d'entre eux semblaient impatients, d'autres nerveux, voire effrayés. *Ils peuvent*, songea-t-elle. Des générations de jeunes sirènes avaient été couronnées ici héritières du trône miromarain, mais certaines – qui s'étaient toutes révélées être des usurpatrices – avaient eu droit à une mort lente et douloureuse. Elle jeta un coup d'œil rapide vers la grille de fer barrant le trou béant qui creusait le sol du Kolisseo. Vingt robustes tritons en armure se tenaient de part et d'autre, un bouclier à la main. Un frisson la parcourut tandis qu'elle essayait d'imaginer ce qui attendait tapi là-dessous.

Serafina doit être terrifiée, songea-t-elle. *Elle a raison : c'est une cérémonie barbare !* Difficile de voir ce qu'il y avait de commun entre les Miromarains, peuple cultivé et raffiné, et ce rituel aussi macabre.

— Ça va commencer ! s'exclama Yazeed. J'entends de la musique. Regarde, Neela !

Il montrait du doigt l'arche située à l'opposé du Kolisseo. Un grand triton majestueux la franchit et un silence de plomb s'abattit sur la foule. Il avançait, le port altier, son manteau rouge flottant dans son sillage. Un turban assorti, rehaussé d'une défense de narval, lui ornait la tête. À sa ceinture pendait un cimeterre dont le fourreau doré était incrusté de pierres précieuses.

Neela reconnut le Mehterbaşi, le chef de la garde personnelle d'Isabella, les Janiçari. Farouches guerriers venus des eaux bordant les côtes méridionales de la Turquie, ils portaient des plastrons en carapace de crabe bleu et des crânes de balbuzard en guise d'épaulettes. Une rangée de dents d'orque entourait le sommet de leurs casques de bronze.

Les Janiçari franchirent l'arche en formation serrée, à la suite de leur chef. Certains soufflaient dans des boru, des trompettes longues et fines. D'autres jouaient du davul, une sorte de grosse caisse fabriquée à partir d'un bénitier géant. Les autres, d'une voix grave et vibrante, chantaient le courage de leur reine. Le volume sonore produit, particulièrement impressionnant, était destiné à terrifier les ennemis de la Miromara. Neela se dit que c'était plutôt réussi.

Après que vingt rangs de Janiçari furent entrés dans le Kolisseo, une autre silhouette, très différente de celle des redoutables soldats, apparut entre les colonnes de l'arche.

— Sera… N'est-elle pas magnifique ?! s'exclama Neela dans un souffle.

— Cette sirle est torride, reconnut Yazeed. Elle me fait fondre !

— Ça c'est élégant, Yaz… répliqua sa sœur en secouant la tête.

Mahdi l'observa sans un mot.

Serafina était assise en amazone sur une hippokampe grise élancée. Elle portait une robe de soie vert clair. Cette couleur, revêtue par les jeunes sirles lors de leurs fiançailles, symbolisait le lien qui l'unissait à son peuple, à son futur époux, ainsi qu'à la mer. Par-dessus sa robe, un délicat manteau de brocart, d'un vert aussi profond que celui de ses yeux, lui couvrait les épaules. Il était richement brodé de fils de cuivre et constellé de corail rouge, de perles et d'émeraudes : les joyaux de la couronne de Merrow. Sa chevelure châtain aux reflets cuivrés flottait librement autour de ses épaules. Elle se présentait tête nue et son visage, avec ses pommettes hautes, possédait des traits fins et élégants. *Mais ce sont ses yeux qui lui donnent toute sa beauté*, songea Neela. Ils étincelaient d'intelligence et d'humour, bien qu'assombris parfois par le doute. Au fond de son regard, on pouvait également lire beaucoup d'amour, en dépit des efforts qu'elle déployait pour le cacher.

À l'instant où les Miromarains la repérèrent, ils bondirent de leurs fauteuils pour l'ovationner. La clameur déferla comme une tempête à travers l'amphithéâtre. Serafina, le visage grave comme l'exigeaient les circonstances, regardait droit devant elle.

Le Mehterbaşi s'arrêta au pied de la tribune royale. Ses troupes – Serafina au milieu d'eux – en firent autant. Il se frappa la poitrine du poing, puis salua sa regina. C'était un geste exprimant tout à la fois amour et respect. Les cinq cents Janiçari l'imitèrent dans un parfait mouvement d'ensemble. À son tour, Isabella se frappa la poitrine et leur rendit leur salutation. Une nouvelle acclamation s'éleva de la foule et les joueurs de boru firent sonner leurs instruments.

Le vacarme déplut à l'hippokampe de Serafina. Elle frappa l'eau de ses sabots et secoua sa queue serpentine dans tous les sens. Ses yeux jaunes aux pupilles fendues comme celles d'un serpent roulaient nerveusement dans leurs orbites.

Tandis que Serafina s'employait à la calmer, le Mehterbaşi se tourna vers ses troupes, leva son cimeterre et fendit l'eau devant lui. Aussitôt, les Janiçari s'avancèrent, leur formation coupée en deux par le milieu, de sorte qu'une moitié partit vers la droite et l'autre vers la gauche. Une fois l'amphithéâtre cerné par les gardes, le Mehterbaşi remit son cimeterre au fourreau, nagea jusqu'à Serafina et l'aida à descendre de sa monture. Elle retira son manteau et le lui confia. Elle affronterait Alítheia vêtue d'une simple robe. Elle lui servirait de parure de couronnement ou de linceul.

Le Mehterbaşi lui tendit son cimeterre, puis s'éloigna avec l'hippokampe. Serafina se tenait seule au milieu de l'amphithéâtre. Lorsque les acclamations se furent calmées, elle prit la parole, et sa voix résonna par-delà les pierres antiques :

— Citoyens de Miromara, honorables invités, Gracieuse Regina, me voici aujourd'hui devant vous pour me déclarer du sang des Merrovingia, fille de Merrow et héritière du trône miromarain.

Isabella, perchée majestueusement sur son trône, s'exprima à son tour :

— Sujets bien-aimés, nous autres Mer formons un peuple né de la destruction. La fin de l'Atlantide fut notre commencement. Pendant plus de quatre mille ans, nous avons tenu bon. Pendant plus de quatre mille ans, les Merrovingia ont régné sur la Miromara. Nous vous avons protégés, nous avons travaillé sans relâche pour que vous prospériez. Descendantes de celle qui nous a tous créés, nous sommes vouées, cœurs et âmes, par serment et par le sang, à perpétuer son règne. Je vous donne ma fille unique, cette enfant issue de mon corps et de mon cœur, mais je ne peux faire d'elle votre héritière. Seule Alítheia le peut. Qu'en dites-vous, bon peuple ?

Les Miromarains laissèrent à nouveau exploser leur joie.

Isabella prit une profonde inspiration. Le dos bien droit, elle semblait parfaitement calme, mais Neela pouvait voir ses mains trembler.

— Libérez l'anarachna ! ordonna-t-elle.

— Que se passe-t-il ? murmura Yazeed.

— C'est le rituel du sang, la première étape du Dokimí, lui expliqua Neela. Il permet de savoir si Serafina est vraiment une descendante de Merrow.

— Et si elle ne l'est pas ?

— Ne dis pas ça, Yaz, dit Mahdi. Je t'interdis même de le penser.

Neela se tourna vers son cousin et vit qu'il serrait les poings.

Les tritons en armure postés autour de la grille au centre de l'amphithéâtre unirent leurs forces pour la soulever. De lourdes chaînes étaient fixées à d'épais anneaux de fer à l'avant. Les tritons s'en saisirent et tirèrent dessus. La grille s'ouvrit lentement. Elle pivota sur ses gonds et retomba sur le sol de pierre dans un bruit métallique assourdissant. Des secondes s'écoulèrent, puis des minutes, sans que rien ne se passe. Les Miromarains, inquiets et nerveux, commencèrent à échanger des murmures. Quelques-uns, particulièrement audacieux ou stupides, appelèrent l'anarachna par son nom.

— Qui appellent-ils ? demanda Yazeed. Il y a quoi, dans ce trou ?

Neela s'était renseignée sur les moindres détails du Dokimí. Elle se pencha vers son frère pour lui raconter ce qu'elle avait appris :

— Âgée et proche de la mort, Merrow voulut s'assurer que seules ses descendantes pourraient régner sur la Miromara.

Alors elle demanda à Neria, la déesse de la mer, et à Bellogrim, le dieu du feu, de forger une créature de bronze.

— Sans déc, Neels… Je le sais, ça ! Je ne suis pas complètement neuneu !

— Mouais, ça, c'est tout à fait discutable, répliqua sa sœur avant de poursuivre : Pendant que les Feuerkumpel faisaient fondre le minerai pour la créature, Neria conduisit la souveraine agonisante à leur haut-fourneau. Lorsque le métal fondu fut prêt, la déesse entailla la paume de Merrow et la tint au-dessus de la cuve pour que son sang coule dans les veines de la future créature, et qu'elle sache le différencier de celui de potentielles usurpatrices. Neria attendit que le bronze refroidisse, puis insuffla la vie en Alítheia.

Yazeed siffla, impressionné.

— Comme tu dis, ajouta Neela.

Elle se tourna vers Mahdi. Toute couleur avait quitté ses joues. Il semblait vraiment mal en point.

Yazeed le remarqua, lui aussi.

— Mahdi, vieille rascasse ! Je t'avais dit de ne pas toucher à ces vers des sables, hier soir ! Ils étaient bien trop épicés. T'as envie de vomir ? Tu veux mon turban ?

— Ça va bien, répondit Mahdi.

Mais ce n'était pas l'impression qu'il donnait. *Pas du tout*, songea Neela. Il gardait les yeux fixés sur Sera et sa main crispée sur la poignée du cimeterre qu'il portait à la taille. Il était tendu, comme prêt à bondir de son fauteuil à tout moment.

Un hurlement – criard et métallique – fit soudain trembler l'amphithéâtre. On aurait dit le bruit de rochers acérés éventrant une coque de bateau. Une patte articulée, à l'extrémité aussi tranchante qu'une lame, se déploya hors du trou avant de retomber lourdement sur le sol rocheux. Une autre lui succéda, puis une autre encore. Une tête apparut. La créature siffla, retroussant ses babines sur des crochets arqués, longs comme le bras. Des cris étouffés – d'effroi et d'émerveillement mêlés –

s'élevèrent de la foule tandis qu'elle finissait de s'extirper de la cavité.

— Non mais, je *rêve* ! s'exclama Yazeed dans un souffle. M, tu vois ce que je vois ? Parce que, sinon, je suis bon pour l'asile !

— Sera, *non*, murmura Mahdi.

Yazeed secoua la tête.

— Je n'arrive pas à croire que cette chose est Ala… Alo…

— A-LÍ-theia, dit Neela. C'est un mot grec qui signifie…

— Araignée de mer géante, laide et monstrueuse qui fout les j'thons ?

— Non… Vérité.

La créature se cabra, griffant les eaux de ses pattes avant. Une goutte de venin ambré dégoulina de ses crochets. Huit yeux noirs parcoururent l'amphithéâtre avant de se fixer sur sa proie.

— Traîtressssse, siffla-t-elle.

Elle s'adressait à Serafina.

11

Quia Merrow decrevit.

Mais comment ? s'interrogea Serafina avec désespoir. *Comment a-t-elle pu faire ça ? Comment a-t-elle pu forcer toutes celles qui allaient lui succéder à endurer ça ?*

Levant les yeux vers l'imposante créature et sa carcasse de bronze noircie par le temps, Serafina crut qu'elle allait s'évanouir de terreur.

— Tu as peur de moi ! Et tu as bien raisssson. Je me délecterai bientôt de ton sssang, traîtressssse. Et de tes ossss…

Alítheia se précipita vers elle, son corps rasant le sol, ses horribles yeux noirs étincelants.

Serafina étouffa un cri. Dans sa tête, elle entendit la voix de Tavia lui raconter l'histoire d'une contessa perfide qui, plusieurs siècles plus tôt, avait enlevé la vraie principessa lorsqu'elle n'était encore qu'un nouveau-né et l'avait remplacée par sa propre fille, ensorcelée pour lui ressembler. La regina, tout le peuple miromarain et la jeune sirène elle-même étaient persuadés qu'elle était bel et bien la principessa. Tout le monde, excepté Alítheia. Elle avait planté ses crochets dans le cou de la malheureuse et l'avait emportée dans son repaire. Son corps n'avait jamais été retrouvé.

— Personne ne se connaît vraiment, mon enfant, avant d'avoir été mis à l'épreuve, avait dit Tavia.

Et si je n'étais pas celle que je crois être ? songea Serafina. Elle imagina Alítheia plonger ses crochets dans son propre cou et l'entraîner à moitié vivante dans son repaire.

La créature avançait vers elle d'un pas arachnéen. Il ne lui restait plus que quelques mètres à parcourir, désormais.

— Héritière, tu n'es ssssûrement pas... Usurpatrisssse, tu es. Mort aux traîtressssses...

Alítheia décrivit des cercles autour d'elle, se rapprochant toujours un peu plus, puis baissa la tête jusqu'à ce que ses terribles crochets ne soient plus qu'à quelques centimètres du visage de Serafina. Une autre goutte de venin tomba sur les pierres.

— Qui es-tu, traîtresssse ?

Serafina sentit son courage vaciller. Elle recula devant la créature, détournant son regard de son horrible gueule. Ce faisant, ses yeux tombèrent sur la foule assise dans l'amphithéâtre, sur ces milliers et ces milliers de Mer... Elle était leur principessa, la fille unique de la regina. Si elle les abandonnait, si elle s'enfuyait lâchement, vers qui se tourneraient-ils lorsque le règne de sa mère s'achèverait ? Qui les protégerait avec la même passion que celle qui habitait Isabella ?

Soudain, elle sut ce qu'elle devait répondre à la créature. Et cette certitude la remplit de courage et de force. Serafina se tourna bravement face à l'araignée.

— Je suis *à eux*, Alítheia. J'appartiens à mon peuple. Voilà ce que je suis !

Elle leva le cimeterre que le Mehterbaşi lui avait donné et fit courir la lame dans le creux de sa main. Le fil lui meurtrit la chair et une volute de sang s'échappa de la blessure. Elle tendit sa main ensanglantée, paume vers le ciel. L'araignée s'avança.

— Je suis Serafina, fille d'Isabella, princesse du sang ! Proclame-le à ton tour.

Alítheia siffla. Elle pressa ses palpes à poils drus sur la blessure et goûta au sang de Serafina. Puis elle se cabra et hurla de rage. Elle s'écarta de la sirène et ses pattes retombèrent lourdement sur le sol, craquelant les pierres sous leur poids.

— Pas de chhhair fraîchhhhe pour Alítheia ! Pas d'osssss pour Alítheia ! hurla-t-elle.

De son pas claudiquant, elle fit le tour de l'amphithéâtre, menaçant ses gardiens, tentant de franchir leur ligne de défense pour atteindre les Miromarains. Les Mer poussèrent des cris de terreur et bondirent de leurs fauteuils, mais les gardiens la maintenaient à distance en brandissant des globes de lave. La roche blanche en fusion, suffisamment chaude pour faire fondre le bronze, était la seule chose au monde que craignait l'araignée.

— Alítheia ! tonna une voix. Alítheia, écoute-moi !

C'était Isabella. L'araignée se tourna vers elle, l'air renfrogné.

— Quel est ton verdict ?

On n'entendit plus un bruit. La mer elle-même semblait retenir son souffle. L'araignée rampa jusqu'à la tribune royale et saisit la couronne de Merrow entre ses crochets. Elle retourna auprès de Serafina et la plaça sur sa tête. Puis, fléchissant ses pattes avant en guise de révérence, elle proclama :

— Ssssalut à toi, Sssssserafina, fille de Merrow, princesssse du sang, héritière légitime du trône de Miromara.

Serafina fit une profonde révérence en direction de sa mère. L'acclamation qui s'éleva fut assourdissante. Elle se redressa au bout de quelques instants, attentive à maintenir la couronne de Merrow en équilibre. Elle pesait bien plus lourd qu'elle ne s'y attendait. Pas totalement remis de sa confrontation avec Alítheia, son cœur battait la chamade et sa blessure à la main la lançait, mais elle se sentait fière et euphorique.

D'un bout à l'autre de l'amphithéâtre, le peuple mer se leva en poursuivant l'ovation. Dans la tribune royale, Isabella et Bilaal se mirent debout, et le reste de la cour royale les imita. Une tache bleu vif accrocha le regard de Serafina.

C'était Mahdi. Il portait une veste de soie turquoise et un turban rouge. Cela lui coûtait beaucoup de l'admettre, mais il avait un charme fou. Son visage revenait régulièrement dans ses rêves depuis deux ans. Il n'était pas comme dans ses souvenirs : plus mûr, plus anguleux. Il croisa son regard et sourit. Il était magnifique, ce sourire. Mais aussi un petit peu gêné, un petit peu gobie. Dans ce sourire, Serafina retrouva le triçon qu'elle connaissait.

Revoir ce Mahdi-là lui serra le cœur. Où était-il donc passé ?

Les joueurs de boru sonnèrent à toute volée, l'empêchant de s'attarder davantage sur cette question ou sur la tristesse qu'elle lui inspirait. Le Mehterbaşi la rejoignit et l'aida à remettre son manteau. Puis il banda sa main blessée.

Le rituel du sang était terminé. Elle savait ce qui l'attendait ensuite : la deuxième épreuve, le rituel du chant. Son estomac se noua à cette pensée. C'était le moment pour lequel elle avait travaillé si dur, le moment où le talent, les études et la pratique finiraient par payer.

Ou pas.

12

Serafina fit le vide dans son esprit. Elle ne pensa plus à rien ni à personne, seulement à la musique et à la magie.

La magie dépendait de tant de choses : du talent de la personne, de son expérience, de sa persévérance, de la position de la Lune, du rythme des marées, de la proximité des baleines… Cela ne se mettait vraiment en place qu'une fois à l'âge adulte ; Serafina en était consciente. Mais c'était aujourd'hui qu'elle en avait besoin, et elle priait les dieux pour que la magie ne lui fasse pas défaut.

Prenant une profonde inspiration, elle alla puiser au fond d'elle la force et la confiance dont elle avait besoin, et commença à chanter. Sa voix, haute et claire, portait merveilleusement bien dans l'eau. Elle commença par un chant de bienvenue, simple et charmant, à l'intention des Matalins, décrivant combien la Miromara était heureuse de les accueillir. Lorsqu'elle eut fini, elle se baissa jusqu'au sol, ramassa une poignée de sable et la jeta au-dessus de sa tête. *Nihil ex nihilo.* C'était la première règle de la magie marine : *Rien ne sort du néant.* La magie a besoin de matière première.

La voix de Serafina s'empara du sable en s'élevant dans l'onde, le façonna, puis l'agrémenta de couleur et de lumière pour qu'il prenne l'apparence d'une île à la végétation luxuriante, dotée de ports animés, de palais et de temples. Elle agrandit l'image jusqu'à ce qu'elle remplisse l'amphithéâtre. Elle fit ensuite appel à un banc de petits poissons argentés qu'elle transforma en habitants insulaires et, lorsqu'elle eut fini, son image se métamorphosa en un véritable tableau vivant.

L'île, raconta-t-elle à ses auditeurs, était l'ancien empire de l'Atlantide, niché au cœur de la mer Égée. Ses habitants étaient les ancêtres des Mer. C'était leur histoire qu'elle chantait à présent. Sa voix n'était pas la plus belle du royaume, ni la plus travaillée, mais elle était pure et sincère. Elle envoûta immédiatement son auditoire.

En se servant de sa magie, elle montra comment des hommes des quatre coins du monde, artistes, érudits, docteurs, scientifiques – les esprits les plus éminents de leur époque –, étaient venus s'installer sur l'île de l'Atlantide. Elle montra des fermiers dans leurs champs, des marins sur leurs navires, des marchands dans leurs échoppes… Tous paisibles et prospères. Son chant parla des puissants mages de l'île, les Six Souverains Originels : Orfeo, Merrow, Navi, Pyrrha, Sycorax et Nyx. Elle chanta la grandeur et la splendeur de l'Atlantide.

Puis elle raconta la catastrophe.

Gonflée par l'émotion, sa voix glissa progressivement en mode mineur pour narrer comment l'Atlantide fut dévastée par un violent tremblement de terre. Elle attira à elle la lumière venant du dessus, poussa et plia l'eau, fit apparaître des images pour illustrer la destruction de l'île : son sol qui se fissurait, la lave qui sourdait de ses blessures, les cris de son peuple.

Elle parla de Merrow et de la façon dont elle avait sauvé les Atlantes en les encourageant à sauter dans l'eau, puis en priant Neria de leur venir en aide. Tandis que l'île agonisait, s'enfonçant peu à peu sous les vagues, la déesse métamorphosa ses habitants terrifiés et leur fit don de la magie marine. Au début, ils se débattirent, luttant pour garder la tête au-dessus de la ligne des eaux, puis ils hurlèrent lorsque leurs jambes se soudèrent et que des nageoires se mirent à bourgeonner sur leur peau. Lorsque la mer finit par les happer, ils essayèrent de respirer dans l'eau et souffrirent l'agonie. Certains réussirent. D'autres non, et les vagues emportèrent au loin leurs cadavres.

Serafina laissa les images de l'Atlantide dévastée sombrer au fond de l'eau et s'estomper. Puis elle lança une seconde poignée de sable et fit apparaître une nouvelle image : la Miromara.

Montre-leur ton cœur, lui avait dit Thalassa. C'est ce qu'elle allait faire. La Miromara *était* son cœur.

Joyeux, son chant parla des survivants et raconta comment ils firent de Merrow leur souveraine. Elle chanta la Miromara, devenue le premier royaume du peuple mer. Sa voix monta en flèche, gravit les octaves avec souplesse, chaque note parfaitement à sa place. Elle montra les Mer dans toute leur beauté : certains parés des écailles lisses et argentées d'un maquereau, d'autres pourvus de pattes de crabe ou d'une carapace de homard, d'autres encore dotés d'une queue d'hippokampe ou de tentacules de calmar. Elle parla des dons de Neria : le canta mirus et le canta prax.

Elle montra comment les Mer de Miromara se dispersèrent dans toutes les eaux du monde, douces comme salées. Certains, nostalgiques de la région qu'ils avaient quittée humains pour rejoindre l'Atlantide, retournèrent au large de leurs terres d'origine et fondèrent de nouveaux royaumes : l'Atlantica, le Qin dans l'océan Pacifique, les fleuves, rivières, lacs et étangs d'Eaudouce, l'Ondalina dans les eaux arctiques et l'empire de Matali dans l'océan Indien.

Serafina attira ensuite quelques rayons de soleil. Elle les roula en une boule qu'elle laissa tomber au fond de la mer. Lorsque la sphère solaire toucha le sol, elle éclata dans un embrasement de lumière dorée. À mesure que la pluie scintillante retombait, elle dépeignit la Matali et raconta son histoire, depuis ses débuts comme simple avant-poste au large des Seychelles jusqu'à l'empire qu'elle était devenue, englobant l'océan Indien, la mer d'Arabie et le golfe du Bengale.

Elle chanta l'amitié qui liait la Miromara à la Matali et fit apparaître des portraits éblouissants de l'empereur et de l'impératrice, les complimentant pour leur règne juste et éclairé. Puis, malgré la peine que cela lui causait, elle se représenta avec Mahdi, flottant l'un à côté de l'autre en tenue de cérémonie, comme ils le seraient bientôt pour la célébration de leurs fiançailles, et exprima l'espoir qu'ils gouverneraient leurs deux royaumes avec la même sagesse que leurs parents, en plaçant le bonheur et le bien-être de leurs peuples au-dessus de tout le reste.

Les images s'estompèrent en glissant vers le sol, telles les braises d'un feu d'artifice au cœur de la nuit. Serafina resta immobile tout du long, la poitrine haletante, puis elle termina son chanvoûtement comme elle l'avait commencé, sans image ni effet visuel : sa voix, seule, demandant aux dieux de préserver pour toujours l'amitié entre les deux royaumes. Enfin, elle courba la tête en hommage à Merrow, à toutes les personnes présentes, mais aussi à la mer elle-même, la grande bleue, éternelle et infinie.

Le silence était tel, lorsque Serafina s'inclina, que l'on aurait pu entendre une bernacle éternuer.

Trop silencieux, songea-t-elle, le cœur serré. *Oh non. Ils ont détesté !*

Mais, lorsqu'elle releva la tête, une clameur formidable se fit entendre. Une clameur joyeuse, bouillonnante. Son peuple l'ovationnait, encore plus bruyamment qu'il ne l'avait fait après le rituel du sang. Ils jetaient en l'air leurs chapeaux et leurs casques, tout protocole oublié. Serafina regarda vers sa mère. Isabella l'applaudissait, elle aussi. Elle souriait, les yeux brillants. Il n'y avait aucune trace de déception sur son visage, rien que de la fierté.

Elle se remémora ce que sa mère avait dit à son oncle dans la Chambre de la présence royale : *Serafina ne laissera pas tomber la Miromara…*

Tandis que les Mer continuaient de l'acclamer, le cœur de Sera se gonfla tant qu'elle crut qu'il allait éclater. Il lui sembla qu'elle pourrait rester flotter là pour toujours, portée par l'amour de son peuple.

Elle se rappellerait très longtemps cet instant, cet instant de grâce, radieux, avant que tout bascule.

Avant que la flèche, noire et fuselée, transperce les eaux pour aller se ficher dans la poitrine de sa mère.

13

Serafina était comme pétrifiée.

La poitrine de sa mère se soulevait avec peine, la flèche bougeant au rythme de sa respiration. Elle avait transpercé son plastron et s'était fichée dans son côté gauche. Isabella toucha la blessure du bout des doigts. Quand elle les retira, ils étaient écarlates. La vue du sang – celui de sa mère, dégoulinant le long de sa jupe – tira Serafina de sa torpeur.

— Maman ! hurla-t-elle en se précipitant en avant.

Mais il était trop tard. Les Janiçari l'avaient déjà encerclée. En voulant protéger Serafina de tout danger, ils l'empêchaient également de rejoindre sa mère.

— Laissez-moi passer ! cria-t-elle en essayant de se frayer un chemin.

Elle entendit les hurlements de la foule, sentit l'eau brassée par les Mer paniqués qui nageaient en tous sens, se bousculant et se poussant les uns les autres. Des enfants, séparés de leurs parents, hurlaient de terreur. Une petite sirle fut projetée à terre, un triçon, percuté par un violent coup de queue.

Incapable d'échapper aux Janiçari, Serafina parvint néanmoins à glisser la tête entre deux d'entre eux et à jeter un coup d'œil vers sa mère. Isabella avait toujours les yeux baissés sur la flèche plantée dans son côté. Les Janiçari tentaient de l'encercler comme ils l'avaient fait pour Serafina, mais elle les chassa avec colère et leur ordonna d'aller s'occuper des Matalins. D'un geste vif et implacable, elle tira la flèche de son corps et s'en débarrassa. Du sang se mit aussitôt à jaillir de la blessure. Et pourtant on ne lisait aucune peur sur son visage, juste une incroyable colère.

— Espèce de lâche ! rugit-elle, sa voix puissante couvrant les cris de la foule. Montre-toi !

D'un battement de nageoire, elle s'éleva au-dessus de la tribune royale, ses yeux fouillant le Kolisseo à la recherche du tireur embusqué.

— Sors de ta cachette, parasite bouffi ! Viens finir ton travail ! Tiens, voici mon cœur ! s'écria-t-elle en bombant le torse.

Serafina était tétanisée, paniquée à l'idée qu'une nouvelle flèche ne s'abatte sur sa mère.

— Je suis Isabella, souveraine de Miromara ! Et je ne serai *jamais* effrayée par une raclure des bas-fonds qui frappe dans l'ombre !

— Isabella, cria quelqu'un. Mets-toi à l'abri !

Serafina reconnut la voix. C'était celle de son père. Elle le repéra dans la foule. Il regardait directement au-dessus de lui.

— *Non !* hurla-t-il.

Il s'élança hors de la tribune royale, tel un tourbillon cuivré. Un fragment de seconde plus tard, il nageait au-dessus de l'amphithéâtre, entre sa femme et le triton vêtu de noir qui pointait vers elle une arbalète chargée.

L'assassin, à peine visible dans l'eau sombre, tira à nouveau. Le carreau de l'arbalète alla se planter dans la poitrine de Bastiaan. Il mourut avant même que son corps touche le sol.

Serafina eut l'impression qu'on venait de lui lacérer le cœur.

— Papa ! s'écria-t-elle.

Elle se débattit pour échapper aux Janiçari et rejoindre son père, mais ils la retinrent d'une main ferme.

D'autres gardes, Vallerio à leur tête, entourèrent Isabella. Le Mehterbaşi avait dépêché un autre groupe auprès de la tribune royale, où ils avaient formé un périmètre de sécurité autour des Matalins et de leur cour.

— *Bakmak ! Bakmak !* cria le Mehterbaşi. Regardez là-haut !

Des eaux nocturnes descendaient des centaines de tritons armés vêtus de noir chevauchant des hippokampes. Ils tirèrent sur la tribune royale et sur le peuple. Des Janiçari fusèrent à travers l'eau pour les repousser, mais ils ne faisaient pas le poids face aux arbalètes.

— Au palais ! hurla Vallerio. Emmenez tout le monde à l'intérieur ! Allez !

Deux gardes saisirent Serafina par les épaules et l'évacuèrent à la hâte du Kolisseo. Deux autres nageaient au-dessus d'eux pour la protéger. En quelques secondes à peine, ils étaient de retour à l'intérieur des murs d'enceinte de la ville, abrités par le gigantesque bosquet de la Queue du Diable. Sans ralentir, ils se rendirent jusqu'au palais. Une fois arrivés dans le patio de la reine, les gardes rompirent la formation et pressèrent Serafina d'entrer.

Le conte Orsino, le ministre de la Défense, l'attendait.

— Par ici, Principessa. Vite ! Votre mère a été conduite dans sa salle d'apparat. Votre oncle vous veut là-bas aussi. C'est la pièce la plus centrale du palais et la plus facile à défendre.

— Sera ! s'écria une voix.

C'était Neela. Elle venait d'arriver, elle aussi. Bouleversée, elle émettait une lueur vive d'un bleu sombre et profond.

Sera se jeta dans ses bras et enfouit son visage dans le creux de son épaule.

— Oh, Neela, dit-elle, la voix brisée par l'émotion. Mon père… Il est *mort* ! Ma mère…

— Mes excuses, Principessa, mais nous devons partir, l'interrompit Orsino. Nous sommes exposés, ici.

Neela prit la main de Serafina et elles s'élancèrent à la suite du ministre. Tout en nageant, Sera réalisa que son amie était arrivée seule.

— Où est Yazeed ?

Neela secoua la tête.

— Je ne sais pas. Mahdi et lui… ils se sont enfuis. Impossible de savoir où ils sont maintenant.

Ils ont fui ? songea Serafina, sidérée. Pendant que sa mère blessée, en sang, défiait son agresseur de se montrer ? Pendant que son père faisait le sacrifice de sa vie ?

— Et Bilaal et Ahadi ? Sont-ils à l'abri ?

— Je ne les ai pas vus, répondit Neela. Tout est arrivé si vite…

Les larges couloirs de corail et les longs tunnels étroits séparant les étages du palais semblèrent plus interminables que jamais à Serafina. Elle les traversa en nageant aussi vite qu'elle le put, se frayant un chemin entre les courtisans hébétés et blessés.

Alors qu'elle approchait de la salle d'apparat, elle entendit des cris s'en échapper.

— *Maman !*

Poussant et jouant des coudes, elle s'ouvrit un chemin à travers la foule et fonça au bout du couloir. Elle fut accueillie par un horrible spectacle : allongée sur le sol au pied de son trône, Isabella battait de la queue de manière convulsive. Elle avait les yeux révulsés et de l'écume rouge maculait ses lèvres. Elle ne reconnaissait pas Vallerio ni ses suivantes, et se débattait bec et ongles contre le médecin qui essayait d'endiguer l'hémorragie. Serafina voulut s'agenouiller près de sa mère, mais son oncle l'entraîna à l'écart.

— Tu ne peux pas l'aider… Ne t'approche pas. Laisse le médecin faire son travail.

— Oncle Vallerio, qu'est-ce qui ne va pas ? s'écria Serafina. Que lui arrive-t-il ?

Vallerio secoua la tête.

— Le carreau d'arbalète…

— Mais elle l'a arraché ! Je ne comprends pas…

— C'est trop tard, Sera. La pointe était empoisonnée.

14

La terreur envahit le cœur de Serafina.

— Non ! hurla-t-elle à son oncle. Tu te trompes ! Tu te *trompes* !

La voix de Vallerio se fit plus douce :

— Sera, le médecin est catégorique : c'est de la turbotoxine. Il en reconnaît les symptômes. Et il n'y a qu'un seul poisson qui la sécrète : le scorpion des mers arctiques.

— Le scorpion des mers arctiques, répéta Serafina, le regard fixe. Ce qui veut dire…

— … que c'est l'amiral Kolfinn qui nous a attaqués. Les soldats portaient des uniformes noirs, la couleur de l'Ondalina. C'étaient les troupes de Kolfinn, ça ne fait aucun doute ! En un mot : nous sommes en guerre.

Serafina le poussa hors de son chemin, contourna le médecin qui appliquait une compresse propre sur la blessure d'Isabella, et s'assit par terre au côté de sa mère. D'un coup d'épaule, elle retira le riche manteau de brocart qu'elle portait encore, le roula en boule et le plaça sous la tête de la regina.

— Maman ? *Maman !* Tu m'entends ?

Elle prit sa main, qui était couverte de sang.

Isabella cessa de se débattre. Comme si la voix de Serafina lui offrait une planche de salut. Elle ouvrit les yeux. Son regard se perdait dans le lointain.

— Ton chanvoûtement était magnifique, Sera. Je n'avais pas encore eu l'occasion de te le dire.

— Chut, maman, ne parle pas, la supplia Serafina, mais Isabella l'ignora.

— Tout le monde est magnifique ! La salle aussi, avec toutes ces anémones en fleur et ces chandeliers qui brillent de mille feux… Et ton père, et ton frère ! Ils sont si beaux, tu ne trouves pas ?

Sa mère, réalisa Serafina, croyait assister à la réception qui devait faire suite au Dokimí. Le poison lui troublait l'esprit.

— Que fais-tu là, Sera ? Pourquoi n'es-tu pas en train de danser avec Mahdi ? poursuivit Isabella, inquiète. Pourquoi est-ce que je n'entends aucune musique ?

— Les musiciens font une pause, maman, mentit Serafina pour l'apaiser. Ils seront de retour dans une minute.

— Il t'aime, tu sais.

Oh là ! Elle a totalement perdu l'esprit.

— Je l'ai observé du coin de l'œil à une ou deux reprises dans le Kolisseo. Tu aurais dû voir son visage pendant que tu lançais ton chant ! Je suis heureuse pour toi, Sera, et pour la Miromara. Le lien entre nos deux royaumes n'en sera que plus fort s'ils sont unis par l'amour véritable, dit-elle avant de s'interrompre, le visage grimaçant. Mes côtes… Quelque chose ne va pas.

— Ne bouge pas, maman. Tu dois te reposer, maintenant. Et si on échangeait nos places pour la soirée ? Je serais la regina, et toi la principessa. Et ma première action en tant que souveraine serait de t'ordonner d'aller au lit. Tu devras rester allongée, la nageoire en éventail, une conque-people vissée à l'oreille et un paquet de kanjaywoohoos à portée de main.

Isabella esquissa un sourire.

— Neela en a apporté ?

— Oui, et des chillawondas, des bing-bangs, des jantees-haptas et des zée-zées. Ma chambre ressemble à un magasin de bonbons matalins.

Isabella laissa échapper un petit rire qui se mua en une terrible quinte de toux. Du sang éclaboussa ses lèvres. Elle gémit piteusement et ses yeux se fermèrent.

— Aidez-la ! Je vous en *prie* ! murmura Serafina au médecin.

Mais ce dernier secoua la tête.

— Il n'y a pas grand-chose que je puisse faire, répondit-il à voix basse.

Au bout de quelques secondes, Isabella rouvrit les yeux. Son regard n'était plus dans le vague, il était vif et perçant. Elle serra la main de Serafina.

— Tu es encore *si* jeune, ma chérie. Je ne t'ai pas suffisamment préparée. Il te reste tant de choses à apprendre !

Il y avait une note d'urgence dans sa voix.

— Maman, arrête de parler. Reste tranquille.

— Pas… pas le temps, dit Isabella, la respiration saccadée. Écoute-moi… Retiens bien ce que je vais te dire. Le conte Bartolomeo est le plus sage de mes ministres. Vallerio prendra la régence, bien sûr, jusqu'à ce que tu aies dix-huit ans, et Bartolomeo sera le seul à avoir les épaules assez solides pour remettre ton oncle à sa place.

Isabella s'arrêta un instant pour reprendre son souffle, avant de poursuivre :

— Le conte Orsino, je lui fais une confiance aveugle. Surveille de près les Volnero et les di Remora. Ils sont loyaux aujourd'hui, mais pourraient essayer de te déstabiliser pour peu qu'ils trouvent leur intérêt ailleurs.

— Maman, arrête ! s'alarma Serafina. Tu me fais peur. Je *plaisantais* quand je parlais de devenir regina à ta place !

— Sera, *écoute*-moi !

La voix d'Isabella était de plus en plus faible et Serafina dut se pencher pour l'entendre.

— Si on ne parvient pas à repousser nos assaillants, va t'abriter dans les chambres fortes souterraines. Ensuite, si tu le peux, essaie de rejoindre Tsarno. La forteresse qui s'y trouve…

Une nouvelle quinte de toux l'interrompit. Serafina essuya le sang des lèvres de sa mère avec l'ourlet de sa robe.

Vallerio s'approcha d'elles. Le médecin leva les yeux vers lui.

— Vous devriez envoyer quelqu'un chercher la canta magus.

Serafina savait ce que cela voulait dire. On faisait mander la canta magus lorsqu'une reine était sur le point de mourir, afin qu'elle interprète les chants anciens permettant à l'âme de la sirène de se libérer et de ne faire plus qu'un avec la mer.

— Non ! s'écria-t-elle. Elle va s'en sortir ! Vous devez tout faire pour qu'elle s'en sorte !

— Votre Grâce, dit le médecin, les yeux toujours fixés sur Vallerio, vous devez faire venir la canta magus, *maintenant*.

Vallerio dit quelque chose, mais Serafina ne comprit pas sa réponse. Ses paroles furent couvertes par un rugissement assourdissant, un vacarme de fin du monde. Les fondations mêmes du palais se mirent à trembler, propageant une onde de choc en direction de la surface. Serafina fut projetée en arrière. Il lui fallut une poignée de secondes pour retrouver son équilibre et parvenir à se redresser. Encore étourdie, elle leva les yeux, juste à temps pour voir s'effondrer un pan entier du mur est de la salle d'apparat. Les courtisans hurlèrent en essayant de se mettre à l'abri. Certains ne s'enfuirent pas assez vite et furent ensevelis sous les décombres. D'autres furent dévorés par le feu des coulées de lave jaillissant des conduites de chauffage percées qui étaient enfouies dans les murs.

L'arme au poing, des Janiçari s'élancèrent en formation serrée en direction de la brèche.

— *Ejderha ! Ejderha !* crièrent-ils.

Non, pensa Serafina. *C'est impossible.*

Prenant appui sur le trône de sa mère, elle parvint à se relever.

C'est alors qu'elle la vit.

Ejderha.

Puis elle cria.

15

Une imposante dragonne griffes-noires, à la tête aussi grosse qu'une orque, colla sa gueule contre le trou qu'elle venait de percer dans le mur. Elle glissa une patte à l'intérieur et des serres de trente centimètres fendirent les eaux en direction des Janiçari.

Les gardes de la reine attaquèrent la bête, mais leurs épées et leurs sortilèges ne pouvaient pas grand-chose contre les épaisses écailles qui lui recouvraient le corps, ni contre son masque de bronze et la collerette osseuse hérissée de pointes qu'elle avait autour du cou. Des tritons portant des uniformes noirs et des lunettes de protection étaient assis sur son dos, dans un palanquin cuirassé d'où ils la contrôlaient à l'aide d'une bride et de rênes.

La dragonne percuta de la tête le mur du palais et un nouveau pan s'écroula à l'intérieur.

— Arrêtez-la ! Arrêtez-la ! hurlèrent des voix.

Mais il y avait peu de chances qu'on puisse stopper sa progression. La salle d'apparat se trouvait au cœur du palais. La dragonne avait donc dû abattre les murs extérieurs pour se frayer un chemin jusqu'ici. Une simple cloison ne lui résisterait pas longtemps. Elle serait dans la pièce d'une seconde à l'autre.

— Conduisez la regina dans les souterrains ! cria Vallerio. Les princesses aussi ! Maintenant !

Serafina le savait, son oncle faisait référence à la chambre forte souterraine, sous le palais, là où l'on entreposait le trésor du royaume. Le couloir qui y menait était trop étroit pour un dragon, et les portes de bronze qui en barraient l'entrée, en plus d'être protégées par de puissants sortilèges, mesuraient trente centimètres d'épaisseur. On y avait stocké de la nourriture et des médicaments en prévision d'un siège.

Deux Janiçari se dirigèrent vers Neela. Cinq autres se précipitèrent vers Isabella et tentèrent de la soulever. Elle poussa un cri de douleur et se débattit.

— Maman, arrête. Je t'en prie. Tu dois les laisser t'emmener. Tu seras à l'abri, là-bas.

Isabella secoua la tête.

— Portez-moi jusqu'à mon trône, ordonna-t-elle à ses gardes. Je ne veux pas mourir par terre.

À ces mots, le cœur de Serafina manqua un battement.

— Tu ne vas pas mourir. On doit juste te conduire aux souterrains. On doit juste…

Isabella prit le visage de sa fille entre ses mains ensanglantées.

— Je vais rester ici pour affronter mes agresseurs. Toi, tu vas rejoindre les souterrains, Sera. C'est toi la regina, désormais, et tu ne dois pas être faite prisonnière. Vis, ma précieuse enfant. Pour moi. Pour la Miromara.

Elle embrassa le front de Serafina, puis la lâcha.

— Non ! Je ne partirai pas sans toi. Je…

Elle fut interrompue par un grondement tonitruant lorsque la dragonne fit s'écrouler un nouveau pan de mur. La créature retira sa tête du trou qu'elle avait formé, et des dizaines de soldats, tous vêtus de noir, pénétrèrent dans la galerie. Leur chef indiqua le trône du doigt.

— Les voilà ! Emparez-vous d'elles ! ordonna-t-il.

Une pluie de flèches transperça les flots. Beaucoup des Janiçari qui entouraient les princesses et la reine tombèrent.

— Va-t'en ! cria Isabella. Maintenant !

— Je ne peux pas te laisser ! sanglota Serafina.

Le regard tourmenté de la regina croisa celui de Neela.

— S'il te plaît…

Neela hocha la tête. Elle saisit la main de Serafina et l'entraîna derrière elle.

Isabella repéra une dague près du cadavre d'un Janiçari. Elle fit apparaître un tourbillon dans l'eau et projeta l'arme sur le chef des envahisseurs. La dague atteignit son objectif et le fit tomber à la renverse. Ses hommes accoururent pour lui porter secours, mais il les repoussa.

— Rattrapez-les ! gargouilla-t-il en se noyant dans son propre sang. Puis conduisez les princesses à Traho !

Mais Sera et Neela avaient déjà disparu.

16

Jamais Neela n'avait nagé aussi vite. On ne discernait sur son passage qu'une tache floue fendant les eaux. Elle se déplaçait avec la souplesse d'un marlin, sa main serrant celle de Serafina comme un étau. Mais les tritons qui les poursuivaient depuis la salle d'apparat ne cessaient de gagner du terrain.

Encore sous le choc, Serafina agissait comme un poids mort et ralentissait son amie.

— Allez, Sera, secoue-toi ! hurla-t-elle. J'ai besoin que tu *nages* !

Elles traversaient un couloir plein de zigzags et de virages. Au détour d'un coude, Neela vit qu'il se terminait en T.

— Par où sont les souterrains ? s'écria-t-elle.

— À droite ! lui répondit Serafina en sortant de sa torpeur.

Elles tournèrent au coin. Droit devant elles, bloquant les portes qui donnaient accès aux souterrains, se dressaient une bonne trentaine de soldats ennemis.

Neela fit volte-face et s'élança vers l'autre branche du T, tirant Serafina derrière elle. Lorsqu'elles repassèrent en trombe devant le couloir qu'elles venaient de quitter, elles aperçurent les soldats lancés à leur poursuite.

— Les voilà ! hurla l'un d'eux.

Neela chanta un sort presto :

Eaux turquoise,
Entendez mon chant,
Enflez derrière moi,
Que j'avance rapidement !

L'eau du couloir s'éleva tel un brisant et poussa les sirènes devant elle. Leurs poursuivants étaient distancés pour le moment, mais encore fallait-il qu'elles trouvent une pièce où se barricader. N'étant pas chez elle, Neela ne savait pas où aller. Elles débouchèrent dans un autre couloir, une galerie aux murs couverts de portraits représentant des nobles miromarains. Neela la reconnut. Et, soudain, elle sut précisément où elles se trouvaient.

— Sera, ma chambre est toute proche ! On devrait pouvoir l'atteindre !

Sa suite était loin d'offrir la même protection que les souterrains, mais elles n'avaient pas vraiment le choix. Désormais ressaisie, Serafina fonça droit devant et coupa par la gauche, Neela dans son sillage. Elles traversèrent une étroite loggia, puis passèrent sous une arche de corail.

En quelques secondes, elles atteignirent la porte de la suite de Neela, mais il était trop tard. Elles n'avaient plus le temps de l'ouvrir. Les soldats avaient lancé leurs propres prestos et les avaient rattrapées. En ultime recours, Neela lança un sort fragor lux dans l'espoir que la petite bombe lumineuse ralentisse leurs agresseurs :

Lumière de lave,
Attaque maintenant,

Que ton éclat entrave
Mes assaillants !

Elle avait lancé son sort trop vite. Ses effets seraient faibles. Elles étaient fichues maintenant, ça ne faisait aucun doute.

Mais le sort s'avéra tout sauf faible : les globes du couloir baissèrent subitement d'intensité. Leurs lumières virevoltèrent et s'entremêlèrent pour former une boule lumineuse et éclatante. Elle fusa à travers l'eau, heurta le sol à un mètre des soldats puis explosa, les forçant à reculer. Serafina enfonça la porte de la chambre d'un coup d'épaule. Les deux sirènes se précipitèrent à l'intérieur, puis la refermèrent derrière elles. Neela tira l'épais loquet juste à temps. À peine le verrou était-il engagé qu'un corps se jeta lourdement sur la porte.

— Quel genre de frag c'était, ça ?! demanda Serafina, à bout de souffle.

— Je n'en sais rien ! C'est la première fois que j'en lance un comme ça !

Un choc sourd fit de nouveau trembler la porte.

— Ils vont finir par passer à travers, dit Serafina. On ne peut pas rester ici.

Neela nagea jusqu'à une fenêtre. Les eaux grouillaient de soldats à l'extérieur.

— Mais pour aller où ? demanda-t-elle, paniquée. Ils sont partout !

— On pourrait lancer un sort prax, suggéra Serafina, et nous camoufler dans les ornements du plafond.

— Ils vont fouiller chaque recoin. Ils finiront par nous trouver.

Un martèlement sourd et répété se fit entendre. Les assiégeants essayaient d'enfoncer la porte.

Neela la vit se plier et sortir un peu plus de son encadrement à chaque coup.

— Est-ce qu'il y a quelque chose ici qu'on pourrait utiliser pour se défendre ? Un couteau ? Des ciseaux ? demanda Serafina. Je ne me rendrai pas sans me battre !

Neela s'élança vers sa coiffeuse et fit valdinguer toutes les bouteilles et les fioles à la recherche d'un quelconque objet pointu. C'est alors qu'elle le vit : le pendentif de Yazeed. Elle le lui avait piqué lorsque Serafina et elle les avaient trouvés, Mahdi et lui, dans la reggia.

— Sera, viens ici ! Vite !

— Qu'est-ce que c'est ?

— Les perles de transmerence de Yaz.

Neela secoua le coquillage du pendentif pour récupérer les perles. Réputé pour sa complexité, le chanvoûtement d'invisibilité avait besoin d'ombre et de lumière. Les relieurs de sorts – des artimer particulièrement talentueux – parvenaient à insérer le sortilège dans des perles. Il suffisait ensuite qu'une sirène les porte sur elle pour les activer en un instant.

Neela et Serafina en prirent chacune une entre les paumes de leurs mains. Une seconde plus tard, elles étaient invisibles.

— Allons-y ! dit Neela en ouvrant une fenêtre.

Incapable de voir Serafina, elle tâtonna dans l'eau pour la retrouver. Elle lui saisit le bras et la poussa à l'extérieur. Sa propre queue venait tout juste de franchir le rebord de la fenêtre lorsque les soldats enfoncèrent la porte.

17

— Impossible d'aller plus loin, je dois me reposer ! implora Serafina. Juste quelques minutes.

Cela faisait plus d'une heure que Neela et elle nageaient à vive allure à travers les eaux sombres. Elles se trouvaient près de trois lieues à l'ouest de Cerulea, dans la direction de la forteresse de Tsarno, et ne disposaient, pour s'éclairer, que de la lueur crépitante d'une torche à lave récupérée aux portes de la cité.

— On doit continuer à avancer, répondit Neela en scrutant les alentours d'un regard inquiet. Tu brilles, Sera. L'effet des perles commence à faiblir. Allez !

— J'arrive. Donne-moi juste une minute.

Serafina était épuisée. Elle s'assit sur un rocher, se pencha sur le côté et vomit.

Des spasmes douloureux la mirent au supplice jusqu'à ce que son organisme ait tout évacué. Tout sauf l'image de la flèche s'enfonçant dans le flanc de sa mère, du corps de son père coulant à pic, de la dragonne passant à travers le mur du palais…

— Tiens, dit Neela en lui tendant une feuille de varech.

Serafina la prit et s'essuya la bouche. Une minuscule pieuvre, effrayée par leurs mouvements, surgit de l'algue et s'enfuit précipitamment. En l'observant, elle songea à Sylvestre. La dernière fois qu'elle l'avait vu, au moment de partir pour le Dokimí, il somnolait sur son lit. Elle ignorait totalement s'il était encore en vie ou non. Idem pour Tavia, les donnas de sa cour, et même sa mère.

Neela s'assit près d'elle et passa un bras autour de sa taille. Serafina posa la tête sur son épaule. L'engourdissement qui l'avait saisie commençait à se dissiper et elle se rendit compte qu'elle devait une fière chandelle à son amie.

— Sans toi, on aurait été capturées à l'heure qu'il est. Merci.

— Tu me remercieras quand on sera arrivées à Tsarno, répliqua Neela. Qui sont-ils ? Qui est derrière ça ?

— L'Ondalina. C'est ce qu'a dit mon oncle. Il redoutait que ça arrive. Il voulait que ma mère déclare la guerre à l'amiral Kolfinn. Je ne suis pas censée être au courant, mais j'ai surpris leur conversation.

— Pourquoi Kolfinn ferait une chose pareille ?

— Je l'ignore. Tout ce que je sais, c'est qu'il a rompu le permutavi sans la moindre explication. Et qu'à présent il y a des centaines de morts. Mon père. Peut-être ma mère. On ne sait pas où sont Ahadi et Bilaal. Ni Mahdi et Yaz.

Neela étouffa un petit cri.

— Qu'y a-t-il ?

— Oh, Sera. L'une des dernières choses que j'ai faites aura été de traiter mon frère de sangsue ! s'exclama Neela, les yeux brillants de larmes. C'est peut-être la dernière chose que je lui aurai jamais dite !

— Ou que vous direz à *qui que ce soit*, grommela une voix grave qui fit sursauter les deux sirènes. Restez plantées là comme deux vers au bout de l'hameçon et je ne donne pas cher de vos écailles ! Des soldats sont passés par ici tout à l'heure. Des tritons en uniformes noirs.

— Qui… Qui êtes-vous ? balbutia Neela.

— *Où* êtes-vous ? ajouta Serafina en scrutant les ténèbres.

— Ils posent des questions à propos de deux princesses. Ça doit être vous, j'imagine. Ils interrogent tous ceux qu'ils voient, ce qui explique d'ailleurs pourquoi ils ne m'ont rien demandé.

Un petit mouvement près de l'endroit où elles se tenaient assises attira l'attention des sirènes. C'était un triton aux faux airs de rascasse. Avec les taches, les bandes colorées et les replis de peau moussue qui ornaient son visage, il disposait d'un camouflage parfait pour passer inaperçu parmi les rochers couverts d'algues sur lesquels il était installé.

Au même instant, ils entendirent un bruit lointain et faible, comme celui de nageoires brassant l'eau.

Le triton se redressa pour mieux entendre.

— Des hippokampes. Sans doute la même patrouille, dit-il d'un ton laconique. Ils viennent par ici.

— On doit se cacher, dit Neela.

— Il y a une grotte à murènes abandonnée à une centaine de mètres d'ici en direction du nord. Quand vous repérerez une épave de bateau de pêche bleu, la grotte ne sera plus qu'à une dizaine de mètres. En nageant vite, vous avez le temps de l'atteindre.

— Merci, dit Serafina. Je ne connais même pas votre nom !

Sa gentillesse lui redonnait du courage. Cela faisait du bien de savoir qu'il y avait encore des Mer attentionnés, des alliés prêts à l'aider.

— Zeno. Zeno Piscor.

— Merci, Zeno. Nous ne l'oublierons pas.

Zeno balaya ses remerciements d'un revers de nageoire. Il s'installa de nouveau parmi les rochers, gardant les yeux grands ouverts pour surveiller les eaux alentour. Serafina et Neela partirent en trombe. Le bruit des hippokampes s'amplifia.

— Où est le bateau bleu ? grommela nerveusement Neela quelques minutes plus tard. Il devrait être là ! Tu crois qu'on est passées devant sans le voir ?

Heureusement, Serafina finit par le repérer et elle ouvrit la voie jusqu'à la grotte à murènes. L'entrée était jonchée d'ossements et de reliefs de repas d'un ancien occupant. La grotte en elle-même était sombre, étroite et basse de plafond. Quelques instants plus tard, elles entendirent des hippokampes et des tritons approcher. Neela s'empressa de moucher la torche en l'enfouissant dans le sable.

— Pourquoi faire halte, Capitaine Traho ? lança une voix. Nous avons déjà fouillé cette zone à l'aller.

— Pour reposer les bêtes, répliqua le capitaine.

Serafina les entendit descendre de selle. Ils étaient tout proches.

— Il y a une grotte ici ! cria l'un d'eux.

Sera sentit son cœur s'emballer. Elle regarda Neela.

— Elle est vide. On a déjà vérifié, répondit un autre soldat.

— Vérifiez encore ! aboya le capitaine. Elles pourraient être passées par ici après nous. Soyez prudents. Je les veux en vie.

Neela étouffa un petit cri. Tirant son amie derrière elle, Serafina nagea vers le fond de la grotte et lança un canta prax pour les camoufler. Elle chanta d'une voix rapide et basse, mais le sort fut tout de même assez puissant pour qu'elles se fondent dans le gris de la paroi rocheuse.

Le soldat pénétra dans la grotte, une torche à lave à la main, s'arrêta à mi-chemin puis regarda autour de lui avant de ressortir.

— Vide ! l'entendirent-elles crier.

Le capitaine jura.

— Elles ne peuvent quand même pas avoir atteint Tsarno ! Personne ne nage aussi vite, même avec un presto ! Quelqu'un doit les cacher… On remonte en selle !

Les sirènes ne bougèrent pas d'un cil avant que les hippokampes soient partis, puis se laissèrent tomber sur le sol de la grotte.

Serafina fut la première à parler :

— Pourquoi nous garder vivantes ? Que nous veulent-ils ?

— En tout cas, pas du bien, j'imagine. Viens, allons-nous-en. On n'est plus en sécurité ici.

— Je dois d'abord me reposer, Neela. Juste un peu.

— Tu crois vraiment que c'est une bonne idée ?

— Tout va bien. On est hors de danger. J'ai juste besoin de quelques minutes pour reprendre des forces. Après, on repartira et on suivra notre plan A : nager comme des dératées jusqu'à Tsarno.

Neela ne parut pas convaincue.

— Ça risque d'être chaud, avec des hippokampes à nos trousses.

— Tu as un plan B ?

— Non, mais j'ai un plan Zée. Parce que je n'ai *jamais* eu autant besoin d'une dose de sucre que maintenant. Ces meurtriers d'envahisseurs, ces résidus de marée basse ont clairement fait monter d'un cran mon taux de stress.

Elle plongea la main dans une poche dissimulée dans les plis de son sari et en sortit deux zée-zées.

— Tiens, dit-elle en tendant l'un d'eux à Serafina. Palourde confite aux éclats de wakame. Trop bon.

Un sourire las étira les lèvres de Serafina. Elle dépiauta son bonbon et le mangea. La sucrerie lui apporta un grand réconfort.

Mais la présence de Neela lui en apportait bien davantage.

18

— Debout.

La voix semblait venir de très loin. Neela n'avait aucune envie de se lever. Elle s'était endormie et comptait bien le rester.

— J'ai dit : *debout* !

Elle sentit un coup cinglant lui fouetter la queue.

— Hé, Sera ! marmonna-t-elle en ouvrant les yeux. Qu'est-ce qui se passe ?

Mais ce n'était pas Serafina qui l'avait giflée. C'était le triton maigrichon aux allures d'anguille qui était penché au-dessus d'elle. Il portait un gilet noir en peau de requin, et une crête de pointes lui courait sur le crâne du front jusqu'à la nuque. Une lanterne brillait non loin.

— Qui êtes-vous ? s'écria Neela en se redressant à la hâte. Où est Serafina ?

Le triton se déplaça sur le côté et Neela vit son amie. Elle était assise sur le sol de la grotte, les mains ligotées dans le dos et la bouche cruellement bâillonnée.

— Sera !

Neela tenta de la rejoindre, mais quelque chose la saisit par-derrière. Telles des cordes vivantes, deux murènes se nouèrent autour de ses bras pour la ligoter étroitement.

— Lâchez-moi ! hurla-t-elle en se débattant.

Une autre murène, plus grosse, nagea jusqu'à elle. Le long corps massif s'enroula autour de son cou et commença à serrer. La gueule monstrueuse ne flottait qu'à quelques centimètres de son visage. La murène siffla, exposant ses longues dents incurvées. Neela ne pouvait plus respirer.

— Arrêtez de vous débattre et il vous lâchera, dit le triton.

Neela, suffocante, s'exécuta. La murène desserra son étreinte et alla rejoindre son maître.

— Bravo, mon Tiberius, lui susurra-t-il.

— Que nous voulez-vous ? demanda la sirène avec colère.

Les murènes qui lui liaient les bras se resserrèrent et lui arrachèrent un cri de douleur.

— Tout doux, mes petits, tout doux, murmura le triton aux murènes. Elles vont nous rapporter un bon prix, mais seulement si elles sont en vie.

— Vous devez nous relâcher. Vous ne savez pas qui nous sommes.

Le triton esquissa un sourire sinistre.

— Baco sait *parfaitement* qui vous êtes. Il sait aussi que vos têtes ont été mises à prix par le capitaine Traho. Baco Goga est sur le point de devenir *très* riche.

— Vous ne pouvez pas faire ça ! Nous sommes parties chercher de l'aide. Cerulea est assiégée ! Combien de temps tiendra-t-elle ?!

— Elle est *déjà* tombée, petite sirle. Tsarno aussi, ainsi que toutes les villes qui les séparent.

— Non ! Vous mentez !

Le triton se mit à rire. D'une main, il mima le mouvement d'un poisson s'éloignant.

— Disparues. Toutes disparues. Et vous partagerez bientôt le même sort funeste. Mais, d'abord, vous devez payer à Baco un loyer pour votre séjour dans sa grotte.

Sur un signe de sa part, les murènes nagèrent jusqu'aux sirènes et s'employèrent à les délester de leurs bijoux. Neela ferma les yeux, révoltée. Elle les sentit tirer sur son collier, entendit le cliquetis de ses boucles d'oreilles contre leurs dents, sentit leurs langues glisser le long de ses doigts pour en retirer les bagues. Elles s'attaquaient à ses bracelets lorsqu'elle entendit Serafina crier sous son bâillon.

Neela rouvrit aussitôt les yeux. Une des murènes avait fait tomber le collier qu'elle avait détaché du cou de Serafina et plongé la tête dans son décolleté pour tenter de le récupérer. Sera, battant l'eau de sa queue avec fureur, frappa une autre murène de sa nageoire et l'envoya percuter une paroi. Le choc fut brutal et le poisson tomba raide mort sur le sol de la grotte. Les autres murènes se jetèrent aussitôt sur elle en grognant. Tiberius plongea ses crocs dans sa nageoire. Sera cria de nouveau et tenta de se libérer.

— Arrêtez ! hurla Neela. Laissez-la tranquille !

Baco traversa la grotte et saisit Serafina par le menton.

— C'était mon Claudius ! siffla-t-il avec fureur, les doigts s'enfonçant dans sa chair. Vous avez intérêt à vous excuser. Oui ?! Vous vous excusez ?

Serafina, les yeux écarquillés de frayeur, hocha la tête.

— Espèce de sangsue ! Enlevez vos sales pattes de son visage ! gronda Neela en luttant contre les murènes qui la tenaient toujours prisonnière.

— Trouvez-moi quelque chose pour la faire taire, ordonna Baco.

Tiberius lui apporta un foulard de soie de mer. Baco le fourra dans la bouche de Neela, puis le noua derrière sa tête.

— Ces deux-là sont de vraies plaies ! Je n'en veux plus chez moi. Va tout de suite voir Traho, dit-il à Tiberius. Dis-lui que j'ai trouvé ce qu'il cherchait.

La murène acquiesça et s'éloigna.

— Tiberius, attends !

L'animal se retourna. Baco lança un doublon, que le poisson attrapa au vol.

— Donne ça à Zeno. Avec mes remerciements.

19

Les soldats retirèrent les liens précaires de Baco qui nouaient les poignets de Serafina et les remplacèrent par des menottes de fer. Ils lui bandèrent les yeux, lui enfoncèrent un bâillon de fer dans la bouche et l'enveloppèrent dans un filet. Puis l'un des soldats la jeta sur le dos de son hippokampe et partit au triple galop. Les autres suivirent. La chevauchée fut un calvaire : le maillage du filet cisaillait la peau de Sera et le bâillon, avec son goût amer de métal noir, lui donnait des haut-le-cœur.

Une heure plus tard, ils atteignirent ce qui ressemblait à une sorte de campement. Sera ne pouvait rien voir à cause du bandeau sur ses yeux, mais elle entendait des hennissements d'hippokampes, des ordres criés, et le rugissement glaçant des dragons griffes-noires. L'un de ses ravisseurs la porta sur une courte distance, puis la laissa tomber lourdement sur le sol. Elle essaya de se libérer, mais stoppa rapidement ses efforts, car on la giflait – violemment – au moindre de ses mouvements. Elle tenta d'appeler Neela, mais le bâillon l'en empêcha.

Couchée sur le côté, elle dressa l'oreille afin de tirer des conversations le maximum d'indices sur l'endroit où elle se trouvait.

— … sur ordre de Traho…

— … poches de résistance, mais ils ne tiendront plus longtemps…

— … trouver le prince. Qu'on me pende une ou deux Morganes…

Qui sont-ils ? se demanda-t-elle. *Que me veulent-ils ?* Elle n'eut pas le loisir de s'interroger plus longuement : on ne tarda pas à la soulever à nouveau pour la reposer quelques instants plus tard. Sur une chaise, cette fois-ci.

— La principessa, chef, dit une voix.

— Retirez le filet.

Plusieurs mains tirèrent sur le maillage pour l'en débarrasser. On lui ôta ses menottes, ainsi que le bandeau, mais pas le bâillon. Elle regarda prudemment autour d'elle, sa vue s'ajustant peu à peu à l'éclat des lanternes à lave. Il faisait encore sombre. *Il ne doit pas être loin de minuit*, estima-t-elle. Elle se trouvait dans une tente agréablement aménagée. Une grande table de camp en occupait le centre. Il y avait également un lit dans un coin ainsi que plusieurs sièges, disposés çà et là.

Une femme visiblement inconsciente, le menton sur la poitrine, était assise sur l'un d'eux. Un sentiment d'horreur foudroya Serafina quand elle réalisa de qui il s'agissait.

La belle chevelure grise de Thalassa tombait en désordre sur ses épaules. Elle avait le visage tuméfié et de ses mains menottées, serrées contre sa poitrine, s'échappaient des volutes de sang pulsant du moignon où aurait dû se trouver son pouce gauche. Serafina voulut nager jusqu'à elle, mais on la fit se rasseoir brutalement.

— Vous voulez l'aider ? demanda une voix, la même qui avait ordonné qu'on retire le filet.

Serafina chercha d'où elle pouvait venir et repéra un triton flottant dans un coin. Il portait l'uniforme noir des envahisseurs ondaliniens. Il avait d'épais cheveux châtain coupés court, une silhouette trapue et des traits cruels.

— Je m'appelle Markus Traho, dit-il. Je vais retirer votre bâillon. Vous n'utiliserez votre voix que pour parler. Et à moi uniquement. Tentez d'utiliser la magie et la canta magus perd son autre pouce. Est-ce clair ?

Serafina lui lança un regard noir, mais ne répondit rien.

Traho tira une dague du fourreau fixé à sa taille. D'un geste rapide et fluide, il le planta dans le bras du fauteuil où Thalassa était assise.

— J'ai dit : est-ce *clair* ?

Serafina s'empressa d'acquiescer.

— Très bien.

Traho récupéra sa dague, puis nagea jusqu'à elle. Il glissa la pointe de la lame sous la sangle de son bâillon, puis tira d'un coup sec vers lui.

Serafina cracha le bouchon de fer.

— Que lui avez-vous fait ? hurla-t-elle.

— Je n'y suis pour rien, Principessa. C'est l'attitude de la canta magus qui lui a coûté un pouce, répondit Traho en remettant sa dague au fourreau.

— Pour qui travaillez-vous ? Kolfinn ?

— Chaque chose en son temps, répliqua Traho. Vous avez été convoquée, n'est-ce pas ?

— *Convoquée ?* J'ai été conduite ici contre mon gré ! répondit Serafina, folle de rage.

Traho esquissa un petit sourire.

— Voilà qui est astucieux, Principessa.

Serafina le toisa d'un regard méprisant.

— Je n'essaie pas d'être astucieuse. J'essaie d'obtenir des réponses. Kolfinn a commencé par rompre le permutavi. Et maintenant il attaque Cerulea, massacre notre peuple…

Le coup fut brutal. Et si rapide qu'il prit Serafina par surprise. Sa tête fut projetée en arrière et une lumière blanche explosa derrière ses paupières. Elle étouffa un cri. Quand la douleur commença à se dissiper, elle se rassit le dos bien droit et cracha le sang qu'elle avait dans la bouche.

Traho se pencha vers elle, le visage à quelques centimètres du sien.

— Chère Principessa, je ne crois pas que vous ayez bien compris. *Je* pose les questions et *vous* y répondez.

Pour la première fois de sa vie, Serafina éprouva une certaine reconnaissance envers sa cour pour les leçons de vie qu'elle y avait apprises à la dure. Elle s'y accrocha comme à une bouée de secours, dissimula sa peur derrière un masque et se força à soutenir le regard de Traho.

— Je ne peux pas répondre à une question que je ne comprends pas, dit-elle avec froideur. Vous ne m'avez *pas* convoquée, vous m'avez kidnappée.

Traho nagea jusqu'à la table de camp, sur laquelle était étalée une carte gravée à l'encre de calmar sur un parchemin en varech. Il déplaça plusieurs petits soldats en coquillage à sa surface et, ce faisant, récita quatre vers :

Fille de Merrow, réveille-toi,
Quitte à jamais l'enfance et ses voies.
Le rêve laisse place à un cauchemar odieux.
Ne dors plus, mon enfant, ouvre les yeux…

Le cœur de Serafina se mit à tambouriner dans sa poitrine, mais les traits de son visage ne laissèrent rien paraître. Ces vers provenaient du chant des Iele. *Comment peut-il les connaître ?* s'interrogea-t-elle. *Ce n'est pas possible !* Elle n'avait évoqué son cauchemar qu'en présence de sa mère, et n'avait parlé du chant à personne.

Serafina ne savait pas pourquoi Traho avait récité ces vers, mais une petite voix intérieure lui souffla de ne rien lui révéler du tout.

— Il est temps de cesser de jouer au plus fin, dit-il.

Il prit une conque sur la table de camp et la plaça sur le bras du fauteuil. Sera comprit qu'il s'apprêtait à enregistrer son interrogatoire.

— Les Iele vous ont convoquée, fille de Merrow. Nous savons qu'elles l'ont fait. Nous avons entendu leur chant, nous aussi. Nous savons également qu'elles ont convoqué la princesse Neela, celle qui abrite la lumière. Elles en mentionnent quatre autres dans l'incantation. Nous voulons savoir qui elles sont. Et nous voulons savoir où se trouvent les talismans.

Serafina feignit d'éclater d'un rire incrédule.

— Je ne comprends pas un traître mot de ce que vous dites.

— Mes troupes ont détruit Cerulea dans le but de vous enlever, la princesse mataline et vous. Nous détruirons chacune des cités de ce royaume si cela s'avère nécessaire pour récupérer les talismans. Vous ne pourrez rien y faire !

— Vous délirez. Les Iele sont des êtres de légende. Elles ne sont pas *réelles*.

— Non ? Alors pourquoi avez-vous tendu la main vers Vrăja lorsqu'elle est apparue dans votre miroir ?

Le cœur de Serafina manqua un battement. *Comment sait-il tout ça ?* Personne ne se trouvait dans sa chambre lorsqu'elle avait eu cette vision de la sorcière et du terragogg aux yeux noirs.

Traho attendit. Une minute s'écoula, puis deux. Alors il sortit de nouveau sa dague. Serafina s'arma de courage. Elle ne crierait pas. Il ne lui volerait ni sa vaillance ni sa fierté. Elle était Serafina, principessa di Miromara, et lui n'était qu'une raclure des bas-fonds.

Alors que Traho s'approchait, une bulle minuscule flotta devant le visage de Serafina. Elle la remarqua à peine, jusqu'à ce qu'elle vienne éclater dans le creux de son oreille.

Mens, mon enfant.

Thalassa avait repris conscience – même si elle s'était bien gardée de le montrer – et avait jeté un sort bolla ! Sa magie était si puissante qu'elle n'avait pas besoin de chanter. Il lui avait suffi d'un murmure qu'elle avait glissé dans une bulle.

— Qui sont-elles ? Où habitent-elles ? C'est la dernière fois que je vous le demande ! aboya Traho.

Serafina baissa les yeux. Elle espérait donner l'impression de lutter contre sa conscience, alors qu'en réalité elle s'efforçait d'inventer quatre noms.

— Mitsuko... dit-elle dans un souffle.

— Plus fort, je vous prie. Parlez dans la conque.

— Mitsuko Takahashi. De Shiroi Nami en mer de l'Est. Alice Strongtail de Cod Shoals en Atlantica. Natalya Kovalenko de la Volga. Lara Jonsdottir de Viltur Sjó.

— Bien, dit Traho en hochant la tête. Très bien.

Il récupéra le coquillage et le porta à son oreille pour s'assurer que tous ses propos avaient été correctement enregistrés. Puis il se tourna de nouveau vers Serafina.

— Maintenant, où sont dissimulés les talismans ?

— Je ne sais *pas* où ils se trouvent. Je ne sais même pas de *quoi* il s'agit.

— Vrăja, la sorcière...

— ... ne m'a rien dit, l'interrompit Serafina, puis elle tendit les mains, doigts écartés. Allez-y. Coupez-les-moi. Quand vous en aurez fini, je ne dirai pas autre chose.

Traho soupesa sa réponse, puis se tourna vers les deux soldats postés près de l'entrée.

— Conduisez-les toutes les deux à la tente des prisonniers.

Il a gobé l'hameçon, songea Serafina, et un sentiment de soulagement l'envahit.

— Libérez Thalassa, dit-elle. Je vous ai donné ce que vous vouliez. Je vous ai dit ce que je savais. Laissez-la partir.

— Pas encore. Ses pouvoirs nous seront utiles. Les vôtres aussi, Principessa. Mais il est tard à présent, et vous devez prendre du repos. Bonne nuit. Dormez bien.

Un garde tendit un chiffon à Thalassa pour qu'elle puisse panser sa main blessée et la guida hors de la tente. Un autre conduisit Serafina vers l'ouverture.

— Oh, et… Principessa ?

Serafina s'arrêta et se retourna.

Traho sourit.

— Que les dieux vous viennent en aide si vous m'avez menti.

20

Serafina se débattit lorsqu'elle vit le collier.

Elle lutta et tenta de s'échapper, mais l'un des gardes lui empoigna les cheveux et l'immobilisa en lui tirant la tête en arrière. Elle ne pouvait rien faire d'autre que cligner des yeux, le regard affolé, tandis qu'un autre soldat refermait le collier et le cadenassait autour de son cou. Tout comme les menottes et le bâillon utilisés un peu plus tôt sur elle, ce collier était en fer, et le fer repoussait la magie. Tant qu'il lui toucherait la gorge, elle serait incapable de lancer le moindre chanvoûtement.

Dès que le garde l'eut relâchée, elle s'agita dans tous les sens en soulevant un nuage de sable du sol de la tente. Lourd et cruel, le collier était relié à un pilier de bois par une chaîne. Elle se pencha en avant et tira dessus de toutes ses forces. Elle frappa le poteau de sa queue, le percuta d'un coup d'épaule, mais ne réussit qu'à se blesser.

— Arrête, mon enfant. Cela ne sert à rien.

Serafina se rapprocha du pilier de bois. Thalassa y était enchaînée, elle aussi. Elle observa le visage de son professeur bien-aimé défiguré par la violence, ainsi que sa main mutilée emmaillotée dans un chiffon imbibé de sang.

— Magistra, dit-elle d'une voix brisée. *Pourquoi ?* Pourquoi vous a-t-il fait subir ça ?

— Parce qu'il croit à l'existence des Iele. Et il pense que je pourrais avoir un lien quelconque avec elles.

— Sera ?

La sirène fit volte-face au son de la voix.

— Neela ! dit-elle dans un sanglot.

À la faible lueur de l'unique lanterne de la tente, elle aperçut son amie, recroquevillée sur le sol. Elle était enchaînée à un autre pilier à seulement quelques mètres d'elle. Ses yeux étaient gonflés, tuméfiés, et sa peau, d'une teinte bleu-gris maladive. Serafina s'élança spontanément vers elle, mais fut arrêtée net par sa propre chaîne.

Neela se redressa et tendit la main vers son amie, mais elle se trouvait trop loin pour la toucher. Serafina se coucha de tout son long sur le fond marin et s'étira autant que la chaîne le lui permettait. Elle lui tapota affectueusement la nageoire avec la sienne. Neela lui répondit en faisant de même.

— Qu'est-ce que Traho t'a fait au visage ? demanda Sera.

— Un soldat m'a frappée lorsque j'ai essayé de m'enfuir.

— Silence, là-dedans ! ordonna une voix rude.

Les trois sirènes tournèrent les yeux vers la porte de la tente. La silhouette d'un garde posté à l'extérieur se profilait sur le rabat en toile.

Thalassa posa un doigt sur ses lèvres. Sera et Neela hochèrent la tête.

— Traho va vous interroger demain, murmura-t-elle. Préparez-vous. Trouvez *quelque chose* à lui dire. Inutile d'essayer de le raisonner : il est fou, ajouta-t-elle avant de secouer la tête. Attaquer Cerulea pour des sorcières imaginaires… Nous brutaliser pour de simples histoires de rêve et de chant… Cela n'a aucun sens.

Neela se raidit.
— Quel rêve ? Quel chant ? demanda-t-elle.
— Un rêve que j'ai fait à propos des Iele, répondit Serafina, et dans lequel elles chantaient. Traho est au courant. J'ignore comment il sait ça.
— Sera, reprit Neela avec une pointe d'urgence dans la voix, qu'est-ce qui se passait dans ton rêve ?
— Les Iele chantaient en cercle. Et il y avait un monstre dans une cage. Il voulait sortir. Il a presque *réussi* à sortir…
— Abbadon, dit Neela. Le nom du monstre est Abbadon. Il y a une sorcière plus âgée. C'est leur chef. Elle s'appelle Vrăja.
Serafina secoua la tête.
— Impossible. Im-pos-sible. Comment sais-tu tout ça ?
Neela se mit à briller d'une lueur vive et bleu électrique.
— Parce que j'ai fait le même rêve que toi.

21

— Non, ce n'est pas vrai. Ce n'est pas possible.

— Sauf que ça l'*est*, dit Neela. Parce que je l'ai *fait*. Tu te rappelles quand je t'ai dit, dans la reggia, que j'avais fait des cauchemars tout le long de notre voyage depuis la Matali ?

— Oui, mais tu disais que tu ne te souvenais de rien.

— J'avais trop honte de te raconter que j'avais été effrayée par des sorcières imaginaires.

— Que dit le chant, mon enfant ? demanda Thalassa.

— *Fille de la Lumière*, entonna Neela à mi-voix, *toi l'élue...*

Serafina l'arrêta aussitôt.

— Le mien commençait différemment : *Fille de Merrow, toi l'élue...*

Neela joignit sa voix à celle de Serafina et elles chantèrent le reste ensemble. À l'exception de quelques vers, les paroles étaient exactement les mêmes.

— Pour moi, lorsqu'on arrive au passage du *trouver les cinq*, au lieu de *Le cœur de l'une abritera la lumière*, les Iele ont chanté *L'une, future reine, est de Merrow l'héritière*, précisa Neela. C'est toi, Sera ! Tu es la descendante de Merrow, l'héritière du trône miromarain. Tu es l'une des cinq que les sorcières m'ont dit de trouver.

— Et toi, tu es l'une des cinq qu'elles m'ont dit de trouver. Je suis censée en chercher une *qui abrite la lumière*. C'est toi, bien sûr, à cause de la lueur bleue que tu dégages.

— Exact, dit Neela. Tout colle à l'exception d'une petite chose : les Iele ne veulent pas qu'on cherche qui que ce soit, parce que les Iele ne sont pas *réelles*. Elles n'existent pas.

Serafina garda le silence quelques secondes, puis demanda :

— Et si elles existaient ?

— En tout cas, les envahisseurs y croient, intervint Thalassa. C'est pour ce chant qu'ils ont détruit Cerulea et qu'ils ont tué un nombre incalculable de ses citoyens. Ils en tueront encore. Tu as entendu Traho, Serafina. Il s'est dit prêt à détruire chaque cité de chaque royaume pour récupérer les talismans.

Le cœur de Sera se glaça d'effroi. Toutes les pièces de ce puzzle sordide commençaient à s'emboîter.

— Vous avez raison, Magistra, dit-elle sombrement. Et je pense savoir pourquoi : Kolfinn veut libérer le monstre. Voilà ce qui se cache derrière tout ça. Vous vous rappelez la strophe sur les talismans ? *Ces objets ne doivent être rassemblés / Ni dans la colère, l'envie ou la rage. / Par la courageuse Merrow ils furent dispersés, / De peur qu'ils ne libèrent la destruction de sa cage.* Il essaie de remettre la main dessus. Il souhaite exploiter la puissance d'Abbadon.

Une colère froide se mit à sourdre en elle. Destruction, bain de sang, atroce souffrance de ses parents et de tant d'innocents… Tout cela pour assouvir la soif de pouvoir d'un triton fou.

— As-tu dit quoi que ce soit à Traho, Sera ? demanda Neela.

Sera secoua la tête.

— J'ai menti. Je lui ai fourni de faux noms.

— Et pour les talismans ? demanda Thalassa. Sais-tu de quoi il s'agit ?

— Je n'en ai aucune idée, répondit-elle.

— Demain matin, lorsque Traho t'interrogera, invente quelque chose, ou les dieux seuls savent ce qu'il te fera subir, conseilla Thalassa, le visage inquiet. C'est la seule solution.

— Non, il y en a une autre, répliqua Neela. On s'échappe.

— Comment ? demanda Serafina. On ne peut pas se débarrasser de ces colliers. Il nous faudrait les clés qui les ont cadenassés. Et on ne les a pas.

— Des clés, répéta Neela, l'air songeur, ou un crochet…

— Ce qu'on n'a pas non plus.

Mais Neela ne l'entendait plus ; elle était trop occupée à défaire sa ceinture. Sa boucle ornée de pierreries était dotée d'une longue pointe. Dissimulée dans les plis de son sari, la boucle avait échappé aux murènes de Baco Goga lorsqu'elles lui avaient volé ses bijoux.

— Un jour, quand nous étions petits, Yazeed a enfermé Mahdi dans un coffre, raconta Neela. Et puis il a perdu la clé. Tante Ahadi était folle de rage. Elle a fait venir le serrurier royal et on l'a observé. Il a expliqué que les serrures contiennent des petites goupilles, et qu'il suffit d'exercer une pression sur les bonnes pour ouvrir le verrou.

Neela plaça la pointe entre son pouce et son index, l'inséra dans le cadenas de son collier, puis la tortilla dans tous les sens. Rien ne se passa.

— Neels, ça ne marchera jamais, dit Serafina. Tu es une princesse, pas un perceur de coffres-forts !

— Ça, c'est un vrai témoignage de confiance, merci ! répliqua Neela en ajustant l'angle de la pointe.

Elle la fit tourner à nouveau et un déclic métallique se fit entendre. Sera jeta un regard anxieux vers la porte, mais le bruit n'avait pas porté jusqu'au garde.

— Ça a marché ! triompha Neela à voix basse.

Elle se débarrassa du cadenas et arracha le collier de son cou.

— Ne jamais sous-estimer le pouvoir des accessoires ! ajouta-t-elle.

— Va-t'en, Neela, sors d'ici ! lui souffla Serafina.

— En vous laissant entre les mains du commandant Raclure ?

— Le garde pourrait entrer d'une seconde à l'autre. Tu *dois* partir !

Neela ignora les conseils de son amie et se concentra sur son cadenas. Un instant plus tard, il était déverrouillé à son tour.

— Occupe-toi de celui de Thalassa. Je vais voir s'il y a moyen de sortir d'ici, dit Serafina en se libérant de son collier. Avec un peu de chance, une des cordes du fond de la tente sera moins tendue que les autres…

Elle se mit à exercer une pression sur la toile dans l'espoir d'en soulever une portion sous laquelle se faufiler. Neela s'attaqua au collier de Thalassa. Son cadenas était plus gros et plus difficile à crocheter.

— Vous devez partir toutes les deux, dit Thalassa. Laissez-moi !

— Sûrement pas, dit Neela. Je peux y arriver.

Elle retira la pointe du verrou et leva une main. Sa peau irradiait comme chaque fois que ses émotions la submergeaient. Elle se servit de la lumière bleue émise pour éclairer la serrure et vit qu'un minuscule gravillon était coincé à l'intérieur. Elle le délogea, puis réessaya. Quelques secondes plus tard, Thalassa était libre.

— Ha ! Bingo. À nous la liberté ! s'écria Neela, mais son triomphe fut de courte durée.

— Chut ! souffla Thalassa.

Elles entendirent un bruit de nageoires brassant l'eau. Quelqu'un approchait.

— Je n'arrive pas à trouver d'issue ! dit Serafina, paniquée.

— Remettez vos colliers ! siffla Thalassa. Faites semblant d'être endormies !

Les trois sirènes s'empressèrent de glisser les entraves autour de leur cou, puis replacèrent les loquets des verrous sans les refermer. Elles s'allongèrent ensuite sur le sol et laissèrent retomber leur chevelure devant les cadenas.

— Rien à signaler ? demanda une voix.

— Elles ont fait du boucan au début mais ont fini par se calmer, répondit le garde posté à la porte.

Le rabat se souleva. Deux gardes pénétrèrent à l'intérieur de la tente. L'un d'eux éclaira les sirènes à la lumière d'une lanterne. L'autre resta sur le seuil. Sera aurait parié qu'ils pouvaient entendre son cœur tambouriner dans sa poitrine.

— Les belles au bois dormant s'offrent un sommeil réparateur, dit l'un des gardes.

— Elles en auront besoin, répliqua l'autre. La patience de Traho a atteint ses limites et, lorsque Traho devient impatient, il cesse de couper des doigts pour trancher des têtes.

Les gardes s'esclaffèrent et quittèrent la tente. L'un poursuivit sa ronde et l'autre regagna son poste à l'entrée.

Les sirènes s'assirent et retirèrent leurs colliers.

— Nagez jusqu'au sommet de la tente, suggéra Thalassa. Vous trouverez peut-être une évacuation, une ouverture, quelque chose que vous pourriez déchirer…

Elle s'interrompit en entendant un bruit sec et court provenir de l'extérieur de la tente. On aurait dit un cri, brutalement étouffé. Il fut suivi d'un crépitement léger, comme celui qu'émettent des gouttes de pluie au contact de voiles de bateau. Avant que l'esprit de Sera puisse analyser à quoi pouvaient correspondre ces sons, le rabat se souleva soudainement et un triton fit son entrée en traînant un garde derrière lui. La gorge du soldat avait été tranchée. Il secouait la queue et arquait le dos. Son regard, plein de désespoir et de supplication, croisa celui de Sera. Elle retint un petit cri et recula.

Le triton traînant le garde était grand et hâlé. Il avait de courts cheveux blonds et une queue de poisson bleue. Deux autres entrèrent à sa suite. L'un avait les cheveux roux et une queue verte, l'autre des yeux gris et une queue argentée. Ils portaient tous une dague à la taille, glissée dans un fourreau.

Neela se jeta sur le garde agonisant, saisit l'épée fixée à sa ceinture et la brandit devant elle.

— Allez-vous-en !

Sa voix était ferme, mais sa main tremblait.

— Vous devez venir avec nous, dit l'un des tritons. Tout de suite.

— Qui êtes-vous ? demanda Neela.

— Je m'appelle Blu, répondit le blond après une seconde d'hésitation. Voici Verde et Grigio.

— C'est ça. Des noms ultra crédibles ! répliqua Neela. Pourquoi êtes-vous là ? Qu'est-ce que vous voulez ?

— Vous faire sortir d'ici, répondit Verde.

— Qui vous envoie ?

— Un ami. On vous expliquera après.

Des cris s'élevèrent soudain depuis l'autre extrémité du campement. On y aboyait des ordres. Et de multiples battements de nageoires se mirent à brasser l'eau.

Grigio poussa un juron.

— Il est temps de filer, les enfants.

Neela prit sa décision. Elle se débarrassa de l'épée et nagea jusqu'aux tritons. Thalassa la rejoignit. Sera, les yeux fixés sur le garde mourant, resta immobile. Les lèvres du soldat formèrent un dernier mot : *Pitié*. Puis il mourut.

— On s'en va ! siffla Verde.

Sera, traumatisée, ne bougea pas.

Blu nagea jusqu'à elle. Il lui saisit le menton et tourna son visage vers le sien.

— Regardez-moi… Regardez-*moi*, pas lui.

Sera le fixa.

— Il… il avait besoin d'aide, dit-elle, la voix brisée. Il a tendu la main vers moi.

— Et il vous aurait tuée sans état d'âme, si on le lui avait ordonné. Traho sera là dans un instant. Comme on vient de lui faire une peur bleue, il n'attendra pas demain matin pour obtenir des réponses. Il va venir vous les arracher sous la torture. Ici et maintenant. Et ensuite il vous tuera. C'est ce qu'il fait déjà à Cerulea. Alors, soit vous venez avec nous, soit vous restez avec lui.

— Je t'en prie, mon enfant, intervint Thalassa. Nous n'avons pas le choix.

Sera acquiesça avec raideur. Blu lui tendit la main. Elle la prit et il l'entraîna hors de la tente, à travers les eaux assombries par le sang.

22

— Cinq minutes, dit Verde en indiquant une grotte du doigt. Pas une de plus.

— Elle a besoin de plus que ça ! protesta Serafina. Regardez-la ! Elle n'arrive plus à respirer !

— Cinq minutes.

La grotte se trouvait au sommet d'un mont sous-marin. Serafina et Neela s'y engouffrèrent. Blu et Grigio les suivirent, soutenant Thalassa de chaque côté. Ils la déposèrent sur le sol, l'adossèrent contre la roche, puis repartirent monter la garde. Le visage de Thalassa était grisâtre et sa poitrine se soulevait avec difficulté. La grotte abritait un bon nombre de planctons bioluminescents. Neela chanta un rapide illuminata et les petits organismes se mirent à luire.

— Reste avec elle, dit Serafina à son amie. Je reviens tout de suite.

Elle trouva Verde flottant devant l'entrée de la grotte. Il scrutait le fond de la mer en contrebas, à l'affût du moindre mouvement.

— Nous n'aurions pas dû nous arrêter, dit-il. L'aube sera là dans quelques heures. Nous devons continuer d'avancer tant qu'il fait nuit.

Il y avait cinq autres tritons avec lui, dont Blu et Grigio. L'un d'eux secoua la tête.

— On n'avait pas le choix, patron. La vieille dame est plutôt mal en point.

— Qui êtes-vous ? demanda Serafina.

Elle disposait enfin d'assez de temps pour poser la question.

— Des amis, répondit Verde.

— Pourquoi nous aidez-vous ?

Verde se détourna sans répondre. Il fit signe aux autres, et tous s'éloignèrent avec lui pour se déployer à la surface du mont sous-marin. Seul Blu resta près de la grotte en guise de sentinelle.

Serafina s'assit devant l'entrée. Elle s'imaginait mal se relever dans cinq minutes et encore moins reprendre la route – et ignorait comment Thalassa y parviendrait. Elle était fatiguée, affamée, et sa nageoire saignait encore. Elle avait nagé ventre à terre depuis qu'elle avait quitté le campement de Traho, une heure plus tôt. Ils avaient pris la direction du nord et Verde les avait guidés à travers les eaux nocturnes.

Ils s'en étaient tous sortis de justesse. Une alarme s'était déclenchée au moment de leur fuite et des soldats s'étaient déployés à leur poursuite dans toutes les directions, des torches à la main. Les sirènes et leurs mystérieux libérateurs étaient passés au-dessus d'un gigantesque récif corallien et s'étaient dissimulés derrière. Risquant un coup d'œil par-dessus, une paire de jumelles à la main, l'un des tritons avait pu estimer le nombre de leurs poursuivants.

— Quarante au moins, avait-il dit. Tous à dos d'hippokampe.

— Vite, donnez-moi chacune quelque chose, avait ordonné Verde. Une ceinture, un morceau de tissu, n'importe quoi !

Lorsque Thalassa lui avait demandé pourquoi, il avait déchiré la manche de sa robe. Neela s'était alors empressée de lui donner son jupon et Serafina, une grosse portion de son ourlet. Au même moment, des abois déchirants avaient retenti.

— C'était quoi, ça ? avait demandé Sera, effrayée.

— Des requins-limiers, avait répondu Verde en nouant les bouts de tissu ensemble. Gros, laids et très doués pour suivre une piste.

Un grand triton longiligne, doté d'une queue de poisson dorée, avait pris le ballot de linge.

— Ils sauront que nous nous dirigeons vers la Lagune, lui avait dit Verde. Mais ils ne sauront pas quel courant nous allons emprunter. Nage plein nord avec ce ballot, puis coupe en direction de la passe du Lido. Nous, nous irons vers l'ouest, puis nous ferons une grande boucle en suivant le flot alta jusqu'à Chioggia. Une fois que nous serons dans la Lagune elle-même, les limiers devraient perdre la piste. Retrouve-nous au palazzo !

Le triton avait hoché la tête avant de filer.

— Nous allons accélérer l'allure, maintenant, avait-il dit aux autres. L'accélérer de manière significative. Suivez le mouvement. Si nous n'atteignons pas Chioggia avant que les cavaliers de Traho découvrent notre stratagème, tout est fichu.

Personne n'avait prononcé un seul mot jusqu'à ce que Thalassa rencontre des difficultés pour respirer. Serafina les avait suppliés de ralentir, de la laisser faire une pause, mais ils ne voulaient rien entendre. Deux d'entre eux lui avaient apporté leur aide en la tenant par les bras. Ils avaient repris la route jusqu'à ce qu'elle ne puisse presque plus respirer et que Sera leur hurle de s'arrêter.

Serafina s'étira. D'abord son dos, puis sa queue pour tenter de soulager ses muscles endoloris. Lorsqu'elle tendit les bras devant elle, ses yeux tombèrent sur ses mains. Toutes ses jolies bagues lui avaient été volées. Toutes sauf le petit cœur en coquillage que Mahdi lui avait taillé autrefois. Le prince avait-il survécu à l'attaque ? Et Yazeed ? Elle se demanda si elle les reverrait un jour, l'un comme l'autre.

Serafina retira l'anneau en le faisant glisser le long de son doigt. Sa simplicité, son innocence étaient telles que sa simple vue lui brisait le cœur. Il lui rappelait tout ce qu'elle avait perdu : Mahdi, ses parents, Cerulea. Toute sa vie.

— Tu appartiens à une autre Sera, murmura-t-elle. Pas à moi.

Elle jeta la bague et la regarda couler dans l'eau jusqu'à ce qu'elle disparaisse de sa vue. Puis elle enfouit son visage dans ses mains.

Une minute plus tard, elle entendit une voix s'adresser à elle :

— Vous allez bien ?

C'était Blu. Il s'assit à côté d'elle.

— Au top. Je me suis rarement sentie aussi bien, répondit-elle en baissant les mains.

— Nous ne sommes plus si loin de la Lagune, à présent. On va y arriver. Vous serez à l'abri, là-bas.

Serafina émit un petit rire amer.

— À l'abri ? Je ne suis pas sûre de savoir encore ce que ça signifie, monsieur Blu.

— Blu tout court, je préfère. Grigio et Verde aussi. On n'est pas du genre à faire des manières. Qu'avez-vous à la queue ? demanda-t-il en la montrant du doigt. Elle saigne.

— Morsure de murène.

— Vous devriez l'envelopper d'un linge pour faire pression sur la blessure. Sinon, ça ne s'arrêtera pas de saigner.

Il glissa les mains sous l'extrémité de sa nageoire et souleva les lobes pour jeter un œil à la plaie. Les dents de la murène avaient ouvert une longue entaille irrégulière dans le tissu mou.

— Ce n'est pas beau à voir.

Serafina rougit. Elle n'était pas habituée à ce que des tritons inconnus lui touchent la nageoire.

— Euh, ce n'est pas bien grave. Vraiment, dit-elle en essayant de s'écarter de lui.

— Désolé, mais ce n'est pas le moment de jouer la jeune sirle pudique. On ne peut pas se permettre de vous laisser saigner dans l'eau avec des requins-limiers à nos trousses.

Il reposa sa nageoire, puis déchira une large bande de tissu au bas de sa robe.

— Hé !

— Vous avez une trousse de premiers secours dont j'ignorerais l'existence ?

— Non, mais...

— Alors, on n'a rien de mieux sous la main, poursuivit-il en arrachant deux bandes supplémentaires.

Il roula en boule l'une des bandes et l'appuya contre la plaie, puis entoura le lobe à l'aide d'une autre pour maintenir le pansement en place. Ses gestes étaient rapides et précis. Serafina l'observa enrouler la troisième bande autour de la base de sa nageoire, puis par-dessus le pansement, avant de la nouer de façon à ce qu'elle ne puisse pas se détacher. Il avait la peau glabre et hâlée, le torse et les bras musculeux. Des mèches d'or pur couraient dans ses cheveux. Alors qu'il lui jetait un coup d'œil rapide, elle vit que ses yeux étaient d'un bleu aussi profond que celui de sa queue. Ils se fixèrent sur elle et soutinrent son regard. Elle détourna les yeux la première, et ses joues rosirent à nouveau.

— Voilà, dit-il lorsqu'il eut fini. Ce n'est pas parfait, mais ça tiendra le temps qu'on rejoigne la Lagune.

— Merci.

Il haussa les épaules.

— Ce n'est rien.

— Pas seulement pour le bandage. Merci de nous avoir sauvées. J'espère que vous me direz qui vous êtes. Quand je serai de retour en Miromara et que tout ça...

Blu lui coupa la parole :

— Ça n'arrivera pas. La cité est en ruine. Les envahisseurs en ont pris le contrôle. On empile les cadavres sur les places. Ils… ils ne peuvent même pas les enterrer…

Il s'interrompit et déglutit. Non sans peine.

— Vous avez perdu quelqu'un ?

— Mes parents, répondit-il de façon laconique.

Serafina lui prit spontanément la main.

— Je suis vraiment désolée, dit-elle en la serrant.

Il serra la sienne en retour.

— Merci, dit-il tout bas. Vous ne pouvez pas retourner là-bas. Promettez-moi que vous ne le ferez pas.

— Je dois y retourner. C'est ma ville !

— Plus maintenant. Elle appartient à Traho à présent. Il l'a traversée d'un bout à l'autre, courant après courant, pour interroger les gens.

— Quels gens ?

— Nobles, courtisans, domestiques, valets… Tous ceux qui ont pu vous approcher de près ou de loin. Tous ceux qu'il suspectait de vous cacher. Ceux qui ne lui ont fourni aucune information ont été exécutés.

— Tous ces pauvres gens… murmura Serafina, le cœur au bord des lèvres. Ils sont morts par ma faute !

— Non, ils sont morts par la faute de Traho, répliqua Blu d'un ton ferme.

Baissant les yeux, elle réalisa qu'elle lui tenait toujours la main. Que faisait-elle ? C'était un parfait inconnu !

— Je ferais mieux de partir. Il faut que j'aille voir comment va Thalassa, dit-elle, embarrassée, avant de s'éloigner à la hâte.

Le visage de Thalassa était toujours d'une pâleur mortelle. Elle se tenait assise, parfaitement immobile, et gardait les yeux fermés. Neela secoua la tête en réponse à la question muette de Serafina.

Une minute plus tard, elles furent rejointes par Blu.

— Nous ne pouvons pas rester ici plus longtemps, dit-il. Nous devons…

Soudain, une voix rude et puissante s'éleva depuis l'extérieur de la grotte :

— Praedatori ! J'ai l'un des vôtres ! Remettez-moi les sirènes et je lui laisserai la vie sauve !

— Praedatori ? répéta Serafina, abasourdie, en se tournant vers Blu. Vous êtes… des *hors-la-loi* ?

— Aux yeux de certains, oui, répondit-il.

Serafina se rappela que Neela lui avait raconté à quel point Bilaal craignait d'être attaqué par les Praedatori durant leur voyage.

— C'est donc pour ça que vous nous avez aidées ?! demanda-t-elle d'un ton accusateur. Pour nous monnayer au plus offrant ? On vous faisait confiance ! Et vous nous avez trahies !

— Réfléchissez une minute, dit Blu. Le plus offrant dans ce scénario serait Traho, non ? Or, c'est chez lui qu'on est venus vous chercher, vous vous rappelez ?

Sera restait méfiante.

— Alors à qui nous conduisez-vous ? À votre chef ? À Karkharias ?

— Oui.

— Que va-t-il nous faire ?

— Vous aider.

Sera scruta les yeux de Blu en quête de vérité. Elle voulait pouvoir lui faire confiance, mais cela l'effrayait. Elle avait fait confiance à Zeno Piscor et elle s'était retrouvée prisonnière de Traho.

Grigio apparut.

— On a des ennuis, dit-il. De *gros* ennuis.

Blu ressortit de la grotte. Serafina et Neela le suivirent. Sur la plaine en contrebas se trouvaient des tritons à dos d'hippokampe, brandissant des torches. À la lueur de la lave, Serafina aperçut d'énormes poissons gris – des requins-limiers – tourner en rond. L'un des cavaliers s'avança. Il tirait quelque chose derrière lui. Quand il se fut suffisamment écarté du reste du groupe, Serafina put voir ce que c'était. Ou plutôt *qui* : le triton qui les avait quittés peu de temps avant pour leurrer les requins-limiers.

— Praedatori ! cria leur chef. Amenez-moi les sirènes ou je tue ce triçon !

Serafina voulut s'élancer vers la plaine. Blu la retint par le bras.

— Laissez-moi y aller ! Je ne veux plus que personne meure à cause de moi !

— Ne soyez pas stupide, répliqua Verde. Il est déjà mort.

— Non, c'est faux ! Il est en vie ! Il est là, juste en bas !

— À la seconde où je vous aurai remises à lui, les cavaliers me tueront, moi, ainsi que tous mes hommes.

— Pourquoi essaie-t-il de négocier ? demanda Neela. Pourquoi n'a-t-il pas attaqué ? Ils sont bien plus nombreux que nous.

— Parce qu'il a peur. Et il a bien raison ! Il sait que je n'ai plus de collier en fer autour du cou.

C'était Thalassa, qui avançait lentement jusqu'à eux.

— Magistra ! s'exclama Serafina. Oh, les dieux soient loués ! Les soldats de Traho sont juste en dessous. On doit partir ! Vous pensez pouvoir nager ?

Thalassa secoua la tête.

— Je suis la canta magus de Miromara, pas une vulgaire voleuse tout juste bonne à filer dans la nuit. Il est grand temps que ces raclures des bas-fonds qui nous poursuivent le sachent.

Verde et elle échangèrent un regard. Quelque chose passa entre eux. Ils semblaient s'être compris.

— Vous pourriez créer un tourbillon géant derrière nous, dit-il. Ou une tempête de vase.

— Un bambin en ferait autant, renifla Thalassa. Je vais faire mieux.

— Un tourbillon nous permettrait de les maintenir à distance, intervint Serafina, enthousiaste. Nous ne sommes plus loin de la Lagune, Magistra. Ça nous laissera le temps de l'atteindre, maintenant que vous avez repris votre souffle.

— Je peux vous donner trente minutes, peut-être un peu plus, poursuivit Thalassa en s'adressant à Verde. Promettez-moi que vous les conduirez en sécurité.

Verde hocha la tête.

— Je le jure. Sur ma vie.

Alors Serafina comprit : ils allaient partir, mais Thalassa, elle, allait rester.

— Non, Magistra, s'écria-t-elle. Non !

— Serafina…

— Vous ne pouvez pas rester en arrière. Vous ne pouvez *pas* ! dit Serafina dans un sanglot. Vous êtes tout ce qui me reste de la Miromara.

Thalassa prit la joue de la jeune sirle dans le creux de sa main valide.

— Et toi, mon enfant, tu es tout ce qui reste à la Miromara.

Les mots de Thalassa la foudroyèrent. Elle n'avait pas eu le temps de penser à l'avenir, avec ce qui venait de se passer. Mais Thalassa avait raison : la ville de Cerulea était occupée, sa mère avait été faite prisonnière, pour peu qu'elle soit encore en vie, et son père était mort. Elle n'avait pas la moindre idée du sort réservé son oncle, et ne savait pas si son frère se trouvait toujours à la frontière occidentale. Autrement dit, elle représentait l'unique espoir de son royaume.

— Je n'y arriverai pas, Magistra. Je ne sais pas comment m'y prendre. Je…

— N'oublie jamais ce que je t'ai dit. Montre ce que tu as dans le cœur et tous les cœurs se rallieront à toi.

Thalassa l'étreignit un instant, puis la relâcha.

Serafina irait à la Lagune. Elle n'avait pas le choix. Elle se devait de rester en vie. Comment pourrait-elle aider son peuple si elle était faite prisonnière ? Et Thalassa resterait ici. Elle non plus n'avait pas le choix. Elle aimait cent fois mieux mourir en protégeant Serafina qu'être la cause de sa capture.

— Nous devons y aller, annonça Verde.

Serafina secoua la tête, les yeux fixés sur son professeur.

— Attendez, s'il vous plaît…

Thalassa s'élança à l'extérieur de la grotte. Elle embrassa l'ennemi d'un seul regard, comme pour en prendre la mesure, puis bascula la tête en arrière et se mit à chanter. Tous se figèrent, comme envoûtés. Serafina, Neela, Blu… même Verde. Ils restèrent sans voix. Meurtrie et ensanglantée, Thalassa était condamnée à une mort certaine, et pourtant jamais sa voix n'avait vibré avec autant de splendeur. Elle était le son de la mer elle-même : le déferlement et le fracas des brisants, le mugissement de la tempête, le rugissement du tsunami.

Elle attira le vent sous les eaux et façonna des tourbillons géants, un à un, jusqu'à dresser un mur complet de typhons virevoltants. De simple sirène, elle était devenue un véritable système cyclonique de catégorie cinq. Et elle fonçait droit sur l'ennemi.

— Serafina… l'appela doucement Blu.

Sera lui répondit d'un signe de tête. Elle était prête à partir, maintenant. Elle nagerait aussi vite qu'elle le pourrait, avec le son de la voix de Thalassa résonnant pour toujours dans sa tête, pour toujours dans son cœur.

23

Des visages émergeaient de la pénombre grise de la Lagune. Des voix brisées et désespérées imploraient qu'on les aide.

— Pitié, vous n'auriez pas une ou deux écums ?

— Mon fils est blessé. Il a besoin d'un médecin !

— Mon mari a disparu. Il s'appelle Livio. Il est grand avec des cheveux bruns. L'avez-vous vu ?

La Lagune n'était qu'à quatre lieues au nord de Cerulea, soit un peu plus de dix milles marins. Des réfugiés venus de la cité, blessés et hébétés, erraient à travers ses courants étroits. Ils s'entassaient devant les portes des maisons et dormaient dans les ruelles.

— Mes enfants ont faim, avez-vous quelque chose à manger ? implora une sirène, un bébé dans les bras et deux bambins agrippés à sa queue.

Serafina s'arrêta. Elle n'avait ni nourriture ni argent à donner. Elle se tourna vers Blu.

— On doit continuer à avancer, dit-il. Les eaux s'éclaircissent. L'aube sera là dans moins d'une heure.

— Vous devez bien avoir quelque chose sur vous… Une drupe ou une porcelaine. Donnez-leur quelque chose ou je ne bougerai pas.

— *Avancez !* siffla Verde.

Blu retira sa boucle d'oreille – un grand anneau d'or – et la tendit à la sirène.

— Vendez-la, lui dit Serafina. Ça devrait vous rapporter quelques trocii.

La sirène étreignit Blu, puis prit la main de Serafina et l'embrassa.

— Vous êtes la principessa, je le sais ! Je vous ai vue dans le Kolisseo. Merci ! Oh, merci, Principessa !

À ces mots, un triton fit volte-face.

— C'est elle ? s'écria-t-il. La principessa !

— Reprenez Cerulea ! implora une sirène. Vengez-nous !

Un triton qui les observait, l'air patelin, depuis le seuil d'une maison s'éloigna dans le sens inverse.

Verde attira vivement Serafina à l'écart.

— La nouvelle se répand déjà. Et ce n'est pas une bonne chose. Il y a tout un tas de Laguniens qui seraient prêts à vous vendre à Traho pour deux malheureuses porcelaines.

— Et vous, vous espérez obtenir un meilleur prix, c'est ça ? demanda Serafina, narquoise.

Verde ne prit pas la peine de lui répondre.

Serafina aurait voulu lui faire confiance, leur faire confiance à tous. Thalassa l'avait fait, semblait-il. Mais ils n'en étaient pas moins des Praedatori. Des hors-la-loi. Pourquoi aideraient-ils deux princesses ?

Le groupe reprit la route. Ils franchirent d'anciennes arches, descendirent des courants mal éclairés. Regardant autour d'elle, Serafina se demanda où le repaire de Karkharias pouvait bien se trouver. Elle ne s'était jamais rendue dans la Lagune, mais avait entendu beaucoup d'histoires à son sujet. Elle baignait la cité humaine de Venise et faisait partie de la Miromara, mais n'appartenait à nul autre qu'à elle-même. Refuge des criminels, des Morganes, des escrocs et des espions, c'était aussi le lieu de prédilection des forbans, ces jeunes Mer en rébellion contre la société qui s'habillaient comme des pirates.

À mesure qu'ils approchaient du cœur de la Lagune, les courants obscurs cédèrent la place à des piazzas bordées de cafés et de cabarets. À l'extérieur, de la lave barbotait dans des globes aux couleurs tapageuses et de la musique jaillissait des portes ouvertes pour se déverser dans les rues. Serafina repéra des boutiques où l'on pouvait acheter tout ce qu'on voulait : perles de chanvoûtement, argenteries d'épaves, créatures marines rares, vin de Posidonie…

Puis les courants étroits débouchèrent sur des canaux bâtis par la main de l'homme, et les cafés comme les cabarets furent remplacés par des palazzi vénitiens. Son oncle lui avait raconté que ces grandes habitations avaient été bâties voilà plusieurs siècles par de riches terragoggs, nobles ou marchands. Ils les avaient perchées sur des pilotis profondément enfoncés dans l'argile compacte de la Lagune, et des Mer pareillement fortunés avaient construit leurs propres palazzi juste en dessous. Des Laguniens aux costumes raffinés et aux manières pleines de mystère entraient ou sortaient de chez eux. Beaucoup portaient des masques. Serafina aperçut des visages blancs aux lèvres rouges, des visages dorés ornés d'un délicat lacis noir, un visage d'oiseau aquatique avec un bec crochu et cruel, un arlequin, un croissant de lune, le visage de la mort…

Elle trouva l'effet produit particulièrement troublant. Si les masques en eux-mêmes restaient immobiles et impassibles, le regard qui perçait à travers était vif et inquisiteur. La rumeur voulait que les habitants de ces palazzi s'étaient enrichis en donnant des concerts secrets aux humains. Fréquenter les terragoggs était illégal. Dans la Lagune, cependant, le seul crime consistait à être assez stupide pour se faire prendre en flagrant délit.

— Voici le Grand Canal, indiqua Verde, le bras tendu. Le palazzo n'est plus très loin.

— Ça sent mauvais par ici, grimaça Neela.

— L'odeur des goggs, dit Grigio.

Après avoir remonté le Grand Canal sur un quart de lieue, Verde bifurqua dans un rio, un canal de plus petite taille.

— Nous y voilà, dit-il. La Voie de Calliope.

Il descendit le rio sur quelques mètres, puis s'arrêta devant un bâtiment de marbre blanc doté d'un portail gothique monumental. De part et d'autre, des torches à lave luisaient avec éclat. Sous chacune d'elles figurait un visage taillé dans la pierre, le regard vide et la bouche ouverte. Une représentation de Neria, la déesse des mers, entourée de dieux mineurs était sculptée en relief au-dessus du portail. Surmontant le tout se déployait une loggia aux arcades pointues, décorée d'une délicate frise de fleurs marines, de poissons et de coquillages.

Blu souleva un gros heurtoir en fer et le laissa retomber lourdement.

Qui vadit ibi ?

Posée d'une seule voix, la question provenait des deux visages de pierre.

Filii maris, répondit Blu.

Des mots anciens. Datant de l'époque où le palazzo a été construit, en déduisit Serafina. Elle comprenait le latin. *Qui va là ?* était la question. *Des fils de la mer*, la réponse.

Les portes s'ouvrirent vers l'extérieur.

— Par ici, dit Verde. Il vous attend.

Serafina et les autres le suivirent à l'intérieur. Les portes se refermèrent derrière eux avec un grincement peu engageant. Les cylindres de la serrure se mirent à tourner et le pêne s'enclencha. Levant les yeux, elle vit de la lumière filtrer à travers l'eau. Verde nagea vers elle. Serafina et Neela échangèrent un regard, puis en firent autant. Lorsqu'elles firent surface, elles virent qu'elles se trouvaient dans un grand bassin rectangulaire qui occupait la quasi-totalité d'une pièce aménagée dans une caverne, une pièce contenant aussi des meubles, une cheminée… et de l'air.

Une pièce pour un terragogg.

— Je… je ne comprends pas, dit Serafina. Je croyais qu'il s'agissait de la demeure d'un Mer ?

— Tout se passera bien, lui promit Blu. Nous devons partir.

— Grands dieux, murmura Serafina en réalisant ce que les Praedatori avaient fait. Blu, vous nous avez vendues aux *humains* ?!

— *Quoi* ? Non ! hurla Neela, la voix tremblante d'effroi. Vous ne pouvez pas faire ça !

Blu avait déjà disparu sous l'eau. Ainsi que tous les autres Praedatori.

— Blu, attendez ! s'écria Serafina.

Mais il était trop tard. Les sirènes étaient seules.

24

— C'est *quoi* cet endroit ? demanda Serafina en regardant autour d'elle avec prudence.

— Une erreur monumentale, dit Neela. On doit partir d'ici. Et vite fait.

— Impossible. On est enfermées.

Prise de fourmillements dans les nageoires, Sera nagea jusqu'à l'autre extrémité du bassin. Des marches larges et plates, perpendiculaires à la paroi, permettaient de sortir de l'eau. S'aidant de sa queue, elle se hissa sur la plus haute d'entre elles et scruta la pièce. L'air, particulièrement riche en oxygène, lui fit momentanément tourner la tête.

Les murs de la salle étaient couverts de mosaïque ornementale. Des bûches se consumaient dans une gigantesque cheminée de pierre. D'épais tapis de laine dissimulaient les dalles de pierre. Sur le manteau de la cheminée, les pupitres et les tables trônaient divers objets anciens : amphores, statuettes, tablettes gravées, blocs de terre cuite. Les hautes étagères couvrant le mur du fond étaient emplies de volumes reliés de cuir.

— C'est un ostrokon de terragogg… s'émerveilla Neela. Regarde-moi tous ces lifres !

— On dit « livres », je crois, corrigea Serafina.

De vieilles peintures à l'huile étaient suspendues aux murs : des portraits de nobles goggs, morts depuis longtemps. L'une d'entre elles attira l'attention de Serafina. Il s'agissait de l'image d'une jeune femme, guère plus âgée qu'elle. Coiffée d'une couronne sertie de pierres précieuses, elle était vêtue d'une robe de soie brodée agrémentée d'un col rigide en dentelle. Sur sa gorge, elle portait des rangées de perles sans la moindre imperfection, un ras-du-cou orné d'un rubis et un magnifique diamant bleu en forme de larme.

— Maria Teresa, infante d'Espagne, dit une voix. Une ancêtre du côté de ma mère.

En un clin d'œil, Serafina et Neela disparurent sous l'eau. Lorsqu'elles refirent surface – bien au centre du bassin –, elles virent qu'un homme s'était assis sur le rebord. Plutôt chétif, il avait d'épais cheveux gris tirés en arrière, lui laissant le front dégagé. Un regard bleu et pénétrant brillait avec malice derrière ses lunettes. Sa veste en tweed et son foulard de soie lui conféraient une élégance d'un autre temps. Il avait les jambes de son pantalon retroussées et les pieds dans l'eau.

— Ses bijoux sont de toute beauté, n'est-ce pas ? dit-il en regardant la peinture. Légués de mère en fille par les reines espagnoles, ils ont traversé plusieurs générations. Hélas, ils ont disparu en même temps que l'infante, en 1582, alors qu'elle naviguait vers la France à bord du *Déméter* pour y épouser un prince. Des pirates ont attaqué le navire et l'ont sabordé.

Paniquée, Serafina commença à chanter un confuto, un canta prax qui donnait aux goggs l'apparence de fous lorsqu'ils parlaient du peuple mer. C'était la première chose que devait faire toute sirène en cas de face-à-face avec un humain. Mais Sera n'émit rien de plus que des notes faiblardes.

— Je vous en prie, dit l'homme en se retournant vers elle. Ne vous donnez pas cette peine inutilement, Votre Grâce, les confutos ne fonctionnent pas sur moi.

Il maîtrisait parfaitement la merlangue.

— Qui êtes-vous ? demanda Serafina. Pourquoi nous avez-vous achetées ?

— Je m'appelle Armando Contorini, duca di Venezia, chef des Praedatori. Et ceci est le Praesidio, ma demeure. Et je ne vous ai pas achetées. Grands dieux ! Qu'est-ce qui vous a mis une telle idée dans la tête ? Vous êtes mes invitées d'honneur et, en tant que telles, vous avez toute liberté de rester ou de partir.

— Vous êtes le chef des Praedatori ? dit Neela. Alors, ça signifie que vous êtes Karkharias, le Requin !

Le duca pouffa de rire.

— J'en ai bien peur. Un surnom ridicule, n'est-ce pas ?

— Vous ne ressemblez pas à un hors-la-loi, dit Serafina.

— Ni à un requin, ajouta Neela.

— Eh bien, il se trouve que je suis avocat. Autrement dit, un requin de la pire espèce, s'esclaffa le duca. Mes excuses, jeunes sirles : humour de prétoire ! Laissez-moi vous expliquer. Le duché a été créé par Merrow. Pendant quatre millénaires, le duchi di Venezia s'est acquitté de la tâche qu'elle lui avait confiée : protéger la mer et ses créatures de nos semblables, les terragoggs. Je gère un effectif de combattants, à la fois sur terre et dans l'eau. Sur terre, nous les appelons les Guerriers de l'Onde et…

— Euh, Duca Armando ? l'interrompit Neela, une expression dubitative sur le visage. Êtes-vous en train de nous dire que des terragoggs se battent contre d'autres terragoggs pour la sauvegarde des océans ?

— Exactement. De nombreux humains chérissent la mer tout autant que vous, et combattent de toutes leurs forces pour la protéger. Les Guerriers de l'Onde recueillent des preuves contre les pollueurs et les pilleurs, puis je me rends à la cour pour faire en sorte que leurs activités cessent. Dans l'eau, nos guerriers sont connus sous le nom de Praedatori, et nous sommes un peu…

Il s'interrompit un instant avant de poursuivre :

— Eh bien, disons que nous ne suivons pas forcément les voies habituelles…

Neela plissa les yeux.

— Je m'excuse de vous demander pardon, mais, en Matali, on vous appelle *āparādhika*. Ça signifie « criminels ». Il y a quelques semaines – et ne songez même pas à le nier – les Praedatori ont volé la collection d'argenterie d'épaves du ministre des Affaires étrangères Tajdar. Elle valait près de trois cent mille trocii !

Le duca renifla.

— Le nier ? J'en suis fier ! Ce fut un casse de génie ! La collection de Tajdar ne provenait pas d'épaves. Il s'agissait de pots-de-vin, étalés sur plusieurs années, offerts par le capitaine d'un chalutier géant en échange d'informations sur les migrations du thon jaune. Mes espions ont vu ces biens passer de l'un à l'autre à plusieurs occasions. Ai-je besoin de vous rappeler l'état précaire des stocks de thon jaune ? Leur population a été dévastée par la surpêche. Votre ministre des Affaires étrangères m'a l'air aussi pourri qu'un poisson avarié, ma chère. Les Praedatori n'ont fait que voler un voleur.

— Vous êtes *sérieux* ? s'exclama Neela.

— La plupart du temps.

— Qu'avez-vous fait du butin ?

— Je l'ai vendu pour financer nos opérations clandestines. Nous sabotons les filets et les hameçons des palangres. Nous mettons en place des postes médicaux avancés pour les tortues, les dugongs, les lions de mer et les dauphins blessés par ces types de pêche. On enraye les hélices, on entortille la chaîne des ancres, on sabote les ponts flottants… Tout ce qui nous paraît nécessaire à la préservation de la vie aquatique. Et financer tout cela demande un gros tas d'écums.

— Mais, Duca Armando, un vol reste un vol, dit Serafina, sa méfiance toujours en éveil. Cela reste un crime quelles que soient l'identité ou les motivations du voleur.

— Dites-moi, Principessa, imaginez que vous soyez pauvre, que vous ayez un enfant et que cet enfant meure de faim. Ne seriez-vous pas prête à voler un bol de serpules pour lui sauver la vie ? Quel est le plus grand crime : voler de la nourriture ou laisser mourir un innocent ?

Serafina ne répondit pas tout de suite. Elle pouvait difficilement donner tort à son raisonnement ou au bien-fondé de son action, mais elle ne voulait pas l'admettre. Pas avant d'avoir compris avec précision la raison de leur présence ici, à Neela et à elle.

Son amie répondit pour elle :

— Elle volerait ce bol, sans la moindre hésitation. Comme n'importe qui. Où voulez-vous en venir ?

— À la conclusion qu'un mal est parfois nécessaire lorsqu'il s'agit d'en combattre un plus grand. Les eaux du monde n'ont jamais été aussi menacées. Nous avons remporté quelques victoires contre les pires contrevenants dans les tribunaux des terragoggs, mais cela ne suffit pas. Alors, nous volons les voleurs pour faire avancer notre cause. Je suis plus qu'heureux de soulager Tajdar et ses semblables de leurs biens mal acquis si cela peut permettre de sauver une espèce de l'extinction, d'empêcher la matérialisation d'un nouveau lac de déchets dans l'océan Pacifique ou la mort d'un magnifique requin chassé pour son aileron.

— Qui sont les Praedatori ? demanda Neela.

— Ça, je ne peux pas vous le dire. Leur identité est tenue secrète pour leur propre sécurité. Leurs visages, leurs silhouettes et leurs voix sont dissimulés derrière de puissants chanvoûtements. Ils sont issus de tous les courants de la société et ont consacré leur vie à la défense des eaux de la planète.

Son visage prit une expression solennelle et il poursuivit :

— Ce n'est pas un engagement que l'on prend à la légère. Les risques qu'ils encourent sont énormes. Beaucoup ont été tués en faisant leur devoir. De nos jours, les amis de l'eau ont de nombreux ennemis. Rien que la semaine dernière, deux de mes soldats sont morts en voulant empêcher un massacre de bébés phoques. Je les pleure comme s'il s'agissait de mes propres enfants.

La tristesse noya son regard et sa voix trembla de colère :

— Nous avons encore du mal à nous en remettre, et voilà que nous assistons à cette… à cette *boucherie* en Miromara !

En entendant le nom de son royaume, Serafina sentit à nouveau un fourmillement lui parcourir les nageoires.

— Duca Armando, pourquoi sommes-nous ici ? demanda-t-elle, incapable de réfréner ses craintes plus longtemps. Vous dites que les Praedatori sont là pour combattre les terragoggs, mais l'attaque de la Miromara a été perpétrée par des Mer. Alors pourquoi souhaitez-vous prendre parti ? Ce n'est pas le combat des Praedatori.

— Oh que si !

— Mais c'est l'Ondalina qui nous a attaqués. La pointe de la flèche qui a blessé ma mère était enduite de poison provenant d'un scorpion des mers arctiques. Les assaillants portaient des uniformes noirs, la couleur de l'amiral Kolfinn. Il s'agissait de *tritons*, Duca Armando, pas d'humains.

— Vous avez vu ce que Kolfinn voulait que vous voyiez, dit le duca. Mais il a reçu de l'aide.

— L'aide de qui ? demanda Serafina, effrayée à la pensée qu'un autre royaume mer se soit allié à l'Ondalina. L'Atlantica ? Le Qin ?

— Non, mon enfant. Un terragogg. Et le pire qui soit : Alfred Venom Treebot.

25

— C'est impossible, dit Serafina, sidérée. Les terragoggs n'ont *jamais* été capables de nous trouver. Ni nous, ni nos villes. Nous avons des sortilèges pour les maintenir à distance ; nous avons des sentinelles, des soldats…

La peur la faisait presque bafouiller. Elle ne pouvait pas accepter la révélation du duca. Elle ne *pouvait* pas. Pendant des millénaires, la magie seule avait suffi à protéger le peuple mer des maraudes des terragoggs. Les humains ne pouvaient briser leurs sortilèges de défense – seuls d'autres Mer le pouvaient. Était-ce ce que faisait Kolfinn ?

— Si les terragoggs peuvent nous atteindre, poursuivit-elle, ils vont nous détruire. Duca Armando, il me semble improbable que l'Ondalina puisse s'allier aux humains. Même Kolfinn ne pourrait se rendre coupable d'une telle trahison ! Aucun chef mer ne le pourrait !

— *Réfléchissez*, Principessa, la pressa le duca. D'où venaient les assaillants ?

Serafina retourna mentalement dans le Kolisseo. Elle visualisait tout avec une clarté étonnante, comme si cela s'était déroulé à peine quelques minutes plus tôt. Elle vit sa mère blessée, son père assassiné, et des milliers de soldats descendre sur la cité.

La réponse la frappa de plein fouet, à la manière d'une déferlante.

— De la surface ! C'est Treebot qui les a transportés. Dans la cale d'un chalutier !

Le duca hocha la tête.

— De trois chalutiers, pour être exact. Le *Bedrieër*, le *Sagishi* et le *Svikari* ont tous été vus dans les eaux miromaraines le jour de l'attaque.

— Mais cela n'a aucun sens ! intervint Neela. *Comment* a-t-il pu les transporter ? Les assaillants étaient tous des Mer. Je les vois mal grimper à bord des bateaux par la passerelle !

— Nous pensons qu'il a rempli d'eau salée les soutes de ses chalutiers, puis hissé les troupes à bord à l'aide d'énormes filets. Les armes ont été chargées de la même façon. Les dragons des mers n'ont eu qu'à suivre les navires.

— Quel a été son prix ? demanda Serafina avec amertume. Treebot a fourni à Kolfinn la rapidité et la discrétion. Que lui a-t-il donné en échange ?

— Des informations, je pense, répondit le duca. Sans doute sur les déplacements des bancs de thons, de cabillauds et d'espadons. Sur ceux des requins, du krill, ou sur l'emplacement des zones de reproduction des phoques. Treebot pille les mers en quête de n'importe quelle créature de valeur

— Mais, Duca Armando, dit Neela, *pourquoi* Kolfinn voudrait-il attaquer la Miromara ?

— Par dépit, à cause des termes du traité de paix censé réconcilier les deux royaumes. L'Ondalina n'a toujours pas digéré sa défaite lors de la guerre de la crête de Reykjanes.

À cet instant, une porte s'ouvrit et une petite femme trapue pénétra dans la pièce, un plateau à la main. Effrayées, les sirènes disparurent à nouveau sous l'eau.

Armando les rassura dès qu'elles refirent surface.

— Filomena, ma cuisinière, expliqua-t-il.

La domestique posa son plateau au sommet des marches. Elle regarda les sirènes, fixa plus longuement Serafina, puis se tourna vers le duca et lui parla en italien d'une voix volubile.

— *Si, si*, répondit-il tristement.

— *Ah, la povera piccina !* dit-elle en se tamponnant les yeux avec un coin de son tablier.

Sera comprenait l'italien, mais Filomena parlait si vite que le duca dut lui faire la traduction :

— Elle m'a demandé si vous étiez la fille d'Isabella. Elle dit que vous avez les mêmes manières qu'elle. Isabella fait partie de ses chouchous.

— Ma mère est venue ici ? demanda Serafina. Impossible, c'est interdit !

— Un bon dirigeant sait quand suivre les règles et quand les enfreindre. Elle venait régulièrement se renseigner sur les agissements des terragoggs et sur l'impact qu'ils pouvaient avoir sur son royaume.

Serafina n'arrivait pas à croire ce qu'il lui disait. Sa mère, enfreindre une règle ? Ce n'était pas possible. Il mentait pour essayer de gagner sa confiance. Néanmoins, elle se rappela un détail entendu dans la Chambre de la présence royale : le conte Orsino avait mentionné le fait que des Praedatori avaient été repérés dans les environs d'un village récemment pris pour cible, et Isabella avait répliqué que les Praedatori s'emparaient des biens, pas des personnes, et qu'ils n'étaient qu'une bande de voleurs, sûrement pas assez nombreux pour piller des villages entiers. Sera avait été surprise par la réaction de sa mère. Mais, à présent, elle comprenait mieux : Isabella connaissait le chef des Praedatori et savait que ni lui ni ses soldats ne feraient de mal aux Mer.

Le duca disait la vérité.

— Avez-vous des nouvelles de ma mère ? demanda Serafina bien qu'elle redoutât sa réponse. De mon oncle ? De mon frère ?

— Ou de ma famille ? ajouta Neela.

— Selon certaines rumeurs – et j'insiste sur le fait que ce ne sont que des rumeurs – votre oncle se serait échappé, Serafina. Il aurait fui vers le nord, en direction des eaux kobold.

— Chez les gobelins ? s'étonna Sera. Pourquoi ?

— Pour lever une armée, répondit le duca. Les Kobold sont de féroces guerriers, et les seuls pourvoyeurs d'armes du peuple mer.

Son raisonnement tenait la route pour Serafina. Les Mer dépendaient des tribus de gobelins pour extraire et forger le métal. Les gobelins leur fabriquaient des armes, des outils, et frappaient leur monnaie : le trocus d'or, la drupe d'argent et la porcelaine de cuivre. Neria n'avait pas accordé au peuple mer la capacité de travailler le métal, de peur qu'il soit tenté d'utiliser la magie pour s'enrichir.

— Nous pouvons néanmoins espérer que ces rumeurs soient vraies, dit le duca. Mangez à présent, je vous en prie. Vous devez être affamées.

Serafina regarda Neela et vit ses propres pensées se refléter dans les yeux de son amie. *Peut-on lui faire confiance ? La nourriture pourrait être empoisonnée…*

— Je comprends votre inquiétude, dit le duca, comme s'il avait lu dans leurs pensées.

Il se leva, traversa la pièce et prit une conque en ivoire posée sur une étagère.

— Si vous écoutez cela, vous entendrez la voix de votre mère, dit-il en tendant le coquillage à Serafina.

Elle porta la conque à son oreille.

Serafina, ma fille chérie, si tu écoutes ce message, cela signifie que tu te trouves dans le Praesidio et que je suis prisonnière, ou morte. Tu dois accorder toute ta confiance au duca à présent. Les relations de sa famille avec notre peuple remontent à plusieurs milliers d'années. Je lui confierais ma vie sans la moindre hésitation, Sera. La tienne aussi. Laisse-le t'aider. C'est le dernier qui le puisse. Je t'aime, mon enfant. Règne avec sagesse et discernement…

Serafina baissa la conque et battit des cils pour retenir ses larmes. Il était difficile d'entendre la voix de sa mère, de savoir que cet écho dans ce simple coquillage était peut-être tout ce qui lui restait d'elle.

Neela lui prit le coquillage avec douceur et écouta à son tour. Lorsqu'elle eut terminé, elle le posa sur le bord du bassin.

— Sera, s'il avait voulu nous tuer, nous serions déjà mortes à l'heure qu'il est. Je doute que la nourriture soit empoisonnée.

— Très juste, dit le duca. Et, le poison, c'est beaucoup trop lent. Eux en revanche, ajouta-t-il en indiquant l'autre extrémité du bassin, s'en chargeraient bien plus vite.

Aucune des deux sirènes ne l'avait remarqué, mais une demi-douzaine d'ailerons émergeaient de l'eau. Les requins makos auxquels ils appartenaient décrivaient de lents cercles à l'autre bout du bassin. Sera connaissaient les makos : c'étaient de terribles prédateurs.

Le duca se baissa, plongea la main dans l'eau et tapota trois fois la paroi du bassin. Les requins nagèrent immédiatement jusqu'à lui et pointèrent leur nez hors de l'eau. Il gratta la tête du plus gros.

— Le meilleur système d'alarme qui soit, dit-il. Intelligent, rapide et capable de sentir la moindre vibration dans l'eau.

Le requin dont il grattait le nez se frottait à sa main avec impatience.

— *Si, piccolo. Si, mio caro. Sia un bravo ragazzo !* chantonna le duca.

Il leur jeta des sardines prises dans un seau.

La tendresse avec laquelle le duca – un humain – traitait ses requins dissipa les derniers doutes de Serafina. *Quelqu'un qui est capable de caresser un mako et de lui dire « mon tout petit », « mon chéri » ou « brave garçon » est forcément honnête*, songea-t-elle.

Affamée, elle nagea jusqu'aux marches et se hissa à leur sommet. Neela l'imita. Le plateau rapporté par Filomena était couvert de toutes sortes de mets délicats : berniques au vinaigre, fromage au lait de morse, salade de concombres de mer et de pommes d'eau, melon des sables coupé en tranches…

Neela avala un morceau de melon. Puis un autre. Elle posa une main sur son cœur et ferma les yeux :

— Absolument imbattable.

Le duca afficha un air perplexe.

— Et c'est une bonne chose ? demanda-t-il.

— Une très bonne chose, sourit Serafina. Merci, Duca Armando, ajouta-t-elle en prenant une bernique.

Elle devait faire de gros efforts pour ne pas engloutir le saladier entier.

— Je vous en prie, dit-il en regardant sa montre. Il est près de cinq heures du matin. Vous devez être très fatiguées. J'ai fait préparer des chambres pour vous. J'espère que vous les trouverez confortables. Avant de me retirer, pourrais-je me permettre de vous poser une dernière question… une question qui me laisse perplexe : pourquoi les envahisseurs vont ont-ils laissé la vie sauve ?

— Nous nous posions la même question, répondit Serafina en se servant un morceau de fromage.

— Vous vous la *posiez* ? répéta le duca. Quelque chose depuis vous aurait donné la réponse ?

Serafina et Neela échangèrent un regard indécis.

— Je vous en prie, dites-moi tout – absolument tout – même si cela vous semble dérisoire.

— Ce n'est pas dérisoire, dit Serafina. Pas pour Traho.

Le duca se pencha vers elle avec un vif intérêt.

— De quoi s'agit-il ?

— Des Iele.

Le duca cligna des yeux.

— Je vous demande pardon ?

— Les Iele, répéta Neela. Vous savez, ces horribles sorcières des rivières…

— Oui, j'en ai déjà entendu parler. Elles appartiennent au domaine du mythe. De simples histoires que nos ancêtres ont inventées pour expliquer l'origine des orages ou des comètes. Traho n'est évidemment pas intéressé par des sorcières de contes de fées. Ce mot doit correspondre à un nom de code pour désigner quelque chose. Même si aucune de mes sources ne m'en a jamais parlé…

Serafina hésita un instant.

— Ce n'est *pas* un nom de code, dit-elle finalement. Nous avons fait des rêves, Neela et moi. Des cauchemars, à vrai dire. Ils étaient identiques, mais aucune de nous ne savait ce dont l'autre avait rêvé avant que nous nous retrouvions dans le camp de prisonniers de Traho. Les Iele y apparaissaient. Elles psalmodiaient un chant à notre intention. Et Traho était au courant. Il connaissait les paroles du chant dans les moindres détails. Il souhaitait obtenir plus d'informations et pensait que nous en savions davantage.

Le duca hocha la tête d'un air entendu.

— Vous, vous ne croyez pas un seul mot de ce qu'on vient de dire, dit Neela.

— Ce que je crois, c'est qu'en période de grande difficulté le cerveau – qu'il soit humain ou mer – est capable de tout pour survivre. Vous *pensez* peut-être avoir fait le même rêve, parce que c'est ce que votre ravisseur, dont la violence vous terrifiait, voulait entendre. Lui donner raison vous a sauvé la vie. Son hypothèse est devenue votre réalité. J'ai déjà vu la même chose se produire chez des Praedatori qui avaient été faits prisonniers.

— *Duca Armando, le signorine hanno bisogno di dormire !* intervint d'un ton sec Filomena, de retour dans la pièce pour récupérer son plateau.

— *Si, si*, lui répondit-il avant de se tourner vers les sirènes. Filomena a raison. Ces jeunes sirles ont *bien* besoin de se reposer. Vous avez terriblement souffert toutes les deux. Il est temps de reprendre des forces. Nous en reparlerons demain. Je vais faire venir Anna – c'est la gouvernante responsable des quartiers immergés du palazzo – afin qu'elle vous montre vos chambres.

— Encore merci, Duca Armando, dit Serafina. Pour le repas, pour nous avoir libérées et pour nous offrir un endroit où nous reposer. Nous vous sommes extrêmement reconnaissantes.

Le duca balaya ses remerciements d'un geste de la main.

— Nous nous reverrons plus tard dans la journée. Pendant que vous vous reposez, je vais dépêcher des messagers auprès des dirigeants de l'Atlantica, du Qin, d'Eaudouce – mais aussi de votre père, Princesse Neela, qui règne actuellement sur la Matali en l'absence de l'empereur et du prince héritier – pour les mettre au courant de la trahison de Kolfinn. Je sais qu'ils viendront à votre secours. Dormez bien, mes enfants. Sachez que vous êtes en sécurité. Les portes par lesquelles vous êtes entrées ont été verrouillées et barricadées. Les Praedatori sont ici pour veiller sur vous. Votre calvaire est terminé. Plus personne ne peut vous faire de mal, désormais.

26

— Si Vos Grâces veulent bien me suivre, sourit Anna.

Serafina et Neela nagèrent à sa suite. Elles passèrent devant les portes donnant sur le canal qu'elles avaient franchies un peu plus tôt, puis longèrent un couloir faiblement éclairé.

Les murs immergés de l'ancien palazzo étaient recouverts d'une couche d'algues touffues. Des étoiles de mer orange et charnues ainsi que des oursins bleus hérissés de piquants s'agglutinaient en grappes au plafond. Le sol était parsemé de bouquets d'éponges digitiformes, dont les doigts boudinés caressaient les nageoires des sirènes sur leur passage. Des némertes, apeurés par l'éclat de la torche d'Anna, disparurent en se trémoussant dans les fissures de la pierre.

La fatigue de Serafina était telle qu'elle aurait pu dormir à même le sol. Elle avait l'estomac plein, mais l'esprit embrumé et le corps meurtri.

— Tu crois que le duca pourrait avoir raison ? demanda-t-elle à Neela tout en nageant. On aurait juste *pensé* avoir fait le même rêve ?

— Je ne sais pas, Sera. Je suis si fatiguée que je n'arrive même plus à réfléchir. On verra tout ça plus tard. Nous sommes en sécurité, c'est tout ce qui compte pour le moment.

— Mes quartiers sont juste au bout du couloir, si vous avez besoin de quoi que ce soit durant la nuit, dit Anna en ouvrant la porte de la chambre de Serafina. Les Praedatori ne sont pas loin, eux non plus. Dormez bien. Princesse Neela, votre chambre est par ici, juste en face.

Serafina remercia Anna, puis serra Neela dans ses bras. Son amie lui rendit son étreinte et aucune des deux sirènes ne se résolut à lâcher l'autre avant un moment.

— Je t'aime, ma belle. Je ne serais jamais arrivée jusqu'ici sans toi…

— Je t'aime aussi, lui sourit Neela.

Serafina entra dans sa chambre, puis ferma la porte. Elle fut accueillie par un lit à baldaquin taillé dans de l'ambre jaune et garni d'anémones bleues. Il semblait si douillet, si engageant, qu'elle dut prendre sur elle pour ne pas s'écrouler dessus sur-le-champ. Elle voulait d'abord trouver la grotta pour y faire un brin de friction. Tout en traversant la pièce, elle laissa son regard errer sur les murs décorés d'encre de seiche colorée, le bureau et le fauteuil en bambou recouverts de feuilles d'or, le grand miroir sur pied dressé dans un coin et le mannequin de couturière habillé d'une robe de soie de mer bleue. Un petit mot sur un guéridon tout proche l'informait que la robe était pour elle. Elle n'en revenait pas de voir le duca si attentionné.

La porte donnant sur la grotta se trouvait à l'autre extrémité de la pièce. Serafina pénétra à l'intérieur. Les murs et le sol étaient recouverts d'une mosaïque aux couleurs de l'océan et aux reflets chatoyants. Un peignoir ivoire était suspendu à une patère. Sur une table de marbre, une série de bocaux en verre remplis de sable offraient de quoi se frictionner la peau et les écailles. Il y avait du sable noir venu des plages d'Hawaï, du sable blanc de Bora Bora, et du sable rose des Seychelles. Un bon gommage intégral et un peignoir au tissu soyeux… Après tout ce qu'elle venait de traverser, cela semblait presque trop beau pour être vrai !

Alors qu'elle était sur le point de se déshabiller, un mouvement dans le miroir de la grotta attira son attention. Elle y jeta un œil et vit une silhouette spectrale et harassée la dévisager. *Une vitrina*, songea-t-elle. Mais non. En s'approchant, elle réalisa qu'il s'agissait de son propre reflet.

Le côté gauche de son visage était couvert de marques violacées et noires. L'œuvre de Traho. Ses cheveux n'étaient qu'un amas de mèches enchevêtrées, sa peau et ses écailles étaient noires de crasse. Sa robe, autrefois si belle, était déchirée et couverte de taches rouges. Lorsque son regard tomba sur le sang, elle se mit à trembler. Des images défilèrent dans son esprit sous forme de flashs. La flèche transperçant le flanc de sa mère. Le corps de son père coulant à pic. Le palais assailli par les dragons. Traho. Le garde à l'agonie. Thalassa chantant son dernier chanvoûtement. Cette femme réfugiée et ses enfants…

Elle retira sa robe et la jeta sur le sol. Nue et frissonnante, elle s'empara d'un bocal de sable noir, en versa un peu dans sa main, puis se frictionna énergiquement jusqu'à ce que sa peau retrouve sa teinte rosée et ses écailles leur éclat. Ensuite, elle prit le peignoir suspendu au crochet et s'en enveloppa. Son corps la brûlait, après ce gommage musclé, mais ça lui était égal. La douleur était bienvenue : elle chassait les images de son esprit.

— Inspire profondément, se dit-elle en retournant dans la chambre. Ça va aller.

Mais ce ne fut pas le cas.

À quelques battements de queue de son lit, Serafina flancha et, dans un cri de détresse, se laissa tomber au sol.

La seconde qui suivit, la porte s'ouvrit et Blu jaillit dans la pièce.

— Serafina ! Qu'est-ce qu'il y a ? demanda-t-il en s'agenouillant près d'elle. J'ai entendu crier. Vous allez bien ? Vous êtes blessée ?

— Oui, répondit-elle entre deux sanglots.

Jusqu'ici, elle avait réussi à se maîtriser, mais elle n'y arrivait plus.

— Où ? Qu'est-il arrivé ? demanda Blu en l'aidant à s'asseoir. Montrez-moi.

— Ici ! dit-elle en se martelant la poitrine. Tout ce que j'aimais a disparu : mes parents, mon foyer, ma cité…

Sa gorge se noua et un torrent de larmes submergea la suite de sa phrase.

Blu la souleva du sol, l'attira contre lui et la serra silencieusement dans ses bras. Il n'y avait rien qu'il puisse dire, rien que quiconque puisse dire pour soulager sa peine.

Lorsqu'elle eut versé toutes les larmes de son corps, Serafina leva les yeux.

— Je suis désolée, Blu. Tellement désolée. Je suis là à pleurnicher, à me lamenter, alors que vous avez perdu vos parents, vous aussi…

— Ce n'est rien. Vous êtes en état de choc. Vous n'avez pas eu le temps de digérer tout ce qui s'est passé. Alors ça vous tombe dessus d'un seul coup. Vous devez dormir. C'est le seul moyen de retrouver des forces. Reposez-vous à présent. Je monterai la garde devant votre porte.

Serafina lui étreignit la main.

— Non ! Restez, je vous en prie ! Parlez-moi. Racontez-moi quelque chose, n'importe quoi.

— Si j'accepte, vous mettrez-vous au lit ?

— Oui.

— Alors, il faut que vous me lâchiez la main.

— D'accord.

Elle grimpa dans son lit. Les anémones enveloppèrent son corps exténué. Leur contact était doux et relaxant. Elle s'allongea sur le côté, le bras replié sous la tête. Blu tira une chaise près du lit. L'avoir près d'elle la rassurait, mais elle avait aussi désespérément besoin de s'occuper l'esprit.

— Racontez-moi la chose la plus effrayante qui vous soit jamais arrivée, Blu. Ou plutôt la meilleure. Quel est votre plat préféré ? Vous avez une sœur ?

— Non.

— Vous avez une petite amie ? Parlez-moi d'elle.

Blu hésita.

— Oh non ! Misère. Je suis désolée. J'ai mis la nageoire dans le plat, c'est ça ? Dites-moi qu'elle n'est pas morte !

— Non, elle n'est pas morte. Ce n'est pas… Eh bien, ce n'est plus ma petite amie.

— Vous avez rompu ?

— Oui, j'ai l'impression.

— Qu'est-ce qui s'est passé ?

— Plein de choses.

— Des *choses* ?

Blu fixa le plafond des yeux.

— Faire partie des Praedatori, c'est assez rude. On exige beaucoup de nous. La famille, les amis, les petites amies : on ne peut rien leur dire. Du coup, ils ne comprennent pas qu'on fasse certains sacrifices, qu'on mène une double vie…

— Vous finirez peut-être par vous remettre ensemble ?

Il secoua la tête.

— J'en doute.

— Comment est-elle ?

— Intelligente. Belle. Gentille.

Il fit une courte pause avant d'ajouter :

— Et courageuse. Très courageuse.

— On dirait que vous êtes toujours amoureux d'elle.

— Hum, oui. J'imagine.

Un silence gêné s'installa entre eux. Puis Serafina dit :

— Racontez-moi pourquoi vous avez rejoint les Praedatori.

— Pourquoi j'ai rejoint les Praedatori… répéta Blu pensivement.

— Par goût du risque et de l'aventure ? Pour voyager dans des endroits exotiques ? plaisanta Serafina, cherchant à tout prix à ce qu'il continue de parler.

Il posa alors les yeux sur elle, le regard habité d'une telle intensité et d'une telle passion qu'elle en eut le souffle coupé.

— J'ai rejoint les Praedatori parce que j'aime la mer plus que ma propre vie. Il se passe des choses terribles. Les goggs sont en train de détruire les océans. Des Mer attaquent d'autres Mer… Le duca affirme que certains se sont même alliés aux goggs. Et je souhaite faire tout ce qui est en mon pouvoir pour mettre fin à ça. À tout ça.

Ses yeux soutinrent le regard de Serafina, tout comme ils l'avaient fait à l'extérieur de la grotte, lorsqu'il avait pansé sa nageoire. Et, une fois de plus, elle se retrouva incapable de se détourner de lui, saisie par la profondeur de son regard, comme un nageur pris dans une lame de fond. *Qui es-tu ?* se demanda-t-elle. Elle dut se forcer à baisser les yeux.

— Je vous dois des excuses, dit-elle à la hâte.

— Pourquoi ?

— Tout à l'heure, quand vous nous avez conduites ici, j'ai cru que vous nous aviez vendues à un terragogg. À présent, je sais que vous ne feriez jamais ça. Vous êtes plutôt honnête pour un hors-la-loi, Blu. Merci de nous avoir libérées. Nous vous devons la vie.

Blu secoua la tête, embarrassé.

— N'importe qui en aurait fait autant. Et vous ? Vous avez quelqu'un dans votre vie ? demanda-t-il, visiblement désireux de changer de sujet. Attendez… je suis bête. Vous étiez sur le point de vous fiancer avec le prince héritier de Matali, non ?

— Avant que tout cela arrive, oui. Avant qu'il disparaisse.

— Je suis sûr qu'il est à votre recherche.

Serafina sourit tristement.

— À la recherche d'une boîte de nuit. Ou d'une Morgane, peut-être. Mais pas de moi.

— Pourquoi ? Que s'est-il passé ? Est-ce qu'il…

— … n'en pinçait pas plus que ça pour moi ?

— Une princesse aussi belle et drôle que vous ? Il est forcément sous votre charme.

— Je le croyais, en tout cas. Il m'a fait croire qu'il était amoureux. Mais ce n'était pas vrai. Faire la fête, voir d'autres sirles… Tout ça est devenu plus important à ses yeux. Et maintenant je voudrais juste… juste savoir *pourquoi*. La dernière fois que nous nous sommes parlé… eh bien, nous n'avons pas vraiment parlé, en fait. Je me suis enfuie. Je ne voulais plus rien avoir à faire avec lui. J'imagine que je ne le saurai jamais, maintenant.

— Vous ne savez pas s'il est mort.

— Il y a des chances, tout de même, non ?

— On ferait peut-être mieux de changer encore de sujet.

— Pour parler de quelque chose de joyeux et d'exaltant ? C'est bête, je ne vois pas.

Elle se redressa et s'appuya sur un coude.

— Hé ! Vous étiez censée dormir, protesta Blu. Si le duca apprend que je suis ici et que je vous maintiens éveillée…

— Continuez de parler. *S'il vous plaît !*

— Je ne sais pas quoi dire.

— Racontez-moi une histoire, alors.

Blu émit un petit rire.

— Voilà bien longtemps que je n'ai pas écouté de conques de fées…

— Racontez-m'en une sur Trykel et Spume. Vous en connaissez sûrement. Tout le monde en connaît.

Trykel et Spume étaient les dieux des marées, des jumeaux qui se disputaient constamment les grâces de la belle déesse Neria. L'un vivait sur le rivage, l'autre dans l'eau. On racontait de nombreuses histoires à propos des plans qu'ils échafaudaient pour tenter de gagner son cœur.

— Très bien. Mais à une seule condition : vous ne parlez plus. Je ne veux plus entendre…

— … un seul mot, acquiesça Serafina.

— Il y a bien longtemps, commença Blu, Neria, la déesse de la mer, tomba amoureuse de Cassio, le dieu du firmament. Elle conçut un plan pour sortir discrètement de son palais et elle alla le retrouver sur l'horizon. Lorsque Trykel l'apprit, il devint extrêmement jaloux. Il alla voir Fragor, le dieu de l'orage, et lui demanda de remplir le ciel de nuages afin qu'il puisse se dissimuler au milieu d'eux, se faire passer pour Cassio et voler un baiser à sa belle…

Les intonations chantantes de la voix de Blu berçaient Serafina. Elle se sentait en sécurité en sa présence. *Il est gentil, courageux et droit. Si différent de Mahdi*, songea-t-elle rêveusement. *La sirène dont il est amoureux a beaucoup de chance. J'espère qu'il réussira à la reconquérir.*

Serafina continua d'écouter l'histoire de Blu et, avant même qu'elle s'en rende compte, le sommeil l'emporta à la façon d'une houle légère. Ses yeux se fermèrent. Sa respiration se fit plus régulière. Et elle s'endormit.

Soucieux de ne pas la réveiller, Blu resta où il était sans bouger. Il observa son visage un bon moment. Lorsqu'il fut certain qu'elle dormait profondément, il porta la main de la sirène jusqu'à ses lèvres et la baisa.

27

Fille de Merrow, réveille-toi,
Quitte à jamais l'enfance et ses voies.
Le rêve laisse place à un cauchemar odieux.
Ne dors plus, mon enfant, ouvre les yeux…

C'était le même cauchemar, le même chant. Mais le monstre semblait plus puissant à présent. Lorsqu'il fit trembler les barreaux de sa cage, ils grincèrent, crissèrent, et de la glace s'en détacha.

Vrăja, l'aînée des sorcières, s'arrêta subitement de chanter. Elle se tourna et, les yeux écarquillés de terreur, plongea son regard dans celui de Serafina.

Il arrive…

— Non, gémit Sera dans son sommeil.

Il est tout proche, mon enfant : tu dois fuir !

Une déflagration se fit entendre, un bruit si puissant que les murs du palazzo en tremblèrent.

Serafina se dressa d'un bond sur son lit et chercha Blu à tâtons. Il était parti, mais elle n'était pas seule pour autant, quelqu'un d'autre se trouvait dans sa chambre. Elle pouvait le sentir. Le cœur battant, elle scruta les ténèbres grises du petit matin, ses yeux fouillant la pièce d'une extrémité à l'autre. Là, dans le coin : une silhouette sombre encapuchonnée…

— Qui êtes-vous ? demanda-t-elle, terrifiée.

C'est alors qu'elle réalisa que la silhouette ne se trouvait pas dans la pièce ; elle était dans le miroir. Une main pâle était appuyée sur le côté opposé de la vitre.

— Baba Vrăja ! murmura-t-elle. Est-ce que je rêve encore ?

Elle quitta son lit, nagea jusqu'au miroir et posa la main contre celle de la sorcière. La glace, dure et froide de prime abord, commença à miroiter, puis s'infléchit de manière presque imperceptible sous la pression de sa paume. Sera eut l'impression que ses doigts s'enfonçaient dans de la boue meuble et épaisse. Elle poussa un cri lorsque Vrăja lui saisit la main. La peau de la sorcière était chaude ; ses griffes, dures et acérées.

— Quitte cet endroit, mon enfant ! *Vite !* Il arrive, et même les Praedatori ne pourront l'arrêter.

— *Qui ?* Qui arrive ?

— Je dois partir. C'est trop dangereux. Il se sert de moi pour te trouver. Vous devez partir et nous rejoindre. Toutes les deux. Je t'en prie, Serafina !

— Mais comment ? Où êtes-vous ? Comment vous trouverai-je ?

— La rivière Olt. Dans les montagnes noires. Deux lieues au-delà du Saut de la Pucelle, dans les eaux des Malacostraca. Suivez les os.

À cet instant précis, la porte de la chambre s'ouvrit à la volée. Blu fit irruption dans la pièce. Neela était avec lui.

— Habille-toi, Sera. Vite, dit-il.

— Que se passe-t-il ?

— Je ne sais pas. Il y a un problème, là-haut. Il est possible qu'on doive vous conduire ailleurs, Neela et toi. Pour l'instant, restez ici et verrouillez la porte. N'ouvrez à personne d'autre que moi, ajouta-t-il avant de disparaître.

— Sera, ça a recommencé, dit Neela. Le cauchemar. Je l'ai vue… Baba Vrăja.

— Moi aussi. Elle était dans mon rêve et dans ma chambre. Dans le miroir.

Elle se tourna vers la glace, mais la sorcière avait disparu.

— Le duca a tort, Sera. Tout est vrai. C'est évident !

Serafina repensa aux griffes acérées de Vrăja contre sa peau.

— Oui, Neela, dit-elle dans un souffle. Tout est vrai.

Son amie était déjà habillée. D'un coup d'épaules, Sera retira son peignoir. Elle prit la robe bleue sur le mannequin de couturière, et l'enfila par la tête. Une fraction de seconde plus tard, les deux sirènes entendirent des cris.

— Qu'est-ce qui se passe ? demanda Neela avec angoisse.

— Je ne sais pas, mais on doit aller voir.

Les sirènes quittèrent la chambre de Sera. Elles descendirent le couloir, passèrent les portes donnant sur le canal et remontèrent en direction du bassin. Lorsqu'elles firent surface, elles virent le duca, encore en pyjama et robe de chambre, crier des ordres à une douzaine de Praedatori. Quelqu'un était en train d'essayer d'enfoncer les portes du palazzo, leur disait-il. Il fallait qu'ils conduisent les princesses en lieu sûr. Les makos, agités, nageaient de long en large. Peu rassurées, les sirènes longèrent le bord du bassin. Lorsqu'elles atteignirent les marches, un bruit fracassant et un hurlement leur parvinrent de l'étage supérieur.

— Filomena ? s'écria le duca. *Filomena !*

Il n'y eut aucune réponse, seulement un martèlement de bottes dans l'escalier de pierre. Le duca courut jusqu'à une table, saisit la petite bourse en tissu posée dessus et la jeta à Serafina.

— Elle contient toutes sortes d'écums. Trouvez-vous un abri. Les Praedatori vont vous aider…

— Duca Armando, que se passe-t-il ? demanda Serafina.

— Fuyez ! *Maintenant !* cria le duca.

Serafina et Neela s'apprêtaient à plonger lorsque quatre humains surgirent dans la pièce. Le visage de leur chef était dissimulé derrière des lunettes de soleil et la visière d'une casquette de baseball, mais le duca le connaissait.

— *Vous !* Comment *osez*-vous pénétrer ainsi chez moi !?

L'homme tenait un fusil-harpon dans les mains. Il le pointa vers le duca.

— *Non !* hurla Serafina, horrifiée.

L'homme fit volte-face… et tendit l'arme dans *sa* direction.

Tout arriva si vite qu'elle n'eut pas le temps de lancer de sort deflecto. Heureusement, le duca bondit en avant et agrippa le bras de l'homme. Le coup partit, entraînant dans son sillage une fine ligne en nylon, la flèche alla percuter un mur et finit sa course dans l'eau.

— Attrapez-les ! aboya le terragogg.

Le duca lui envoya un coup de poing, mais l'homme parvint à le bloquer, puis il souleva Armando de terre et le projeta contre un mur. Le duca retomba lourdement sur le sol et ne bougea plus. Les trois autres hommes, tous armés de fusils-harpons, plongèrent dans le bassin.

Serafina sentit des mains s'emparer d'elle et l'attirer vers le fond. C'était Blu. Grigio avait Neela avec lui. Leurs agresseurs étaient à leur poursuite, néanmoins, au signal de Blu – un sifflement perçant – les makos fondirent sur eux. Les requins étaient rapides, mais pas suffisamment. Les trois hommes eurent le temps d'appuyer sur la détente. Deux flèches d'argent embrochèrent deux makos, leur infligeant une blessure mortelle. La troisième transperça la queue de Grigio et la ligne en nylon le tira violemment en arrière. Serafina poussa un cri tandis qu'il se débattait pour s'en libérer. Blu nagea jusqu'à lui, son couteau à la main, et trancha la ligne. Puis il y eut un hurlement court et aigu lorsque les dents d'un mako s'enfoncèrent dans la chair d'un des hommes.

— Couvrez-nous ! cria Blu aux autres Praedatori tandis que Grigio et lui entraînaient les sirènes vers le fond du bassin, puis vers les portes du canal.

Grigio s'apprêtait à faire glisser le lourd verrou de fer pour les ouvrir lorsqu'ils entendirent, de l'autre côté, deux voix graves demander : *Qui vadit ibi ?* La personne qui se trouvait à l'extérieur répondit en martelant les portes du poing. *Cavete ! Cavete ! Interpellatores !* grondèrent les voix de pierre. *Alerte ! Alerte ! Intrus !*

Grigio risqua un coup d'œil à travers une petite fenêtre grillagée, à gauche du portail. Il jura, puis rejoignit les autres.

— C'est Traho, dit-il, le visage grave.

— Partez ! s'écria Blu en poussant les sirènes dans le couloir.

— Où ça ? demanda Serafina.

— Dans ta chambre ! Verrouille la porte et restez-y !

Neela venait de passer le seuil de la chambre lorsque le portail extérieur fut enfoncé et qu'un harpon fusa à travers l'eau. Sera se retourna juste à temps pour le voir frapper Blu dans le dos avec un *tchac* répugnant et ressortir juste en dessous de sa clavicule. Son agresseur tira fermement sur la ligne fixée au harpon, de façon à ce que la pointe barbelée revienne se planter dans sa chair. Blu se débattit comme un forcené pour s'en libérer. Se tortillant dans l'eau, son couteau à la main, il tenta de couper la ligne. Serafina ne voyait rien d'autre qu'un tourbillon indistinct là où sa queue puissante brassait l'eau et le sang.

— Blu ! *Non !* hurla-t-elle en faisant demi-tour.

— Emmenez-la loin d'ici ! cria-t-il.

Grigio la poussa jusqu'à sa chambre et lui tendit son couteau.

— Prenez-le et verrouillez la porte !

Neela ferma derrière lui, tira le verrou et s'écarta aussitôt.

— Si Traho a pu enfoncer les portes extérieures, ce n'est pas celle-ci qui lui résistera, dit-elle d'une voix tremblante.

— Neela, on doit y retourner. On doit les aider !

— C'est *Traho*, dehors, Sera ! Et c'est *nous* qu'il veut. Le seul moyen d'aider les Praedatori, c'est de trouver une façon de sortir d'ici.

— Comment ? Il y a des barreaux à la fenêtre !

— Ils sont en bronze ? On pourrait peut-être les faire fondre avec un sort liquesco ?

Sera secoua la tête.

— Ils sont en fer.

— Peut-être qu'il y a quelque part une porte qui communique avec une autre pièce ? suggéra Neela, une pointe de désespoir dans la voix. Ou bien un passage secret, une trappe donnant sur un tunnel, ou…

Elle fut interrompue par un martèlement menaçant. Les hommes de Traho se trouvaient derrière la porte.

Neela jeta un rapide sort robus dans l'espoir de la consolider.

— Vite, Sera, aide-moi à soulever le tapis !

Serafina glissa le couteau de Grigio dans une grande poche de sa robe. Puis Neela et elle cherchèrent avec frénésie les contours d'une trappe sur le sol ; mais il n'y avait rien. Elles entendirent les craquements du bois. Le robus de Neela ne faisait pas le poids face aux hommes de Traho. Ils seraient dans la pièce d'une minute à l'autre. Elle tourna sur elle-même, cherchant en vain une issue du regard. Puis ses yeux tombèrent sur le miroir.

— Neela, tu te rappelles quand je t'ai dit que j'avais vu Vrăja dans le miroir ?

— Et en quoi ça pourrait nous aider maintenant ? demanda Neela, les yeux fixés sur la porte.

— Elle m'a tendu la main, je lui ai tendu la mienne… et ma main a traversé la glace !

Neela la regarda.

— Tu plaisantes ? Même les canta magi en sont incapables. On pourrait *mourir* là-dedans.

— On mourra ici, si Traho nous met la main dessus.

La lame d'une hache fendit la porte.

— On a environ deux secondes, Neels.

Neela respira un grand coup, puis saisit la main de Sera.

D'un même élan, elles plongèrent dans le miroir.

28

C'était comme nager dans du miel de lys de mer. Du miel argenté.

— Neela ? Neels, où es-tu ? appela Serafina avec angoisse.

— *Ici.* Beurk. Je n'aime pas du tout ça, Sera.

Quelques mètres derrière elle, Neela essayait péniblement de la rejoindre. Le simple fait de respirer dans le liquide argenté exigeait de gros efforts. Alors, se déplacer, n'en parlons pas !

Serafina regarda par-dessus l'épaule de son amie en direction du miroir qu'elles venaient de traverser. Elle pouvait voir ce qui se passait de l'autre côté de la glace. Traho était dans sa chambre. Il avait l'air furieux. Ses soldats avaient défoncé les portes d'une penderie et renversé le lit à leur recherche. Alors que les deux sirènes observaient la scène, Traho se tourna vivement vers le miroir… et le frappa d'un poing rageur. Sera frissonna. Neela la tira en arrière.

— Je crois qu'il peut nous voir.

— Qu'importe, il ne peut plus nous atteindre maintenant. Il ne peut pas traverser le miroir.

— Euh, Sera ? Comment on a fait, nous ?

— Je ne sais pas. Pour l'instant, la grande question c'est plutôt : pourrons-nous en ressortir ?

Les deux sirènes se retournèrent pour observer le lieu étrange et nouveau dans lequel elles venaient de pénétrer : une galerie somptueuse, haute de plafond, qui semblait ne pas avoir de limites. Il y avait des vitrina partout : avachies dans des fauteuils, sur des bancs ou debout, immobiles, le menton sur la poitrine. Quelques-unes étaient allongées sur le sol de marbre, face contre terre, aussi inertes que des jouets abandonnés. Fantômes de terragoggs vaniteux dont l'âme avait été capturée par le miroir, les vitrina n'aspiraient qu'à être admirées. Faute de quoi, elles devenaient léthargiques.

Des lustres en cristal pendaient au plafond, et des miroirs de formes et de tailles variant à l'infini ornaient les murs. Certains étaient couverts de fioritures, d'autres présentaient une ligne épurée et moderne. Certains exhibaient des cadres en métal précieux sertis de pierres fines, d'autres se contentaient d'encadrements en plastique.

— Il doit y en avoir des milliers ! s'émerveilla Neela en touchant l'un d'eux. Lequel choisissons-nous ? Où allons-nous ?

Sera ne répondit pas immédiatement.

— Rejoindre les Iele, finit-elle par dire.

— Sérieusement ?

— Il est temps que nous arrêtions de fuir à tout bout de champ et que nous commencions à nager *vers* quelque chose.

— Et tu sais comment aller chez les Iele, toi ? Parce que, moi, je l'ignore.

— Oui. Plus ou moins. « La rivière Olt, m'a dit Vrăja. Dans les montagnes noires. Deux lieues au-delà du Saut de la Pucelle, dans les eaux des Malacostraca. Suivez les os… »

— D'accord, mais comment on s'y rend à partir d'ici ?

— Je ne sais pas. Ce que je sais, en revanche, c'est que j'en ai assez d'avoir peur, assez d'être pourchassée, assez de Traho, de ces goggs et de leurs fusils-harpons. Ce n'est pas à eux de nous dicter ce que nous devons faire. C'est à nous de décider, et à nous seules. Alors, allons-y !

Sera mena Neela jusqu'à un miroir. Elles appuyèrent le front contre la glace. Cette dernière commença à s'infléchir, à se ramollir autour de leurs visages comme l'avait fait le miroir du palazzo. De l'autre côté, une petite fille humaine se trouvait dans sa chambre. Elles ne la virent pas tout de suite, mais la fillette, elle, les aperçut et poussa un cri strident. Bondissant en arrière, elles s'éloignèrent à la hâte de la glace.

— On ferait mieux de ne pas recommencer, dit Serafina, ou on finira par se retrouver piégées à frétiller sur un parquet de gogg. Si on veut rejoindre les Iele, il faut retrouver le miroir dont s'est servie Vrăja.

— Bonne chance, alors ! répliqua Neela en tournant les yeux vers l'interminable galerie et sa multitude de miroirs. On aurait besoin d'indications précises, ou d'une carte.

— On pourrait peut-être demander aux vitrina de nous indiquer le chemin ?

— D'accord, mais vite alors, répondit Neela en scrutant les alentours d'un œil inquiet. Cet endroit me file la chair de poule.

Serafina nagea en direction d'une vitrina, une femme vêtue d'une robe fluide et dorée, avec une coupe au carré et des lèvres rouges pulpeuses.

— Bonjour ! Excusez-moi…

Elle n'obtint aucune réponse.

Oh, comme elle est belle ! reprit Sera, sachant comment revigorer une vitrina. Et cette robe est *superbo* !

La vitrina reprit sa respiration, puis ouvrit les yeux. Ses joues retrouvèrent aussitôt des couleurs.

— Oh, merci ! dit-elle en se redressant dans son fauteuil. Mais que pensez-vous de ma coupe ? ajouta-t-elle avec une grimace.

— Elle est magnifique ! répliqua Serafina. S'il vous plaît, mademoiselle…

— Joséphine.

— Je sais pourquoi cet endroit me file la chair de poule, dit subitement Neela. Il n'y a pas un seul enfant, ici.

— Bien sûr qu'il n'y en a pas, lui dit Joséphine. Riorim Erissem *déteste* les enfants.

— Pourquoi ? demanda Neela.

— Parce qu'ils sont très résistants. Ils ne connaissent pas la peur. Leur petite colonne vertébrale est en acier trempé. Il leur faut des années pour s'assouplir. La peur ne s'installe vraiment qu'avec l'âge, voyez-vous.

— Leur colonne vertébrale ? répéta Neela, perplexe.

— Qui est Riorim Erissem ? demanda Serafina.

Le regard de la vitrina se fixa sur quelque chose derrière elles.

— Chut ! Le voilà qui arrive ! Soyez sur vos gardes ! dit-elle. Ne le laissez pas s'approcher de vous ou il vous enchaînera au miroir, vous aussi.

Les sirènes se retournèrent et virent un homme gros et chauve, dans un peignoir de soie rouge et des chaussons de velours bleu, marcher vers elles en traînant les pieds.

Il les accueillit à bras ouverts, le visage fendu d'un large sourire.

— *Manger ! Manger ! Nourrissez-moi Nourrissez-moi ! Oh, oui ! Oh, oui !*

— C'est quoi ça ? chuchota Neela à Serafina. Un slogan de supporter de caballabong ?

— *Ces deux-là sont pleines de peurs, je parie ! Des peurs savoureuses et juteuses !* — ajouta l'homme en frottant ses mains potelées.

— Je suis vraiment désolée, monsieur, dit Serafina, mais on ne comprend pas ce que vous dites.

L'homme posa une main sur son cœur.

— Veuillez m'excuser ! Je parlais en rursus, la *lingua franca* de Vadus, le royaume des miroirs, expliqua-t-il avant de s'incliner. Riorim Erissem, à votre service. Bienvenue dans la galerie des soupirs.

Serafina réfléchit à toute vitesse. Elle savait désormais à quel point révéler son identité à des étrangers pouvait s'avérer dangereux.

— Très heureuse de faire votre connaissance, dit-elle. Je m'appelle Sofia… et voici mon amie, Noor.

L'homme leur décocha un sourire mielleux, et ses lèvres se retroussèrent sur de petites dents pointues.

— Inutile de faire semblant ici, mes chéries ! Vous êtes parfaitement en sécurité. Je sais qui vous êtes. Votre renommée vous précède ! Je vois que vous avez discuté avec ma vitrina, dit-il en indiquant Joséphine d'un signe de tête. C'est bien aimable. Elles *adorent* être admirées et ne se lassent jamais de recevoir des compliments. Venez, allons faire connaissance avec quelques autres.

Il marcha jusqu'à une jeune femme portant une robe damassée avec un col carré et un corsage à pointe. Son visage était d'une pâleur mortelle.

— Voici notre chère Katharine. Elle s'est retrouvée ici parce que, avec son teint, plus hâlé que ce que la mode exigeait à l'époque, elle craignait de ne pas trouver de mari.

Katharine sourit et Serafina vit que ses dents étaient noires. Riorim fit courir un doigt sur sa joue, puis leur en montra le bout. Il était couvert d'une substance blanche et satinée.

— De la céruse de Venise, utilisée par les dames de la Renaissance pour blanchir leur peau. Et ça fonctionnait, mes chéries ! Malheureusement, cela faisait aussi pourrir les dents et flétrir leur joli corps, expliqua-t-il joyeusement. Truffée de plomb, la céruse finissait par les empoisonner…

Il se dirigea vers une autre femme, qui portait une robe avec un col montant et des manches bouffantes. Ses yeux, enfoncés et vitreux, étaient comme deux trous noirs au milieu de son visage.

— Et bien sûr il y a la délicieuse Alice, qui a avalé de l'arsenic mélangé à du vinaigre pour embellir son teint. Elle commençait à prendre de l'âge – vingt-trois ans, pensez donc ! – et craignait de perdre sa beauté. L'arsenic faisait fureur au dix-neuvième siècle. Les vomissements et les convulsions qu'il provoquait étaient un peu déstabilisants, mais je suis fier de vous apprendre qu'Alice a persévéré et atteint son objectif. Qu'y a-t-il de plus pâle qu'un cadavre, je vous le demande ?

Souriant, il glissa en direction d'une troisième vitrina. La façon dont sa tête blonde pendait mollement sur son épaule n'avait rien de naturel.

— Sans oublier notre douce Lydia. *Bel-la-don-na*, dit-il en prenant soin de séparer chaque syllabe. Cela signifie *belle dame*. Lydia craignait de se faire voler son galant par une autre ; aussi versa-t-elle quelques gouttes de belladonne dans ses yeux pour dilater ses pupilles. Les hommes victoriens, voyez-vous, trouvaient les femmes aux yeux de biche tout ce qu'il y a de plus séduisantes. Même si, je dois le reconnaître, sa beauté en a pris un coup lorsque, devenue aveugle à cause du poison, elle est tombée dans une cage d'escalier et s'est brisé la nuque.

Riorim sourit à Serafina et se mit à lui tourner autour.

— Quant à vous, petite Principessa, je me demande quelles sont vos peurs…

Sera frissonna lorsqu'elle sentit les doigts glacés de Riorim courir le long de sa colonne vertébrale.

— Oh, ça ne va pas du tout ! dit-il. C'est beaucoup trop résistant. Il va me falloir assouplir tout ça, sinon je vais mourir de faim !

— Ça suffit ! s'écria Serafina avec colère. Retirez vos mains de mon dos !

Elle essaya de s'écarter de lui, mais réalisa qu'elle en était incapable. Sa queue lui semblait aussi lourde que de la pierre. Le liquide argenté la tenait fermement immobile.

— Neela, je ne peux plus bouger ! cria-t-elle, prise de panique.

Son amie s'élança vers elle.

— Non, ne t'approche pas ! Ou il t'attrapera, toi aussi !

— Tiens bon, Sera ! cria Neela.

Elle lança un depulsio, un chanvoûtement servant à déplacer les objets, dans l'espoir de repousser Riorim, mais en vain.

— Vous gaspillez votre souffle, ma chère. Les premiers miroirs étaient conçus en fer poli. Et le Vadus en compte un nombre certain, je le crains.

— Essaie de trouver l'issue, Neela ! la pressa Sera. Vite !

Tiraillée, Neela hésita un instant avant de disparaître.

— Attendez une minute… Qu'avons-nous là ? dit Riorim en palpant l'espace séparant les vertèbres de Sera. Vous cachez bien vos peurs, Princesse, mais on dirait que j'en ai trouvé une. Ah ! Je te tiens !

Sera sentit comme un petit *pop* dans son dos. Puis Riorim vint se placer devant elle avec, entre les doigts, une chose molle et sombre qui palpitait et couinait.

— Qu'est-ce que c'est ? demanda-t-elle, horrifiée.

— On appelle ça un frouillard. C'est un petit morceau de peur. Ils s'enfouissent entre les vertèbres. Une colonne bien faite et solide aura beau n'être infestée que par quelques-uns d'entre eux, à mesure que la structure osseuse s'affaiblit, beaucoup d'autres s'installent.

Riorim le fourra dans sa bouche et l'avala.

— Miam ! Simplement divin ! dit-il en se léchant les doigts. Il n'y a rien, absolument *rien* d'aussi savoureux que la peur. Les doutes sont délectables, bien sûr. Le manque de confiance en soi, l'anxiété… tout cela est délicieux, mais la peur ? Oh, la peur est exquise ! Et celle-ci était particulièrement épicée… Peur pour la vie de l'émoustillant monsieur Blu ! C'est une assez vilaine blessure qu'il a reçue pour vous protéger, n'est-ce pas ?

Cherchant désespérément à s'échapper, Serafina lutta avec plus d'ardeur pour se libérer.

— Ne vous donnez pas cette peine, c'est inutile, lui précisa Riorim. Il y a beaucoup de mercure ici aussi. Les vieux miroirs en sont truffés. Ça vous affaiblit.

Il se trouvait à nouveau dans son dos. Elle pouvait voir son reflet dans les miroirs sur les murs. Il avait grossi.

— Bats-toi, Sera ! s'écria Neela, tandis qu'elle nageait frénétiquement d'un miroir à un autre pour les explorer d'un coup d'œil. Il se nourrit de tes peurs. Ne le laisse pas faire !

Comprenant qu'elle n'arriverait à rien de cette manière, Neela alla voir la vitrina à la nuque brisée.

— Lydia, hé ! dit-elle en tordant la tête pour croiser le regard du fantôme. J'ai besoin de me rendre dans la rivière Olt. Tu pourrais m'aider ?

Mais Lydia ferma ses yeux de biche.

Elle nagea jusqu'à une autre vitrina.

— Alice, je t'en prie ! l'implora-t-elle.

Le fantôme fronça les sourcils.

— Plus pâle… Je devrais pouvoir pâlir un peu plus, tu ne crois pas ? Après, je suis sûre que je trouverai un mari.

Neela s'élança vers Katharine, mais Riorim la héla avant qu'elle ne l'atteigne.

— Ma chère, ma très chère Princesse Neela, ne soyez donc pas si pressée ! Vous semblez tellement stressée… Tenez, voilà pour vous : un kanjaywoohoo, dit-il en lui tendant un bonbon dans sa paume ouverte. Avalez-le, ma chère. Tout comme vous avalez vos peurs et vos frustrations. Elles vous laissent un goût amer en bouche, n'est-ce pas ? Ce bonbon est beaucoup plus doux au palais.

Neela se figea sur place, abasourdie.

— Ça devient vraiment fatigant, hein ? poursuivit Riorim. Devoir toujours sourire, obtempérer, ne pas pouvoir dire ce que l'on pense… Les bonbons compensent tout cela. Il suffit d'engloutir un sac de bing-bangs pour oublier un instant à quel point vous détestez le rose… ou le palais. Pour oublier à quel point votre avenir vous fait peur : l'ennui, l'envie de faire autre chose, d'*être* autre chose.

— Co…comment… balbutia Neela.

— … je sais tout ça ? Eh bien, je vous ai vue, ma chère. Dans votre chambre, seule, la nuit. Je vous ai vue tailler et coudre des robes que vous ne porterez jamais, les dissimuler au fond de votre placard… Suma est au courant, soit dit en passant. Gardez-la à l'œil.

Le visage de Neela se métamorphosait à mesure que Riorim parlait. Ses traits la montraient vulnérable, comme écorchée vive, et Serafina comprit que Riorim était en train de la prendre au piège, elle aussi. Il lui avait retourné le cœur et l'avait exposé aux yeux de tous, exactement comme il venait de le faire pour elle.

Mais Neela secoua brusquement la tête, comme pour ôter de l'écume de mer de ses oreilles.

— Bien tenté, grosse sangsue, lui lança-t-elle.

Et, reprenant sa progression dans la galerie, elle poursuivit ses recherches.

Encouragée par son exemple, Serafina reprit ses esprits. Elle allait réussir à libérer sa queue lorsque Riorim s'adressa de nouveau à elle :

— Je me demande si on peut aller plus en profondeur. Oui, il y a quelque chose juste ici… Oh, c'est *très* profond. Ah ! Nous y voilà !

Elle sentit un nouveau *pop* dans son dos.

— Adorable ! La peur de l'échec ! Elle s'accompagne d'un arôme merveilleusement raffiné. Vous êtes terrifiée à l'idée de décevoir ceux qui vous entourent, n'est-ce pas ? Et il y a de quoi. Votre mère est – pardonnez-moi, *était* – une souveraine exceptionnelle. Forte et intelligente, totalement dévouée. Vous n'avez *rien* en commun, ma chère. Rien du tout.

Serafina se sentit faiblir. Riorim avait raison sur toute la ligne, inutile de lutter. Quelle importance qu'elle réussisse à se libérer ou non ? À quoi bon même essayer ? Seul l'échec l'attendait.

Riorim palpa de nouveau sa colonne vertébrale.

— Elle sera bientôt molle à souhait. La peur ronge la colonne vertébrale comme les caries font pourrir les dents, sourit-il, les yeux brillants. Et vous, ma chère, vous en êtes *truffée*.

— Principessa ! glapit une voix.

Serafina redressa la tête. C'était Joséphine. Elle marchait dans sa direction, l'air furibarde.

— Principessa, pouvez-vous dire à votre amie de cesser de nous déranger ? Elle se donne en spectacle et détourne l'attention de *mes* admirateurs !

— Pas maintenant, Joséphine, gronda Riorim.

— Si, *maintenant*, Riorim ! répliqua la vitrina en tapant du pied. Plus personne ne me regarde ! Tout le monde la regarde, *elle* ! ajouta-t-elle en foudroyant Neela du regard.

La sirène s'était enfoncée loin dans la galerie des miroirs. Les bras levés au-dessus de la tête, elle faisait de grands gestes pour essayer d'attirer l'attention de Sera. Dès qu'elle la vit regarder dans sa direction, elle indiqua un des miroirs sur le mur et leva les deux pouces.

Puis elle mit ses mains en porte-voix.

— Ne l'écoute pas, Sera ! cria-t-elle. N'oublie pas que tu as tenu tête à Alítheia ! Que tu as tenu tête à Traho ! Débarrasse-toi de cette limace de mer !

Agissant à la manière d'un violent courant contraire, les mots de Neela tirèrent Sera de sa torpeur. *Elle a raison*, pensa-t-elle, *j'ai affronté bien pire que Riorim !* Elle se redressa, le dos bien droit, releva la tête et repoussa le désespoir qui s'était abattu sur elle. Puis, avec un cri déchirant, elle se libéra de l'emprise du liquide argenté.

— Nage, Sera, *nage* ! s'époumona Neela.

C'est ce qu'elle fit : s'élançant à travers la galerie de miroirs, Sera fila en direction de son amie. Lorsqu'elle ne fut plus qu'à quelques mètres d'elle, Neela plongea dans le miroir qu'elle lui avait indiqué en criant :

— Suis-moi !

Serafina accéléra, prête à plonger à la suite de son amie, mais Riorim – étonnamment rapide pour un homme de sa corpulence – se trouvait déjà derrière elle. Il lui attrapa les cheveux et la tira violemment en arrière. La douleur lui fit l'effet d'une décharge électrique. Elle hurla et tenta de se libérer, mais ça ne fit qu'inciter Riorim à resserrer sa prise.

— Pas si vite, petite Princesse. Vous êtes à moi, maintenant.

Blu lui traversa l'esprit. Elle revit le harpon des soldats de Traho lui transpercer le corps, le revit essayer de couper la ligne fixée dessus… Alors elle repensa au couteau que Grigio lui avait donné. En un éclair, elle le tira de sa poche, étendit le bras derrière sa tête et trancha sa chevelure.

Une fraction de seconde plus tard, elle se jetait dans le miroir, ne laissant rien d'autre à Riorim Erissem qu'une poignée de cheveux entre les doigts.

29

— Hum… donc, Neels, dit Serafina les yeux baissés sur sa nageoire immergée dans une grande cuvette en pierre, les Iele vivent dans des toilettes ?

Elles se trouvaient dans une minuscule grotta dont les dimensions ne dépassaient pas un mètre sur un mètre cinquante. Après avoir dégringolé du miroir étroit fixé au mur, Sera était tombée queue la première dans la cuvette.

— Ouh là, dit Neela, coincée entre les toilettes et le mur. Quelque chose ne s'est pas passé comme prévu, on dirait.

— Ah, tu crois ? rétorqua son amie en secouant sa nageoire hors de la cuvette. Beurk, répugnant !

— Sera, tes cheveux ! s'écria Neela.

— C'est si horrible que ça ? demanda-t-elle en se tournant vers le miroir. Ah oui, quand même, grimaça-t-elle.

Il n'y avait pas deux mèches de la même longueur. Certaines lui arrivaient au menton, d'autres ne dépassaient pas ses oreilles.

— Que s'est-il passé ?

Serafina lui raconta.

— Je n'ai jamais vu personne avec une coupe pareille, dit Neela. À part les forbans, peut-être… Tu risques d'attirer les regards.

Elle chanta un sort prax – un illusio – et la longue chevelure de Serafina réapparut temporairement.

— Ça devrait tenir une heure ou deux… Bon, maintenant, j'aimerais savoir où on est !

La porte était fermée. Des voix et des bruits de vaisselle leur parvenaient de l'autre côté. Neela l'ouvrit avec précaution.

— On dirait un café, dit-elle en sortant de la grotta.

Sera la suivit et les deux sirènes regardèrent autour d'elles. L'endroit était bondé. Les rayons de l'aube s'infiltraient à travers les fenêtres. Assis au bar ou autour d'une table, des Mer prenaient leur petit déjeuner. Une sirène vêtue d'une veste rouge jeta un coup d'œil vers elles puis reporta son attention sur son bol d'algues. Serafina indiqua une grande baie vitrée. On pouvait y lire le nom du café.

— *La Rivière haute ?* Bien joué, Neels. C'est *la rivière Olt* qu'il nous faut, je te rappelle.

Neela plissa les yeux pour déchiffrer les lettres.

— Oups.

— Tu n'as aucune idée de l'endroit où on se trouve, si je comprends bien ?

— Eh bien, je serais prête à parier qu'on est dans une rivière ou à proximité d'un cours d'eau.

— Vraiment ? Et qu'est-ce qui t'a mis sur la piste, détective ? Ça ne serait pas la baie vitrée du café, par hasard ?

— Ah, ah. Hilarant, Sera. Ce qui m'a mise sur la piste, c'est l'odeur, répondit-elle avant d'éternuer. Celle de l'eau douce me fait toujours cet effet.

Au même instant, une tortue passa gracieusement devant elles.

— Demandons-lui où nous sommes, suggéra Neela.

— Je ne parle pas le tortellique.

— Moi non plus. Je vais chanter un loquoro.

Le sort loquoro permettait de comprendre momentanément la langue de son interlocuteur.

— Excusez-moi, monsieur, l'interpella-t-elle une fois le sort lancé.

La tortue s'arrêta et se retourna – trèèès lentement. Neela savait que les tortues faisaient tout trèèès lentement. L'animal leva la tête et la dévisagea de ses grands yeux.

— Bonjour, dit Neela d'un ton enjoué. Connaissez-vous le nom de la ville où l'on se trouve ?

La tortue fronça les sourcils, gratta sa tête tachetée, cligna des yeux, réfléchit longuement, prit une grande inspiration, expira, se gratta encore la tête, remua ses nageoires, puis finit par répondre :

— *Zdraaaastiiii*, dit-il lentement.

— Alors, il sait ? demanda Serafina. Qu'a-t-il dit ?

— Il a dit « Salut », répondit Neela.

— *Salut* ? Tout ça pour dire « Salut » ? Ça va nous prendre au moins une semaine de savoir où on se trouve ! Laisse tomber. Demandons à quelqu'un d'autre.

Neela secoua la tête. La sirle en veste rouge les regardait à nouveau.

— On est en train d'attirer l'attention. Allons-nous-en d'ici !

Lorsqu'elles ouvrirent la porte, d'autres voix leur parvinrent de l'extérieur.

— Argenterie d'épave, tout droit venue d'un yacht de gogg ! Articles de premier choix !

— Perles de chanvoûtement ! Perles de transmerence ! Qualité optimale ! Enchantées pour durer, bonnes gens !

— Par ici, messieurs-dames : serpules grasses et juteuses ! Némertes tendres et visqueux !

Le café donnait sur le principal courant de la ville et le marché du matin battait son plein. Ses étals regorgeaient de produits variés. Les détaillants vendaient toutes sortes d'aliments d'eau douce : tresses d'herbe des marais, œufs de grenouille, écrevisses marinées, araignées d'eau caramélisées et feuilletés de sangsues. Des importateurs de produits marins proposaient quant à eux quantité de palourdes, moules, coquilles Saint-Jacques, fromage au lait de morse, ou encore des savonnettes de mer, sortes de longues grappes entortillées d'œufs de buccin. Il y avait un étal de vêtements de seconde main, et des stands de récup où était mis en vente tout ce qu'on peut trouver dans les entrailles d'une épave : vaisselle, vêtements, lanternes, théières, couteaux et épées, et même des crânes de terragoggs pour les collectionneurs potentiels.

— Complexées par une voix fluette, mesdemoiselles ? Décuplez sa portée grâce à notre amplificateur de voix breveté. Discrétion totale ! Résultats garantis !

À mesure qu'elles nageaient le long du courant principal, Serafina réalisa que cette ville tout en longueur était très pauvre. Elle n'avait rien de commun avec Cerulea. C'était un endroit miteux où s'agloméraient des bâtiments construits à partir d'objets trouvés. Car, s'il y avait bien une chose que les Mer d'Eaudouce, de par leur proximité avec les terragoggs, semblaient posséder en abondance, c'étaient les ordures. Et ils en faisaient bon usage. En descendant le courant, Sera et Neela repérèrent une boutique dont la structure reposait sur des barils de pétrole et une autre sur des seaux en plastique. D'autres encore étaient construites à partir d'épaves de bateau, de pneus empilés ou de conteneurs tombés d'un cargo de commerce. Les toits étaient bardés de boîtes de conserve ou de bouteilles en plastique aplaties, et tout au bout du courant se dressait un grand magasin bâti à l'intérieur d'un pétrolier naufragé.

— Concombres de mer ! Frais et baveux ! cria un marchand ambulant.

— Pouces-pieds croquants et savoureux ! aboya un autre.

Puis une voix s'éleva, juste derrière elles :

— Ils arrivent.

Neela fit volte-face. C'était la sirène du café, celle à la veste rouge. Sa queue et son buste blancs, bigarrés de taches orange, arboraient les couleurs de la carpe koï. Elle avait des yeux en amande, des pommettes hautes, et ses cheveux noirs étaient rassemblés en deux petits macarons sur le sommet de sa tête. Elle portait un sac de soie brodé en bandoulière, et une épée, glissée dans son fourreau, était fixée en travers de son dos.

— Ils arrivent, répéta-t-elle. Vous feriez mieux de déguerpir.

— Qui arrive ? demanda Serafina.

— *Piloţii morţilor.* C'est comme ça que les gens du coin les appellent. Ça signifie les *cavaliers de la mort.* Les hommes de Traho.

— Qui es-tu ? demanda Neela, méfiante.

— Je m'appelle Ling. Je viens de Qīngshuǐ, une ville du Qin.

Elle fit signe à une manta qui planait au-dessus d'elles et s'adressa à elle dans un raie-lecte impeccable. Elle interrogea ensuite une sorte de banc d'anchois en pesca, mais c'est finalement une épinoche qui lui fournit l'information qu'elle cherchait.

— Une cinquantaine. Tous à dos d'hippokampe, dit-elle. À trois lieues d'ici, mais ils progressent rapidement.

Une sensation de fourmillement envahit les nageoires de Neela.

— Tu parles beaucoup de langues, dit-elle.

— Je suis une omnivoxa.

Neela n'était pas sans savoir que les omnis, ces êtres capables de parler tous les dialectes des Mer et de communiquer avec de nombreuses créatures marines, se faisaient plutôt rares. Le fourmillement dans ses nageoires s'intensifia. Elle avait l'intuition que Ling n'était pas une sirène du Qin parmi d'autres.

— Vous ne vous êtes même pas déguisées, poursuivit la jeune sirle. Ils vous repéreront en un rien de temps. Même avec cette horrible coupe de cheveux.

— Hum, merci, dit Serafina. J'imagine que l'illusio ne fait plus effet.

— Comment sais-tu qui on est ? demanda Neela d'un ton brusque.

— Parce que vous êtes aussi discrètes que des baleines ! Vos robes valent sans doute plus cher que ce que la plupart des gens d'ici gagnent en un an. Ça, et les avis de recherche de Traho. On a placardé vos visages partout. Vos têtes ont été mises à prix. Vingt mille trocii chacune. Tous les chasseurs de primes de la région sont à vos trousses. Si je peux vous reconnaître, d'autres y arriveront. Vous devez partir au plus vite. Moi, je vais chercher des provisions, tailler le courant vers le nord et me trouver une grotte le temps que les cavaliers de la mort traversent la ville. Je vous conseille d'en faire autant.

— Sais-tu où nous sommes ? demanda Serafina.

— Tu *rigoles* ? Tu ne sais même pas où tu *es* ? Vous êtes des cas désespérés, vous deux ! dit Ling en secouant la tête. On est à Radneva, dans la mer Noire, à la frontière entre la Miromara et un fleuve d'Eaudouce. Le Dunărea est à environ deux jours de nage d'ici. Ensuite, il faut compter encore deux, voire trois jours, pour atteindre l'Olt.

— Mais comment…

— … je sais où vous allez ? Parce que c'est là-bas que je me rends, moi aussi.

Ling fredonna doucement le chant des Iele.

En l'entendant, les nageoires de Neela se mirent à flamboyer. Ses soupçons étaient donc fondés ! Ling avait entendu la psalmodie. Elle avait fait le même rêve qu'elles et les Iele l'avaient appelée, elle aussi.

— Je suis celle qui *maîtrise le chant des créatures.* Vrăja m'a convoquée, tout comme elle l'a fait pour toi, fille de Merrow, dit-elle en croisant le regard de Sera. Et toi, laquelle es-tu ? demanda-t-elle à Neela.

— Celle dont *le cœur abrite la lumière*, grommela la Mataline en lui lançant un regard noir.

— Mais bien sûr ! répliqua Ling avec un sourire en coin. Pourquoi ne l'ai-je pas vu tout de suite ?

Neela la regarda de travers. Elle n'aimait pas ça, elle ne le sentait pas. Tout cela l'inquiétait.

— Excuse-moi de ne pas briller en ce moment précis. C'est juste qu'on vient de vivre des événements légèrement pénibles. Rien de grave, vraiment. Juste une invasion, un kidnapping, une attaque de brutes armées de fusils-harpons… Pour sauver nos écailles, on a dû fuir à plusieurs reprises avant de se retrouver coincées dans un miroir avec un psychopathe. Mais qui sait ? conclut-elle d'un ton acerbe. Je retrouverai peut-être mon éclat d'ici à demain.

Ling la regarda d'un air grave.

— Les choses risquent encore d'empirer si vous ne changez pas rapidement de tenue, et si vous ne fichez pas le camp d'ici…

Elle ne termina pas sa phrase. Son visage prit un air distrait, comme si elle écoutait une autre discussion.

— Qu'est-ce qui se passe ? demanda Neela. Tu entends quelque chose d'autre ?

— Je ne sais pas. Ce ne sont peut-être que des bavardages de maquereaux, répondit-elle, les sourcils froncés. Sauf que ça ressemble à… un rire. Bizarre.

— C'est le monstre, dit gravement Serafina. Je l'entends, moi aussi.

— Mais je ne l'avais jamais entendu en plein jour. Seulement dans mes cauchemars. Ça voudrait dire…

— … qu'il devient de plus en plus puissant, termina Sera.

— Oui, opina Ling dans un souffle. J'imagine. Bon, je file. À plus tard chez les Iele, peut-être !

Elle s'éloigna d'un battement de nageoire.

Sera posa une main sur l'épaule de Neela.

— Je sais ce que tu ressens, mais il faut qu'on aille avec elle. C'est l'une des nôtres, Neels.

À ces mots, Neela ne put réprimer un frisson. *L'une des nôtres*. Une part d'elle aurait encore voulu croire que rien de tout cela n'était réel. Une part d'elle s'attendait encore à ce que quelqu'un – son oncle Bilaal, son père, ou l'un des Praedatori – arrive sur un grand hippokampe blanc et lui annonce que tout était terminé, que Traho avait été capturé, que tout allait bien et qu'elle n'avait plus à faire face à un voyage dangereux, à une bande de sorcières bizarres dans une grotte obscure et, pire que tout, à cette créature dans le feu d'eau. Cette rencontre avec Ling rendait les choses plus compliquées.

— Neela ?

— Bon, d'accord. Ouais. Allons-y, répondit-elle, la voix légèrement tremblante.

— Attends, Ling ! cria Serafina. On vient avec toi !

Dans son esprit, Neela entendit à nouveau les Iele psalmodier. Elle entendit la sorcière aux cheveux gris l'appeler.

— Une de moins, murmura-t-elle. Plus que trois, Baba Vrăja.

Serafina et elle se hâtèrent de rattraper Ling.

30

— Je *tuerais* pour un bing-bang, là, tout de suite.

— Quand est-ce que tu ne tuerais *pas* pour un bing-bang, Neels ? demanda Serafina.

Les sirènes avaient entrepris la traversée d'un haut-fond sableux. On était en début de soirée. Depuis qu'elles avaient quitté Radneva, deux jours plus tôt, elles n'avaient cessé d'avancer, ne s'arrêtant qu'une fois la nuit venue pour dormir. Au début, elles avaient jeté des sorts presto pour nager plus vite, mais avaient vite cessé en réalisant que les prestos, déjà difficiles à chanter dans l'eau salée, nécessitaient encore plus de magie en eau douce. Avec une salinité deux fois moindre que la moyenne, la mer Noire se prêtait mal à ce type de sortilèges. Mais en se servant des flots de retour, elles avaient progressé en direction du nord et longé les côtes de Bulgarie avec, pour objectifs, la Roumanie et l'embouchure du Dunărea.

— Un chillawonda ne me déplairait pas non plus, précisa Neela. Ou un zée-zée. Grands dieux, je donnerais tout pour un zée-zée ! J'aimerais bien une tasse de thé de sargasse, aussi.

Des vêtements propres, de jolis peignes à chignon, un massage, un lit douillet et une pomme d'eau bleue bien croquante.

— Tiens, prends toujours un peu de ces olives de récif ratatinées et de ce fromage de morse rance en attendant, dit Serafina en lui tendant le sac contenant les provisions qu'elles avaient achetées au marché de Radneva.

— Des olives et du fromage… Encore ?

— C'est tout ce qui nous reste. On a intérêt à trouver un village rapidement.

— Ça ne devrait plus tarder, dit Ling. Aquaba se trouve à l'embouchure du Dunărea. Nous y sommes presque, j'en suis sûre.

Ce n'était pas sans peine qu'elles avaient nagé au fil des courants, devant tour à tour se laisser porter par le flot ou le remonter, pour en arriver là où elles étaient à présent. Neela était fatiguée, sale, affamée, et regrettait amèrement le confort de son foyer. Et, même si elles se rapprochaient du Dunărea, il leur restait encore des lieues à parcourir vers l'ouest avant de rejoindre l'Olt.

— On l'a contourné par l'ouest ou par l'est, ce banc de sable au large de Bourgas, déjà ? demanda Serafina en regardant autour d'elle.

Elle tenait dans ses mains une carte appartenant à Ling, tracée sur un parchemin en varech.

— Par l'ouest. Sans l'ombre d'un doute, répondit la sirène du Qin. C'est le raccourci qu'on a décidé d'emprunter. Tu te souviens ?

Ling était une bonne navigatrice. Elle les avait conduites hors de Radneva jusqu'à un flot de retour et leur avait trouvé une grotte spacieuse où se terrer pour leur première nuit ensemble. Elles avaient évité les cavaliers de la mort et les chasseurs de primes et, devant l'insistance de Ling, avaient changé la couleur de leurs cheveux et de leurs vêtements à l'aide de sorts illusio. Le seul problème était qu'un illusio, comme n'importe quel autre sortilège, finissait toujours par se dissiper. Le maintenir nécessitait beaucoup d'efforts et d'énergie, une énergie qu'elles consacraient déjà à leur nage ininterrompue. Ling devait sans arrêt leur rappeler de renouveler leurs sorts. Neela accueillait la tombée de la nuit avec reconnaissance, car elle lui permettait de retrouver sa véritable apparence. Elle était consciente que Serafina et elle allaient devoir trouver une solution plus durable mais, pour cela, il fallait qu'elles croisent un village où acheter de nouvelles tenues.

Passer de deux à trois était une expérience étrange pour Neela, d'autant qu'elle ne se sentait pas toujours à l'aise avec Ling. Cette sirle pouvait se montrer froide et cassante, parfois. Elle avait aussi une façon déconcertante d'interrompre brutalement la conversation pour tendre l'oreille au passage d'un banc de blennies ou pour faire un commentaire du genre : « Avez-vous déjà remarqué le chevauchement des cliquatives sifflantes du delphus et de la marsouine ? » Neela ne savait jamais avec certitude si Ling l'écoutait ou si elle s'intéressait à la créature marine qui passait à proximité.

Malgré tout, il fallait reconnaître que Ling était une sirle à l'intelligence vive et aux épaules solides. Elle leur avait évité d'être à nouveau capturées. Sans compter qu'elles n'auraient jamais su comment rejoindre l'Olt sans elle. Neela n'avait donc guère d'autre choix que d'accepter sa présence.

Les trois sirènes avaient eu l'occasion de discuter au cours de leur périple vers le nord. Serafina et Neela lui avaient donné un peu plus de détails sur leur identité et leurs origines. Ling, quant à elle, leur avait appris qu'elle appartenait à un clan important dont la plupart des membres vivaient dans son village.

— On pourrait même dire que nous *sommes* le village, avait-elle précisé en riant. Il y a un membre de ma famille dans chaque maison.

— Vous êtes combien dans ta famille ? avait demandé Neela.

— Ma famille élargie ? Plus de cinq cents. Pour ce qui est de ma famille proche – ma mère, mes frères et sœurs, mes grands-parents, mes oncles, tantes et cousins –, nous sommes cinquante-trois. Voire cinquante-quatre, maintenant. L'une de mes tantes…

Elle s'était interrompue, l'oreille tendue, puis avait ajouté :

— La richesse du lexique des esturgeons est incroyable, vous ne trouvez pas ?

— Oh, absolument, avait répliqué Neela.

— Donc je disais que l'une de mes tantes était enceinte quand je suis partie.

— Et vous vivez tous dans la même maison ? avait demandé Serafina.

— C'est une très grande maison, avait-elle répondu, puis son sourire s'était effacé. Tous sauf mon père : il a disparu l'année dernière. Il était parti explorer la Grande Abysse, comme il aimait souvent le faire, et il n'est jamais rentré à la maison. Ma mère n'a pas prononcé plus de deux mots depuis que c'est arrivé.

— Je suis vraiment désolée, Ling, avait dit Serafina.

— Que s'est-il passé ?

— Je ne sais pas. Tout le village est parti à sa recherche, pendant des jours et des jours. Mais on ne l'a jamais retrouvé. Peut-être qu'il est descendu trop loin et s'est fait attaquer. Ou peut-être qu'il a simplement perdu connaissance. Tout ce que je sais, c'est qu'il me manque.

— Ça a dû être terriblement difficile pour ta mère de te laisser partir si loin, avait dit Serafina. Surtout après avoir perdu ton père.

— On ne peut pas *vraiment* dire qu'elle m'ait laissée partir. En fait, elle ne le souhaitait pas. Mais la légende des Iele est très importante dans ma culture. Ma grand-mère, Wen, est également le chaman de notre clan. Elle possède une grande sagesse et détient le rôle de gardienne des traditions. Quand je lui ai raconté mon rêve, elle m'a dit que je devais y aller. Alors, je suis partie. Et voilà où j'en suis, aujourd'hui. J'ai parcouru les courants deux mois durant. Il y a quelques jours, je commençais à me dire que j'étais folle d'avoir quitté mon village. Puis je vous ai rencontrées, toutes les deux…

— … et ça t'a confirmé que tu l'étais, avait plaisanté Neela.

Mais Ling n'avait pas ri.

— … et je suis sûre à présent que je ne l'étais pas. Tout ce que vous m'avez raconté à propos de l'attaque et de Traho, le fait que nous avons fait le même rêve… Les Iele existent vraiment. Nous avons été convoquées pour une bonne raison.

— Oui, en effet. Mais laquelle ? avait demandé Sera. C'est *la* grande question qui fait peur.

Ling et elle avaient alors repris la traversée du haut-fond sableux sans quitter la carte des yeux. Neela les avait regardées s'éloigner, puis les avait suivies à contrecœur, consciente que chaque battement de nageoire les rapprochait de la réponse…

• • •

— Je n'aime pas du tout ça, dit Ling, les poings sur les hanches.

Elles étaient arrivées à l'extrémité du banc de sable. Ce dernier se terminait sur une pente abrupte ouvrant sur de vastes fonds marins, une étendue plane totalement à découvert, plantée de pommiers d'eau aux branches nues.

— C'est trop dégagé. On pourrait se faire repérer.

— On n'a pas le choix, dit Serafina. D'après la carte de Ling, on ne peut pas aller à l'ouest en direction de la côte : les hauts-fonds s'élèvent de plus en plus et on serait obligées de faire surface près des plages des goggs. Et on ne peut pas aller à l'est en eaux profondes : le courant est trop puissant, là-bas. Il nous entraînerait au large et nous ferait dévier.

— Tâchons de faire vite, alors.

Les trois sirènes se mirent en route. Portées par le courant, elles gagnèrent la plaine sous-marine et en commencèrent la traversée, attentives au moindre mouvement, à l'affût d'un éclat de voix ou d'un battement de nageoire.

Neela ne cessait de regarder par-dessus son épaule tandis qu'elles nageaient, s'attendant à chaque seconde à voir des cavaliers de la mort se détacher sur la crête du haut-fond. Mais cela n'arriva pas. Elle commençait tout juste à croire qu'elles allaient réussir à atteindre l'autre côté sans encombre lorsqu'elle entendit Ling marmonner :

— Oh-oh.

Droit devant elles se tenait un triton, une bêche à la main. Sa lame aiguisée miroitait dans la lumière faiblissante du crépuscule. Regardant à gauche et à droite, Neela en vit d'autres émerger de derrière les arbres, armés de fourches et de faux. Vêtus de haillons, ils avaient la peau sur les os et les lèvres figées en une moue de colère.

— Ils ne semblent pas super ravis de nous voir, nota Neela.

— Non, concéda Serafina, pas vraiment.

— Tenez-vous prêtes, leur souffla Ling. À mon signal, foncez droit devant vous.

— Mais s'ils nous poursuivent ? demanda Neela.

— Avec un peu de chance, on réussira à les semer. Je ne suis pas sûre qu'ils aient l'énergie suffisante pour une course-poursuite. Prêtes ? Un, deux…

Soudain, le triton à la bêche baissa son outil et courba la tête.

— Longue vie à Serafina, principessa di Miromara ! cria-t-il

Un à un, les autres suivirent son exemple et se frappèrent la poitrine du poing droit en l'acclamant :

— Salutations, Serafina, principessa di Miromara !

— Longue vie aux Merrovingia !

— Mort à Traho, le tyran !

Neela jeta un coup d'œil à Sera. Son illusio s'était encore dissipé.

Le triton à la bêche nagea jusqu'à elles. Il s'inclina et leur dit qu'il s'appelait Konstantin.

— Pardonnez-nous, Principessa. Nous ne vous avions pas reconnue. Ces eaux grouillent de cavaliers de la mort…

Serafina tourna lentement sur elle-même pour observer les tritons qui l'entouraient. Aussitôt, les autres s'approchèrent. Ils saisirent sa main pour l'embrasser, implorèrent les dieux de lui prodiguer leurs grâces puis, d'une voix hésitante et pleine d'émotion, lui racontèrent leur histoire.

— J'étais parti rendre visite à de la famille. À mon retour, le village était désert. C'est celui d'à côté. Ils avaient disparu, jusqu'au dernier…

— Ils sont venus pendant la nuit…

— Où ont-ils pu aller ?

— Pourquoi, Principessa, pourquoi m'ont-ils pris ma famille ?

— Aidez-nous à les retrouver. Aidez-nous, je vous en prie !

Serafina, Neela et Ling apprirent que les cavaliers de la mort avaient emporté presque tout le monde dans leur village. Ils n'avaient laissé qu'une poignée de tritons pour continuer à cultiver le verger à leur profit.

— Il paraîtrait que votre oncle s'est enfui, Principessa. Qu'il lève une armée de gobelins kobold dans le nord. Est-ce vrai ? Avez-vous reçu des instructions de sa part ? demanda Konstantin, les yeux pleins d'espoir.

Serafina secoua la tête.

— Non. Rien.

— Et la regina Isabella ?

Neela vit les yeux de son amie s'assombrir à la mention de sa mère.

— Je continue d'espérer qu'elle ait survécu, mais je ne peux pas en être certaine. Nous allons devoir nous débrouiller seuls, je le crains. Nous sommes en route pour aller chercher de l'aide, afin de nous débarrasser du mal qui sévit dans nos eaux.

Konstantin hocha la tête en essayant de cacher sa déception. Il fouilla dans sa poche, en tira une porcelaine et la donna à Serafina.

— Je ne peux pas accepter, protesta-t-elle.

Konstantin ne l'écouta pas. Les autres non plus. Ils lui donnèrent tout ce qu'ils possédaient : quelques serpules enveloppées dans une feuille de varech – l'unique repas de l'un d'eux –, une précieuse drupe d'argent, trois petites pommes d'eau tenues cachées aux cavaliers de la mort, une poignée de noix des sables…

Les yeux fixés sur les cadeaux entassés dans sa main, offerts par des tritons qui n'avaient plus *rien*, Serafina déglutit avec peine. Neela comprit qu'elle ravalait ses larmes. Elle savait que son amie n'avait aucune envie de dépouiller ces fermiers de leurs dernières écums ou de leurs maigres restes de nourriture, mais refuser les aurait blessés.

— Merci, dit la principessa, la voix tremblante. Merci à tous. Je promets, je vous fais le *serment*, que je ferai tout ce que je peux pour vous aider. Si ma mère et mon oncle sont toujours en vie, je les trouverai pour leur rapporter ce qui vous est arrivé. Ils sauveront vos proches, j'en suis persuadée.

Sa réponse fut accueillie par des acclamations. Serafina remercia encore les fermiers, les salua, puis Neela, Ling et elle reprirent leur route. Tandis qu'elles nageaient, Neela remarqua que Serafina restait étonnamment silencieuse.

— Qu'est-ce qui ne va pas ? lui demanda-t-elle.

— Ils ont courbé la tête devant moi. Ils m'ont enlacée et embrassée. Pourtant, je ne le mérite pas. Je ne mérite rien de tout ça !

— Tu leur as donné quelque chose dont ils avaient besoin. Tu leur as redonné espoir.

Serafina secoua la tête.

— Des promesses creuses, rien d'autre.

Ling se tourna vers elle.

— Hé, Serafina ? dit-elle, une légère tension dans la voix. Ces tritons, là-bas, ce n'est pas ton oncle ni ta mère qu'ils ont acclamés. C'est *toi*.

— C'était une marque de respect pour la couronne, voilà tout.

Un gros banc d'aloses les survola, masquant la lumière du soleil. L'obscurité soudaine prit des allures de mauvais présage aux yeux de Neela. Cela amplifia la tension qui montait entre Sera et Ling.

La sirène du Qin prit une grande inspiration.

— C'est se bercer d'illusions, tout ça, Serafina. Tu en es consciente, n'est-ce pas ? Je veux parler de ce que les gens racontent à propos de ton oncle, qu'il aurait fui dans le Nord. Il se trouvait dans le palais quand il est tombé aux mains de l'ennemi. Ta mère aussi. On n'en sait pas davantage. Le reste n'est que ouï-dire. Une autre chose que l'on sait, c'est que ta mère a été très grièvement blessée. Tu me l'as dit toi-même. Elle pourrait ne pas avoir survécu…

— *Arrête*, l'interrompit Serafina.

— Non, je ne m'arrêterai pas. Les omnivoxas parlent toutes les langues. Mon grand-père en était un aussi, et il me disait qu'avec le don des langues venait une responsabilité : celle de ne pas dire que des mots, de dire aussi la vérité. À l'heure actuelle, nous n'avons qu'un seul objectif : rejoindre les Iele. Mais qu'est-ce qui se passera après ? Une fois que les sorcières nous auront dit ce qu'elles souhaitaient nous dire ? Vas-tu continuer à jouer à cache-cache avec ton peuple ? Il a besoin d'espoir. Il a besoin d'un chef.

— Il a déjà un chef, répliqua Sera avec colère.

— Serafina, il faut que tu acceptes la…

— Tu te trompes, cria-t-elle. Elle est vivante. J'en suis sûre !

Un silence gêné tomba sur le trio. Serafina fut la première à le rompre :

— Je suis désolée. La journée a été difficile. Il y a un banc au-dessus de nous. Je vais aller le rejoindre. On se retrouve dans un petit moment.

— Quoi ? Tu veux aller dériver ? Toi ? Il n'y a que Yazeed qui soit assez stupide pour le faire ! protesta Neela. On est tout près de l'embouchure d'un fleuve important. Il y a un port, avec des bateaux, et des goggs ! Ce n'est pas une bonne idée.

Mais il était trop tard. Serafina s'éloignait déjà dans un battement de nageoire.

— Cerulea est tombée. Des villages se font décimer, dit Ling. Si elle ne prend pas en main les rênes de la Miromara, c'est tout le royaume qui va tomber. Après ça, qu'est-ce qui empêchera Traho de s'emparer du Qin ? De la Matali ? Des autres eaux ?

— Ling, pour prendre les rênes d'un royaume, au moins en Miromara, il faut être regina. La seule et l'unique. Il ne peut pas y en avoir deux, dit Neela, la voix tendue. Tu comprends ?

Ling acquiesça en silence.

— Serafina ne peut accepter de prendre la tête de son royaume, poursuivit-elle, parce que ça reviendrait à accepter la mort de sa mère. Ça ne fait que quelques jours. Elle a tout perdu. Tout, Ling. Elle a besoin de temps.

— Je le vois bien, Neela. Mais, le problème, c'est qu'on en manque…

31

Des corps lustrés et imprévisibles défilaient sous ses yeux, vifs comme l'éclair. Des écailles froides et lisses se frottaient contre sa peau. Il y avait des éclats de rire et des regards brillants. Serafina était dans le banc.

Elle accéléra, s'arrêta et vira de bord, plongea dans les profondeurs obscures et froides de la mer, puis remonta en spirale vers sa surface étincelante et chaude. Elle ne faisait plus qu'un avec le banc, elle oublia tout et tout le monde. Elle oublia sa peine et ses deuils, oublia Mahdi et tout ce qu'il n'était pas, Blu et tout ce qu'il était. Pendant quelques précieux instants, elle oublia qui elle était.

La soirée était douce et belle. Allongés sur l'eau, les rayons du soleil jouaient avec la crête des vagues. Les aloses avaient quitté les profondeurs froides pour se nourrir des méduses flottant dans les eaux plus chaudes de la surface. Leurs mouvements exerçaient sur Sera un puissant magnétisme, un magnétisme auquel elle avait du mal, comme la plupart des jeunes Mer, à résister. C'était magique de se laisser dériver dans un banc. C'était sauvage et grisant, mais dangereux, aussi. Les bancs étaient souvent suivis de prédateurs. Une sirène pouvait nager en compagnie de milliers de sardines et, la minute suivante, se retrouver nez à nez avec un requin. Les parents mer rappelaient régulièrement à leurs enfants qu'il était interdit de dériver en banc.

Mais comment aurait-elle pu résister ? Les aloses l'appelaient. Des milliers de voix musicales, comme des gouttes de pluie piquetant la surface de l'eau, l'incitaient à les rejoindre. Pour les goggs, les poissons ne faisaient pas de bruit, disait-on. Serafina se demanda si c'était parce qu'ils se contentaient d'écouter avec leurs oreilles. Elle savait que ceux qui aimaient vraiment les créatures marines les écoutaient avec le cœur.

Petite sœur, lui disaient-ils. *Fulgure des mers. Viens, nageoire cuivrée. Viens, beauté. Viens nager avec nous.*

Serafina nageait de plus en plus vite, son corps élancé s'arquant et tournoyant, fendant les eaux tel un poignard. Il n'y avait plus que le banc. Il n'y avait plus que la mer. Rien d'autre.

Mais soudain :

— Serafina !

Une voix lointaine cherchait à l'atteindre. À la ramener vers ce millier de questions auxquelles elle ne savait répondre, ce millier de requêtes qu'elle ne pouvait satisfaire. Vers la peur et le désespoir. Vers les voix brisées lui demandant des explications, lui demandant de l'aide, lui demandant d'être quelque chose qu'elle ne pouvait pas être.

— Serafina, viens !

C'était Neela. Elle était toute proche à présent

— Non, dit-elle en s'enfonçant plus profondément dans le banc. Neela, je ne peux pas.

Une main lui saisit le bras. C'était Ling.

— On doit filer d'ici tout de suite ! dit-elle, la voix pressante.

Serafina se libéra d'une secousse.

— Sera ! cria Neela. Il y a un *filet* ! Un filet de pêcheur ! Sors-toi de là, vite !

Comme émergeant d'une transe, Serafina ralentit puis s'arrêta. Elle regarda autour d'elle et ses yeux s'écarquillèrent d'effroi : elle était encerclée par un entrelacs de mailles ! Fixé à un treuil, il remontait vers la surface tout en se resserrant au sommet à la manière d'un sac. Les aloses ne riaient ni ne lui parlaient plus. Elles criaient et s'encourageaient les unes les autres à fuir au plus vite.

Serafina fusa vers le sommet du filet et, d'un battement de nageoire, tenta de se propulser à travers ce qui restait d'ouverture. Ce fut un échec. Le filet se referma autour de sa taille et se resserra douloureusement. Saisissant les rebords de chaque côté, elle poussa sur ses bras pour tenter de s'extirper. En même temps, elle fouetta l'eau de sa queue puissante avec toute l'énergie dont elle était capable et parvint à s'extraire du filet juste avant qu'il ne regagne la surface. Les rebords lui avaient arraché quelques écailles. Elle saignait, mais elle était libre.

— Neela !

— Par ici ! lui cria son amie en nageant vers elle. Où est Ling ?

Le filet continuait de s'élever dans l'eau. Les hurlements des aloses se faisaient assourdissants.

— Je ne la vois pas ! cria Serafina. Ling ! *Ling !* appela-t-elle en tournant autour du filet.

C'est alors qu'elle la vit : une main brandie hors du filet tendue vers elle, un visage pressé contre les mailles, des yeux fous de terreur, une bouche ouverte sur un cri.

C'était Ling.

32

— Neela, attrape le filet ! cria Serafina.

Alors qu'il faisait surface, les deux sirènes empoignèrent le chalut par les mailles du fond avec l'espoir que le poids de leurs corps puisse le maintenir sous l'eau. Le treuil grinça, ralentit, mais ne s'arrêta pas. Totalement émergé à présent, le filet continua de s'élever. Ses fils leur cisaillaient les doigts, mais les deux sirles tinrent bon et, bientôt, seul le bout de leurs queues se trouvait sous la surface.

— Ça ne sert à rien ! cria Neela. Mieux vaut lâcher !

— On doit l'aider !

— Sera, il faut lâcher avant qu'ils nous attrapent nous aussi !

Serafina secoua la tête, mais le filet poursuivit son ascension en direction du pont du bateau, un petit chalutier appelé *Deurieer*. Les aloses suffoquaient douloureusement. Les cris de Ling déchiraient l'air.

— Non ! cria Serafina, mais ses doigts ne purent supporter le poids de son corps plus longtemps.

Elle retomba dans l'eau, suivie de près par Neela. Le filet s'éleva encore plus haut et les deux sirènes restèrent dans son ombre, de façon à ne pas être vues de l'équipage du chalutier.

— Que va-t-il lui arriver ? demanda Neela, effrayée.

Serafina entendit des voix, des goggs se parler en criant. Il y eut soudain un grand silence, puis l'un d'eux hurla :

— C'est quoi, ce bordel ? Monsieur Treebot ! Vite, par ici !

— Non, c'est impossible ! commenta Serafina dans un souffle.

Elle ne connaissait que quelques mots de cette langue de gogg, mais le nom lui était familier. Elle nagea jusqu'à la limite de l'ombre projetée par le filet et leva les yeux.

Un homme au torse nu et tanné par le soleil attrapa le chalut à l'aide d'un grappin et le tira vers le bateau. Un autre le rejoignit. Il portait un jean, un tee-shirt noir délavé, une casquette et des lunettes de soleil.

Serafina étouffa un cri de surprise.

— Neela, c'est *lui* ! L'homme qui a fait irruption dans le palazzo du duca. Celui qui nous a attaqués. C'est Alfred Treebot !

— Tirez-la à bord, aboya Treebot.

Les cris de Ling ricochaient sur la surface de l'eau.

— Je vais essayer de créer un tourbillon, proposa Sera, prête à tout pour sauver son amie.

Elle entonna un chanvoûtement, mais eut du mal à projeter sa voix. À l'air libre, son sortilège semblait médiocre. Cela suffit néanmoins à créer un tourbillon d'eau de trois mètres de haut. Elle le projeta sur le flanc du chalutier dans l'espoir de le percuter assez fort pour détacher le filet du treuil.

— Une trombe marine, monsieur Treebot ! cria l'un des membres de l'équipage alors que le tourbillon n'était plus qu'à quelques centimètres du bateau.

Alors que les mots du marin résonnaient encore, la trombe s'arrêta brutalement, comme heurtée de plein fouet par un mur invisible. L'eau tourbillonnante se fracassa, puis retomba à plat sur la surface de l'eau.

— Laisse-moi essayer, dit Neela.

Elle prépara un fragor lux en attirant à elle les rayons du soleil, puis le projeta contre le chalutier avec l'idée de transpercer sa coque, mais le frag explosa à quelques mètres du bateau sans faire de dégâts.

— Une trombe d'eau et maintenant un faux soleil ! commenta Treebot. Quelle étrange météo…

Tout en parlant, il jeta un œil par-dessus le bastingage et scruta l'eau comme s'il savait qu'elles se trouvaient là. Sera saisit Neela par la main et l'entraîna plus loin dans l'ombre du filet.

— Que se passe-t-il ? chuchota Neela. Pourquoi nos envoûtements ne fonctionnent-ils pas ?

— Je ne sais pas. Ça n'a pas de sens. Les terragoggs n'entendent rien à la magie. Ils ne peuvent ni lancer ni déjouer des sortilèges, normalement…

Puis la réponse lui sauta aux yeux.

— Je parie que c'est à cause de la coque du bateau ! Elle est sûrement en fer !

— On fait quoi, alors ? Comment va-t-on libérer Ling sans magie ?

Sera n'eut pas le temps de lui répondre.

— ALFRED TREEBOT ! tonna une voix.

Tournant vivement la tête, les sirènes virent qu'elle provenait d'un autre bateau, une vedette rapide et fuselée, approchant du chalutier par le tribord avant.

— Alfred Treebot, ici William Bowen, capitaine du *Lutin*. Le *Bedrieër* est en violation directe du traité de la mer Noire. Il vous est interdit de pêcher dans ces eaux. Les gardes-côtes roumains sont en route.

— Les Guerriers de l'Onde, grommela Treebot. Démarrez les moteurs.

— Monsieur, dit un membre d'équipage, les Guerriers ne peuvent pas nous arraisonner, mais les gardes-côtes le peuvent, eux. Et on n'arrivera pas à les distancer : leur navire est plus léger et plus rapide. S'ils montent à bord… S'ils découvrent ce qu'il y a dans la cale…

Treebot jura comme un charretier.

— Je ne voulais même pas de ces fichues aloses ! Tout ce que je voulais, c'étaient des méduses !

En quelques enjambées, il rejoignit le boîtier de contrôle du treuil et actionna un levier. Le treuil émit un bruit sourd et grinçant puis libéra le chalut. Le filet retomba dans l'eau et disparut sous la surface.

Treebot se tourna vers le *Lutin*.

— Pêcher quoi ? cria-t-il au capitaine. Vous n'avez aucune preuve !

— On a tout filmé, Treebot ! répliqua Bowen en brandissant une caméra. Vous êtes bon pour les tribunaux !

Serafina n'en écouta pas davantage. Neela était déjà sous l'eau. Elle plongea pour la rejoindre. Ensemble, elles tirèrent sur les bords du filet pour libérer Ling et les aloses. Toussant et haletant, les poissons s'éloignèrent à la hâte. Ling coula au fond de l'eau, couverte de sang et de bleus, son poignet tordu de façon peu naturelle.

— Pardonne-moi, Ling ! sanglota Serafina. Tout est de ma faute. Rien de tout ça ne serait arrivé si je n'étais pas partie dériver. Je suis *tellement* désolée.

— C'est le gogg qui devrait s'excuser, répliqua Ling. Il a failli me tuer.

— C'est Alfred Treebot, dit Neela. Et il a bien failli nous tuer aussi, chez le duca.

Serafina se remémora ce que le duca Armando leur avait dit à propos de Treebot : associé à l'Ondalina, c'est lui qui avait transporté dans ses chalutiers les troupes mêmes qui avaient envahi Cerulea.

— Reste avec elle, Neela, dit-elle subitement. Je reviens tout de suite.

— Où vas-tu ?

— Voir ce que je peux apprendre sur Treebot.

Serafina fila vers la surface et sortit prudemment la tête de l'eau, soucieuse de ne pas se faire repérer. Mais personne ne regardait vers la mer. L'équipage de Treebot avait placé le *Bedrieër* le long du *Lutin*, et le capitaine lui-même était monté à bord de la vedette. Serafina entendit des cris et des menaces, puis vit Treebot arracher la caméra des mains de Bowen et la lancer par-dessus bord. Un jeune homme se jeta sur lui. Treebot le poussa également à l'eau. Alors que deux de ses compagnons tentaient de le hisser à bord, Treebot s'avança vers une femme, lui arracha son portable des mains et le balança à la mer.

— Vous voulez subir le même sort ? lui cria-t-il.

Effrayée, elle s'écarta de lui.

Rapide et puissant, il donnait l'impression d'être partout à la fois. Serafina nagea vivement vers la poupe et le vit écraser une grosse clé à molette sur la radio navire-terre.

— Je vous préviens, tous autant que vous êtes ! aboya-t-il. Vous avez intérêt à me foutre la paix, désormais !

Il se débarrassa de la clé, retourna à bord de son bateau et donna l'ordre de lever l'ancre.

Tandis que son équipage s'affairait, Treebot posa les mains sur le plat-bord de son navire.

— Elle se dirige vers le Dunărea, Nils, dit-il à un membre de son équipage. Je la veux. *Maintenant*. Avant qu'elle n'atteigne l'Olt. Il y en a d'autres avec elle. Je les veux toutes.

Serafina plongea à la hâte. Les eaux du port étant peu profondes, Neela et Ling n'étaient assises qu'à une dizaine de mètres en dessous du bateau.

— Allons-nous-en, dit-elle en les rejoignant.

— Ling ne peut pas nager. Son poignet est cassé.

Serafina regarda la sirène blessée. De sa main valide, elle tenait son bras replié contre elle. Son visage était gris de douleur.

— Il va pourtant falloir que tu nages, lui dit-elle. Treebot en a après toi. Après nous aussi. Il sait qu'on se dirige vers l'Olt.

— Comment ? demanda Ling.

— Je ne sais pas. Mais on *doit* filer.

— Alors il va falloir l'aider à nager, Sera, dit Neela. Elle souffre beaucoup.

Serafina regarda autour d'elle. Ses yeux tombèrent sur le filet de pêche.

— On pourrait l'étendre sur le filet et la tirer derrière nous.

— Oh, je suis sûre qu'elle va adorer, sachant que ce truc a failli la tuer. Et puis, c'est difficile de nager en traînant un filet derrière soi ! On ne sera pas capables de se propulser assez vite pour…

— Attends une minute, Neela… J'ai trouvé !

— Trouvé quoi ?

— On pourrait entraver la propulsion du bateau en bloquant son hélice. Ça nous laisserait une petite avance.

— Comment ? Notre magie ne fonctionne pas sur ce navire.

— Avec le filet ! Ling, attends-nous ici. Neela, donne-moi un coup de main.

Les deux sirènes ramassèrent le chalut, le tirèrent jusqu'au bateau et commencèrent à l'enrouler autour des énormes pales de l'hélice.

— Vite, Sera. Si ce truc se met en route, on risque de se faire hacher menu.

Tout en s'activant, Serafina crut entendre des voix. S'agissait-il de Mer ? Les sons qu'elle percevait étaient étranges : proches, mais comme étouffés. Elle s'arrêta et regarda prudemment autour d'elle. Il n'y avait personne d'autre dans l'eau.

— Neela, tu as entendu ça ?

— Non, rien du…

Puis elles l'entendirent toutes les deux, cette fois : un gémissement aigu et désespéré, provenant de l'intérieur du *Bedrieër*.

Sera nagea jusqu'au bateau et posa son oreille contre la coque. Neela l'imita. Mais aucune des deux sirènes ne perçut quoi que ce soit d'autre.

— Peut-être que ce sont d'autres aloses, suggéra Serafina, mal à l'aise. L'un des marins de Treebot a dit qu'ils ne pouvaient pas laisser les gardes-côtes monter à bord à cause de ce qui se trouvait dans la soute. Une prise illégale, sans doute.

— Sera… Oh, grands dieux. Oh, Sera.

— Quoi ? Qu'est-ce qu'il y a ?

Ses deux mains pressées contre sa bouche, Neela était incapable de répondre. Serafina suivit son regard. Au fond de la mer en contrebas, à six mètres environ du flanc bâbord du chalutier, se trouvait une pile de cadavres. Une bonne douzaine, au minimum.

Serafina étrangla un cri de frayeur. Elle nagea jusqu'à eux, nourrissant l'espoir que ses yeux la trompaient. Mais non. Ils étaient bien morts. Certains étaient étendus sur le dos, d'autres face contre terre. Certains avaient le genre de blessure béante que provoque un tir de fusil-harpon, d'autres le visage tuméfié. Beaucoup avaient les mains nouées derrière le dos. Presque toutes les sirènes portaient les cheveux nattés, et les tritons des tuniques en lin de mer : un style de coiffure et de vêtement apprécié des fermiers mer de la région.

— Non, gémit-elle. Oh, puissante Neria… *Non*.

C'étaient des Miromarains. Son peuple. Ce n'étaient pas des soldats, mais des civils. Et ils avaient été massacrés. Elle sentit une peine profonde lui déchirer les entrailles, et une fureur incandescente monter en elle.

— Je pense que Treebot essaie de nous capturer pour Kolfinn, réfléchit-elle à voix haute. Parce qu'il veut les talismans et qu'il croit qu'on sait où ils se trouvent. Mais pourquoi tuer des innocents ? *Pourquoi ?*

Neela retrouva l'usage de sa voix :

— Pour obtenir des informations. Il soupçonnait peut-être ces Mer de savoir des choses sur les talismans. Ou sur nous.

Au-dessus d'elles, quelque chose émit un bourdonnement. Le bruit enfla progressivement, puis fut suivi d'un gigantesque *zoum !* lorsque les pales de l'hélice géante se mirent en branle.

— Allez, bloque-toi ! dit Sera, voulant espérer contre tout espoir que leur plan allait fonctionner.

L'hélice effectua plusieurs rotations et ses pales tranchèrent le filet sans le moindre effort. Le cœur de Serafina se serra.

— Bon, tant pis. On file !

— Non, Sera, ça marche ! Regarde !

Sous les yeux des sirènes, les mailles déchirées s'entortillèrent autour de l'arbre de transmission et finirent par obstruer l'hélice. L'arbre résista, tourna encore un peu, puis stoppa net.

— On a réussi ! Il est bloqué ! dit Neela.

Serafina secoua la tête.

— On l'a juste ralenti. Il nous a suivies jusqu'ici et il sait où on va. Dès qu'il aura réparé son hélice, il repartira à notre poursuite.

— Sera, Treebot transporte les cavaliers de la mort pour Kolfinn. C'est ce que le duca a dit, non ? Et s'il y en avait à bord en ce moment ? Et s'ils sortaient pour voir pourquoi l'hélice s'est arrêtée ?

— S'il y en avait dans ce bateau, Treebot les aurait déjà envoyés nous capturer. Mais ça ne veut pas dire qu'ils ne sont pas en train de patrouiller dans les parages. Nous devons partir au plus vite, ajouta-t-elle en jetant aux morts un dernier regard. Avant de finir comme eux.

33

— Coucou, le minou ! Joli minou ! Tu nous laisses passer, s'il te plaît, gentil minet chéri ? demanda nerveusement Neela au poisson-chat qui lui tournait autour.

Elle en distinguait huit dans la pénombre. De vrais monstres. Ils mesuraient près de deux mètres de long, avaient le dos gris moucheté et un ventre rose rebondi. De longs barbillons pointaient, telles des moustaches, de chaque côté de leur gueule aplatie. Leur bouche, large de plus de trente centimètres, était assez grosse pour engloutir un canard d'une seule bouchée, et une sirène en moins de trois. Neela tendit la main pour en caresser un.

Euh, Neela ? intervint Ling. Je ne ferais pas ça si j'étais toi.

— T'inquiète : il ronronne !

— Il ne ronronne *pas*. Il grogne.

Le poisson-chat fit claquer ses mâchoires. Neela retira vivement sa main.

— On n'a pas le temps pour ça, dit Serafina après avoir jeté un regard inquiet par-dessus son épaule.

— C'est à *lui* qu'il faut le dire ! répliqua Neela en vérifiant qu'il ne lui manquait aucun doigt.

Les cavaliers de la mort les talonnaient. Les sirènes les avaient entendus approcher juste après avoir atteint le Dunărea et mis une lieue entre le chalutier et elles. Depuis, elles cherchaient un endroit où se cacher, mais s'étaient retrouvées encerclées par des poissons-chats géants à la place.

— Fichez le camp de mon fleuve ! ordonna brusquement une voix.

Neela releva la tête. Une sirène d'Eaudouce flottait non loin de là, une crosse de hockey dans les mains. Sa peau gris sombre était parsemée de rayures et de taches beiges. Une nageoire épineuse courait le long de sa colonne vertébrale. Elle portait des pendants d'oreilles fabriqués à partir de capsules de bouteille et un collier comme jamais Neela n'en avait vu auparavant. Y étaient suspendus toutes sortes d'objets goggesques : une tête de poupée, une tétine, un décapsuleur, un briquet, une mini-lampe de poche et une balle de golf. Ses cheveux, attachés en deux couettes dressées de chaque côté de sa tête, étaient teints dans un camaïeu de rouges criards. Une couleur assortie dessinait le contour de ses lèvres. Cela dit, colorier entre les lignes ne semblait pas son fort.

— *Génial*. Pile ce qu'il nous fallait, murmura Ling. Une folle aux poissons-chats !

La sirène avait surgi d'une maison – enfin, d'une *sorte* de maison. Là encore, Neela n'avait jamais rien vu de pareil. Elle semblait composée de vieilles pièces automobiles rouillées : portières, capots et autres pare-chocs chromés. Des roues de vélo faisaient office de fenêtres. Et, fixé au sommet de la bicoque, un vieux parapluie noir, sur le pourtour duquel étaient suspendus des fourchettes, des couteaux et des cuillères émettant force cliquetis et carillons, tournait au gré du courant à la manière d'une girouette.

— *Zi bună, doamnă*, lui répondit Ling en roumain, un sourire vissé sur les lèvres et son bras cassé serré contre elle. *Bien le bonjour, madame.*

— Pas de *madame* avec moi, petite, rétorqua l'Eaudouce en merlangue. Repartez d'où vous venez. Tout de suite !

— On ne peut pas, mademoiselle… Mademoiselle… ?

— Lena. Cette zone du fleuve, indiqua-t-elle du bout de sa crosse, celle qui s'étend de ce rocher jusqu'au prochain coude, elle *m'appartient*. Et je n'aime pas qu'on traverse ma propriété. Ça perturbe mes petits. Z'avez pas vu la rangée de galets que j'ai installée ? Vous n'aviez pas le droit de la franchir !

Neela connaissait l'attachement des habitants d'Eaudouce à la notion de territoire. Ils aimaient qu'on les laisse tranquilles, aussi. Mais le comportement de cette sirène… Cela dépassait la simple aversion pour les étrangers. Derrière la brutalité des mots et l'agressivité des gestes, on percevait de la peur. Neela la voyait poindre dans ses yeux.

— Pourrait-on traverser, Lena ? demanda-t-elle. On se contentera de nager tout droit et de poursuivre notre route.

L'Eaudouce croisa les bras.

— C'est exactement ce que m'a dit la sirène qui voulait traverser *hier* !

— Savez-vous qui elle était ? demanda Serafina. Avez-vous retenu son nom ?

— Sava, Plava ou Tava… Un truc dans le genre.

Neela échangea des regards avec Serafina et Ling. Il était évident qu'elles se demandaient la même chose qu'elle : se pouvait-il que Sava, Plava ou Tava soit l'une des leurs ?

— Lena, je vous en prie, dit Serafina. Nous avons vraiment besoin de votre aide.

— Et pourquoi je vous aiderais ?

— Oh, pour rien, répliqua Neela. Ce n'est pas comme si le destin des océans reposait entre nos mains !

Sera la fit taire d'un petit coup de nageoire.

— Parce que des tritons sont à nos trousses, dit-elle. Des tritons malveillants.

Lena baissa sa crosse de hockey. L'Eaudouce ne faisait plus aucun effort pour dissimuler sa peur, à présent. Elle transpirait sur son visage.

— Ceux qui ont enlevé les gens ?

— Quels gens ? demanda Neela en jetant un regard inquiet par-dessus son épaule.

Chaque seconde écoulée voyait les cavaliers de la mort gagner du terrain.

— Ceux d'Aquaba, un village près de l'embouchure du Dunărea. C'est arrivé il y a trois jours. Plus de quatre cents personnes ont disparu. Comme volatilisées. Depuis, j'ai peur que ceux qui ont fait ça viennent me chercher à mon tour.

— Je ne sais pas pour vous, dit Neela. Mais, ce qui est sûr, c'est qu'ils en ont après nous trois.

Elle raconta à Lena ce que Traho et les cavaliers de la mort avaient fait à Cerulea, à la famille de Sera et à la sienne.

Les yeux de l'Eaudouce s'écarquillèrent.

— Vous pensez qu'ils pourraient prendre mes minous ?

Serafina secoua la tête.

— Je ne… commença-t-elle.

Elle s'apprêtait à dire *Je ne pense pas que Traho s'intéresse aux poissons-chats*. Neela l'aurait parié. Mais elle était également prête à parier que le seul moyen d'obtenir l'aide de Lena consistait à lui présenter Traho comme un ennemi commun.

— … je n'en doute pas une seule minute, termina Neela à la place de Serafina. Traho cherche *évidemment* à s'emparer de vos minous. Ils sont si… si incroyablement…

Elle s'arrêta, à court de mots.

— Magnifiques ? lui souffla Ling.

— C'est ça ! Ils sont tellement magnifiques qu'il veut certainement vous les voler.

Lena hocha la tête, le visage grave.

— Eh bien, qu'il essaie pour voir ! J'en ai plus, tu sais. Beaucoup plus. Et ils n'apprécient pas vraiment les petites brutes dans son genre.

Elle porta deux doigts à sa bouche et émit un sifflement strident. Des poissons-chats jaillirent de derrière les rochers et les arbres submergés, des tourbillons et des trous d'eau avoisinants. Il y en avait au moins une bonne cinquantaine.

— Ouah ! s'extasia Ling.

— Merci de m'avoir avertie, dit Lena. Ce Traho y réfléchira à deux fois quand il verra combien j'en ai.

Elle fronça les sourcils.

— J'imagine que je vous dois bien un petit service en échange : vous pouvez vous cacher ici jusqu'à ce que les soldats soient passés. Vous feriez mieux de vous dépêcher, d'ailleurs. J'entends des hippokampes approcher.

Les sirènes se dirigèrent vers la maison.

— Pas là. C'est le premier endroit qu'ils vont fouiller. Allez vous cacher avec Anica.

— Où ça ? demanda Neela.

— Dans la pouponnière, là-bas, répondit Lena en indiquant un cabanon délabré composé de vieux pneus. Restez-y jusqu'à ce que je vous fasse signe.

Elles ouvrirent la porte, s'attendant à y trouver une sirène répondant au nom d'Anica. Au lieu de cela, une douzaine de bébés poissons-chats se jetèrent sur elles. L'un d'eux lécha le visage de Neela.

— Oh, beurk ! Répugnant ! grimaça-t-elle en repoussant le bébé.

Un grondement sourd fit trembler les murs de la pouponnière. La mère du petit souleva ses cent trente kilos du nid où elle se reposait et les dévisagea d'un air menaçant. Comparés à elle, les poissons-chats à l'extérieur ressemblaient à du menu fretin.

— Je pense que c'est Anica, dit Ling.

Neela saisit le bébé qu'elle venait de repousser et l'embrassa sur le nez.

— *Smack !* Petit chouchou d'amour ! Tu es a-do-rable ! Viens voir tata Neela !

Le bébé gazouilla joyeusement. Les grognements d'Anica laissèrent place à un ronronnement sonore et elle regagna son nid, rassurée. Les trois sirènes la contournèrent d'un battement de nageoire et se tapirent derrière son dos.

À peine quelques minutes plus tard, les portes de la pouponnière s'ouvrirent et un soldat vêtu de noir fit son entrée. Anica gronda férocement à la vue de son harpon.

— Il y en a encore ici, chef ! cria-t-il. Celui-là est plus gros que les autres. Et plus laid, si incroyable que ça puisse paraître.

Un autre triton entra dans le cabanon. Neela sentit son sang se glacer quand elle le reconnut. *Traho.*

— En effet, grimaça-t-il. Il faut être sacrément timbré pour s'attacher à des choses pareilles. Dieux, ce que je déteste les Eaudouces ! Allons-nous-en. Plus vite on mettra la main sur ces sirles, plus vite on retrouvera la civilisation.

— On embarque la sirène Lena avec nous, chef ?

— Non, c'est trop dangereux. Nous ne sommes que dix et ces machins sont beaucoup plus nombreux, expliqua Traho en montrant Anica d'un signe de tête. Ils pourraient nous attaquer. Nous n'avons pas besoin d'elle. Treebot a plein de nouveaux prisonniers…

La suite de ses paroles devint inaudible à mesure qu'il s'éloignait avec le soldat.

Quelques minutes plus tard, la porte s'ouvrit à nouveau.

— Ils sont partis, dit Lena. Vous pouvez sortir, maintenant.

Neela et Ling s'extirpèrent de derrière le nid d'Anica.

Lena avait l'air troublé.

— Ils transportent une cage avec eux, dit-elle. Pour vous. On ne devrait pas mettre de Mer en cage. On ne devrait jamais *rien* mettre en cage !

— Merci de nous avoir cachées, Lena, dit Neela. Vous avez pris un grand risque pour nous. On va y aller, maintenant.

— Vous ne pouvez pas, rétorqua l'Eaudouce d'une voix résignée. Ils viennent tout juste de partir et ils remontent le fleuve, tout comme vous. Même si ça ne me plaît pas trop de le dire, il est préférable que vous restiez ici pour la nuit. J'ai une marmite de ragoût de salvinia sur le feu. C'est ce que j'avais prévu pour mon dîner de ce soir. Va falloir que je le partage, maintenant.

Elle indiqua Ling d'un signe de tête.

— Je vais aussi jeter un coup d'œil à son poignet. À condition qu'elle ne beugle pas.

Neela la dévisagea en clignant des yeux.

— Euh, merci, dit-elle. Enfin, je crois.

Elle se retourna pour dire quelque chose à Serafina, mais seule Ling se tenait derrière elle.

— Sera ? appela-t-elle. Où es-tu ?

Son amie était restée derrière le nid d'Anica. Elle regardait droit devant elle, immobile.

— Qu'est-ce qui ne va pas ? Tu es aussi pâle qu'un poisson-revenant. Tout va bien. Ils sont partis. Et Lena accepte de nous laisser passer la nuit ici.

Serafina se tourna vers elle.

— Je sais pourquoi Alfred Treebot ne voulait pas que les gardes côtes montent à bord de son bateau. Je sais ce qu'il transporte dans la soute de son chalutier, et ce ne sont pas des aloses.

— Qu'est-ce que c'est ? demanda Neela.

— Les villageois disparus d'Aquaba.

34

— Treebot est derrière tout ça depuis le début, dit Serafina. Il transporte les soldats de Traho dans ses bateaux et les conduit jusqu'aux eaux qui surplombent les villages pris pour cibles. Ils descendent, forcent les villageois à monter à bord des chalutiers, puis Treebot les emporte au loin. C'est pour ça qu'ils semblaient chaque fois se volatiliser sans laisser de trace. Et c'est pour ça qu'il voulait des méduses, pas des aloses. Tu te souviens quand il a dit ça, juste après avoir attrapé Ling ? La méduse, c'est l'aliment de base des Mer. Il en avait besoin pour nourrir ses prisonniers !

Elle nageait de long en large dans la cuisine de Lena, aussi furieuse que bouleversée. Neela l'observait, appuyée contre un mur, tandis que Ling, assise à la table, tenait son bras serré contre elle.

— Mais ces attaques se sont produites dans toutes les eaux, souligna Neela, pas seulement celles de Miromara. Des milliers de Mer ont été capturés. Treebot ne peut quand même pas *tous* les garder dans ses chalutiers. Alors qu'est-ce qu'il fait d'eux ?

— Je pense qu'il les emmène en Ondalina, répondit Serafina. Pour que Kolfinn puisse s'en servir comme otages. Personne n'attaquera l'Ondalina au risque de massacrer son propre peuple ! On doit faire quelque chose. On doit l'arrêter !

— Comment ? demanda Neela.

— Je ne sais pas. On pourrait aller voir ton père ? Après les Iele, je veux dire. C'est lui l'empereur, maintenant. On lui expliquerait ce qui est en train de se passer. Il saura comment l'arrêter, lui. Il enverra un message aux autres souverains des royaumes aquatiques et…

Ling l'interrompit :

— Euh, Sera ? Tu *es* une souveraine d'un royaume aquatique.

Serafina détourna le regard. Personne ne dit rien. La tension entre les deux sirènes était palpable, aussi électrique qu'avant l'épisode des aloses.

Sera s'était excusée et Ling avait dit que ce n'était pas de sa faute, mais rien de tout cela n'avait pu changer ce qui avait conduit au désastre : la difficulté pour Sera d'accepter la mort probable de sa mère et son nouveau statut de regina.

Ce fut Lena qui désamorça les choses. Elle entra dans la cuisine les bras chargés de matériel : bandes en lin de mer, morceaux de glacière en polystyrène, ciseaux et plusieurs frondes de *gracilaria*, une algue aux vertus antalgiques. Elle déposa le tout sur la table.

— Tu vas avoir mal. Vraiment mal. Tu vas sans doute hurler à la mort, te faire dessus, et perdre connaissance.

— Hé, Lena, on ne vous a jamais appris que toute vérité n'est pas bonne à dire ? demanda Ling.

L'Eaudouce ne répondit pas. Elle avait les yeux baissés sur un petit poisson chétif qui nageait autour d'elle.

— Qu'est-ce qu'il y a, Radu ? demanda-t-elle en lui grattant la tête. Tu te sens toujours aussi patraque ? Tiens bon, petit. Je te donne ton médicament dans une minute.

Ling observa le monticule de fournitures qui se dressait sur la table.

— Vous avez déjà fait ça auparavant ? demanda-t-elle.

— Non, mais j'ai remis en place un tel nombre d'ailes de canard que j'en ai perdu le compte, répondit-elle d'un ton jovial.

— Canard, sirène… quelle différence ? dit Ling en tendant le bras vers elle.

Son poignet retomba mollement.

— Heureusement que je tiens mon épée de la main droite, ajouta-t-elle.

Lena poussa un sifflement grave.

— On dirait bien que les deux os sont cassés. Neela, tiens-lui l'avant-bras pour le maintenir immobile.

Neela se décomposa.

— *Moi ?* Pourquoi moi ? J'en suis incapable !

— Tu n'as pas le choix.

Neela leva les mains.

— Attendez… J'ai besoin d'un zée-zée. Je n'y arriverai pas, sinon.

— *Toi ?* Et Ling, alors ? demanda Serafina.

— Mesdemoiselles, finissons-en, vous voulez bien ? grommela Ling, les dents serrées.

— Neela, immobilise son bras. Serafina, quand je te le dirai, tu tireras sur sa main. Bien droit, lentement et doucement, expliqua Lena. C'est pour séparer les bords de la fracture.

— Vous aviez vraiment besoin de préciser ça ? protesta Neela, le teint verdâtre. Le passage sur les bords de la fracture ?

Serafina prit la main de Ling.

— Je suis désolée, chuchota-t-elle. Tout est de ma faute. Je suis tellement désolée.

— Fais-le, c'est tout, dit Ling.

— Neela, tu es prête ? demanda Lena.

La princesse mataline acquiesça d'un signe de tête. L'Eaudouce posa une fronde de *gracilaria* sur la table. Neela la fourra dans sa bouche et l'avala tout rond.

— C'était pour Ling, dit Lena.

— Oups. Désolée.

L'Eaudouce tendit une autre fronde d'algue à Ling et la sirle commença à la mâcher.

— OK, Serafina, vas-y ! dit Lena.

Pendant que Sera tirait sur le bras de Ling, Lena agit sur la fracture. Avec des gestes doux mais précis, elle repéra les différents fragments osseux et les réaligna. Voyant cela, Neela étouffa un gémissement. Ling, toutefois, n'émit pas la moindre plainte. Seules les quelques rides plissant son front témoignaient de la terrible souffrance qu'elle endurait.

— Tu es une sacrée dure à cuire, jeune sirle ! dit l'Eaudouce.

Une fois le bras de Ling remis en place, Lena l'immobilisa entre deux morceaux de polystyrène, puis fixa l'attelle à l'aide de plusieurs longueurs de lin de mer. Elle lui confectionna ensuite une écharpe à partir d'un vieux foulard. Quand elle eut terminé, elle lui donna une autre fronde de *gracilaria*.

— Merci, murmura Ling d'une voix lasse.

— Ça y est, c'est fini ? demanda Neela. Parce que j'ai *vraiment* la tête qui tourne, là. Faut que je m'assoie.

Ling leva les yeux au ciel. Serafina débarrassa la table du matériel. L'Eaudouce demanda si quelqu'un avait faim et toutes répondirent par l'affirmative. Après s'être plainte qu'elles allaient lui dévorer toutes ses réserves, Lena leur servit des bols remplis de ragoût garni de feuilles de *salvinia*, de frai de grenouille et de racines. Il faisait nuit désormais, mais Lena avait augmenté l'intensité des globes de lave fixés au mur. L'ambiance était chaleureuse dans cette cuisine encombrée, et Neela se sentait infiniment reconnaissante de s'y trouver.

Elle frissonna à l'idée de ce qui aurait pu leur arriver si elles n'avaient pas rencontré l'Eaudouce.

Une fois le dîner terminé et le couvert débarrassé, Lena s'installa dans un fauteuil à bascule confectionné à partir d'un vieux landau de terragogg, prit Radu sur ses genoux et lui chanta une berceuse. Le bébé poisson avait visiblement mal quelque part.

— Qu'est-ce qui ne va pas, *bibic* ? dit-elle d'un ton inquiet. Tu as mal au ventre ? Pourquoi tu ne manges pas ?

Le poisson miaula piteusement. Ling, se tournant vers lui, remua les doigts dans l'eau pour attirer son attention. Puis elle émit une étrange série de *clic* et de *pop*. Le bébé poisson lui répondit sur le même mode.

— Ce n'est pas son ventre, le problème, dit la sirène. C'est sa branchie gauche. S'il ne mange pas, c'est parce que la douleur est si forte qu'elle lui coupe l'appétit.

Lena arrêta de se balancer, les yeux écarquillés.

— Comment tu sais ça ?

— Je viens de le lui demander. Je parle le dracdemara, sa langue. Je suis une omnivoxa.

Lena souleva doucement la branchie du bébé poisson.

— Grands dieux, il a une sangsue stagnala !

S'emparant d'une pince à épiler, elle s'empressa de retirer le parasite. Le petit poisson parut presque instantanément ragaillardi et s'adressa de nouveau à Ling.

La sirène sourit.

— Il dit qu'il se sent beaucoup mieux et qu'il a faim, traduisit-elle à Lena.

L'Eaudouce lui prépara à manger puis, lorsqu'il eut terminé, déposa un baiser sur le nez de Radu et le coucha près de la cheminée, dans une caisse garnie d'une épaisse couche d'herbe des marais.

— Là, *bibic*. Là, mon tout petit. Dors, maintenant.

Elle se tourna vers Ling.

— Tu lui as sauvé la vie. J'ai quelque chose pour toi. Un cadeau. Pour te remercier. Il faut juste que je remette la main dessus…

— Lena, ne vous embêtez pas, dit Ling. Vraiment. Vous avez déjà fait beaucoup pour moi, pour nous trois. Je suis heureuse d'avoir pu vous aider en retour.

— Non, j'insiste. C'est un jeu auquel jouent les goggs. Un jeu à base de mots. Tu es une omni et les omnis aiment les mots, je le sais.

Elle prit un carton sur une étagère et commença à fouiller dedans. Elle en retira une robe, un manteau, un saladier, un collier et un fouet à œufs.

— Je les ai vus y jouer un jour qu'ils faisaient un pique-nique au bord du fleuve.

Elle continua de fourrager dans le carton et en sortit une sonnette de vélo, une lanterne en laiton et un dinosaure en plastique.

— L'un d'eux a piqué une crise lorsqu'il a perdu. Je l'ai vu. Il a jeté le jeu dans le fleuve ! C'est comme ça que je l'ai récupéré. Mais *où* peut-il bien être ?

Elle se leva, laissant derrière elle toute sa pagaille, et prit un autre carton. Elle en sortit un imperméable, une trompette, un volant. En la regardant extirper tous ces objets, Neela repensa à la difficulté qu'elles avaient, Sera et elle, à maintenir leurs illusios.

Elle se leva et commença à trier les objets que Lena éparpillait un peu partout. Elle mit de côté une robe et une tunique, un rouleau de tissu, une veste, quelques bijoux, une besace, un sachet d'hameçons. Ça offrait pas mal de possibilités, tout ça. Ce tissu était exactement de la bonne couleur, et cette robe… Elle donnerait quoi sans les manches ? Neela sentit l'excitation monter en elle, comme chaque fois qu'elle avait du tissu entre les mains et des idées plein la tête.

— Ah, le voilà ! annonça Lena après avoir vidé son dixième carton.

Elle tendit un petit sac plastique à Ling, qui l'ouvrit et le retourna sur la table. Des dizaines de petits jetons carrés en plastique, blancs avec des lettres goggs noires inscrites dessus, se déversèrent sous ses yeux.

— Gé-nial ! s'écria-t-elle. Merci, Lena !

Elle se mit aussitôt à assembler les lettres pour créer des mots d'humains.

Neela, toujours penchée au-dessus du bric-à-brac jonchant le sol, se redressa et indiqua les objets qu'elle avait mis de côté.

— Lena, puis-je vous acheter tout ça ?

Il leur restait encore quelques écums du petit pécule que leur avait donné le duca.

— Les acheter ? Pourquoi ?

— On a besoin de se déguiser, Sera et moi. Nos têtes ont été mises à prix. Alors je me suis dit que je pourrais me servir de ça pour nous façonner un look de forbans, expliqua Neela avec entrain. Sera a déjà massacré sa chevelure. Le plus dur est déjà fait.

— Non, répondit fermement Lena.

— Je vous en prie, insista Neela. On vous en donnera un bon prix ! On ne peut pas reprendre la route habillées comme ça. Quelqu'un va finir par nous reconnaître.

— Ce que je veux dire, c'est que je ne vous les vendrai pas. Prenez-les, c'est tout. Et promettez-moi de vous charger de ces tritons malveillants, ceux qui sont venus aujourd'hui. Empêchez-les de faire du mal aux gens.

Le regard de l'Eaudouce croisa furtivement celui de Neela, mais la princesse mataline eut le temps de voir le feu dans ses yeux. Lena était timide, bizarre, et manquait souvent de tact. Elle se montrait plus généreuse avec ses poissons-chats qu'avec les gens, mais elle était gentille et courageuse. Très courageuse.

Si les cavaliers de la mort avaient découvert qu'elle les cachait, elle l'aurait payé très cher.

— Nous ferons tout ce que nous pourrons, dit Neela malgré la boule qui s'était formée dans sa gorge. Puis-je vous emprunter des ciseaux, du fil et une aiguille ?

Lena hocha la tête. Tandis qu'elle ouvrait un tiroir pour les lui donner, Serafina dit :

— Je suis fatiguée, les sirles. Je vais me coucher.

— Je te suis, dit Ling.

Les deux sirènes leur souhaitèrent bonne nuit. Lena sortit installer ses poissons-chats pour la nuit, puis alla dormir à son tour. Quant à Neela, elle veilla et travailla dans la cuisine jusqu'au petit matin, à la lueur des globes de lave.

Elle avait le cœur en miettes, l'esprit troublé, le corps meurtri, l'âme endeuillée. Elle se sentait perdue et effrayée par ce qui l'attendait. Et pourtant, dans la solitude de son ouvrage, un morceau d'étoffe dans la main et une raison d'être dans le cœur, elle ressentit quelque chose d'autre…

Pendant ces quelques heures, elle se sentit follement, effrontément heureuse.

35

— Plus qu'une demi-lieue grand max avant l'embouchure de la rivière, annonça Ling, les yeux plissés à cause de la luminosité du soleil de midi.

— *Deux lieues au-delà du Saut de la Pucelle, dans les eaux des Malacostraca. Suivez les os*... Voilà les repères que m'a donnés Vrăja, mais on n'en a pas encore vu un seul, s'inquiéta Serafina.

Ling et elle consultèrent encore la carte.

— Les repères commenceront sans doute dans l'Olt, dit Ling.

— Vous ne trouvez pas que j'ai l'air plus grosse dans cette eau ? demanda Neela.

Ling lui jeta un regard par-dessus la carte.

— C'est une blague, c'est ça ?

— J'ai l'impression d'être une baleine ! rétorqua Neela. C'est tellement dur de flotter dans de l'eau où il n'y a pas la moindre trace de sel.

— Des cavaliers de la mort pourraient débarquer à tout moment, et c'est ton apparence qui t'inquiète ? On n'est pas dans un concours de beauté !

— La *vie* est un concours de beauté, répliqua Neela. Tu n'as qu'à demander à ma mère, à mes grand-mères ou à n'importe laquelle de mes tantes. Est-ce qu'on est bientôt arrivées à la grotte des Iele ? Je donnerais tout pour une tasse de thé de sargasse !

Ling leva les yeux au ciel.

— J'entends chanter, dit-elle. C'est sûrement la bouche de la rivière. Allons-y, mieux vaut ne pas s'attarder.

Les sirènes avaient quitté la maison de Lena trois jours plus tôt, emportant avec elles des provisions préparées par leur hôtesse.

— Au revoir ! Ça a été horrible de vous avoir à la maison ! leur avait-elle crié d'un ton joyeux. Surtout, ne vous avisez pas de revenir !

Soucieuses de rester hors de vue, elles avaient poursuivi leur route en longeant le bord sombre du fleuve, se terrant chaque nuit parmi les racines d'un arbre ou derrière des rochers. Il était beaucoup plus facile de se fondre dans le paysage maintenant que Neela les avait transformées en forbans vêtus de noir et blanc.

Sera jeta un coup d'œil à son amie et sourit. Elle était quasi méconnaissable. Ling aussi. Sera savait qu'elle non plus n'avait plus grand-chose à voir avec la principessa qu'elle était. Ling et elle s'étaient endormies dans la maison de Lena pour trouver chacune, à leur réveil, de nouveaux vêtements, de nouveaux accessoires et une nouvelle identité.

— As-tu pu te reposer ? avait-elle demandé à Neela quand elle avait découvert tout ce que son amie avait fait.

— Pas beaucoup, mais ce n'est pas grave. Je ne suis pas fatiguée. Et, avant que tu essaies ta nouvelle tenue, il faut qu'on fasse quelque chose pour ta coiffure, avait répondu Neela en tapotant le dossier d'une des chaises de la cuisine de Lena.

Serafina s'était assise. En seize ans, on ne lui avait jamais coupé les cheveux, ne serait-ce que pour les égaliser. Avant que les doigts de Riorim se referment sur elle, sa chevelure lui arrivait à mi-queue. À mesure que les mèches sectionnées par Neela étaient tombées sur le sol, elle avait éprouvé une sensation des plus étranges, comme si on l'amputait également de certaines facettes de sa personnalité : celle qui faisait aveuglément confiance, celle qui suivait scrupuleusement les règles, celle qui attendait toujours que les autres prennent les choses en main.

Après la coupe, Neela lui avait teint les cheveux en noir avec une bouteille d'encre de seiche, puis l'avait guidée jusqu'au miroir de la chambre de Lena. D'un coup d'œil rapide, Sera avait vérifié que Riorim n'était pas caché à l'intérieur, puis avait observé son reflet. Neela avait métamorphosé sa tignasse ravagée en une coupe garçonne tendance, déstructurée et élégante. Des mèches noires effilées lui couvraient le front et se terminaient en pointes au niveau des pommettes. La coiffure mettait en valeur son long cou gracile et ses immenses yeux verts. Elle était restée sans voix.

— Carrément forban ? Carrément génial ? Ou un peu des deux ? avait demandé Neela.

— Carrément *superbe* ! avait répliqué Serafina. Merci, Neela, j'adore !

— Bien sûr que t'adores... Maintenant, enfile ça.

Elle avait tendu à Serafina une longue robe moulante grise dont elle avait retiré les manches et fendu le col d'un coup de ciseau. Une tunique noire à grosses mailles venait par-dessus. Neela lui avait ensuite passé une chaîne de vélo autour de la taille et fixé un grand anneau d'argent à chaque oreille.

Enfin, elle avait repris l'encre de seiche pour lui souligner le contour des yeux et lui peindre les lèvres, tandis que ses joues avaient eu droit à un saupoudrage argenté d'ormeau broyé.

— Tu as l'air tellement à contre-courant... c'est tout juste si je te reconnais ! avait dit Neela, une fois la transformation terminée.

— J'ai l'air tellement à contre-courant que je ne me reconnais pas moi-même ! avait rétorqué Serafina en se dévisageant dans la glace.

Neela s'était aussi confectionné un déguisement en associant un haut en dentelle déchiré, une jupe volumineuse en soie de mer qu'elle avait conçue à partir du rouleau d'étoffe de Lena et une veste militaire qui avait perdu ses boutons. Le tout de couleur noire. Elle avait arraché le col de son haut en dentelle et fermé les pans de sa veste avec une série d'hameçons rouillés. Puis elle s'était trouvé une besace de terragogg et avait peint en travers *ANNE BONNY D3CH1R3* en lettres argentées. Après avoir décoloré ses cheveux en blond, elle les avait ramassés en un chignon tenu par un rostre d'espadon. Une paire d'hameçons lui faisait office de boucles d'oreilles et, en guise de collier, elle portait une dent de requin suspendue à un fil de pêche. Elle avait peint ses lèvres en noir et fardé ses paupières avec une poudre moirée bleu-noir obtenue à partir de coquilles de moule broyées.

Ling avait dû être relookée elle aussi, et ce bien malgré elle, de façon à ce que le trio donne l'impression de se connaître depuis toujours. Occupés à chercher deux princesses, les cavaliers de la mort ne se retourneraient pas sur trois forbans, avait argumenté Neela. Des mèches violettes étaient venues colorer les tresses de Ling. Une vieille cape noire élimée remplaçait sa veste rouge et couvrait son bras en écharpe. Des boucles d'oreilles en coquilles de turritelle, un collier constitué de vieux passe-partout et l'épée qu'elle portait en travers de son dos complétaient sa tenue.

Aucune princesse en vue, monsieur le cavalier de la mort ! avait plaisanté Neela. Juste une poignée de forbans en route pour aller voir les Skwales jouer dans le Marais !

Sera et Ling l'avaient abondamment remerciée. Neela leur avait assuré que ce n'était rien, mais l'éclat vif de sa peau n'avait pas échappé à Sera.

Jusqu'ici, son plan avait fonctionné à merveille. Les rares Mer qu'elles avaient croisés en remontant le fleuve n'avaient eu qu'à leur jeter un coup d'œil pour s'empresser de changer de courant.

Neela n'a pas complètement tort, songea Serafina en nageant derrière Ling. *La vie est un concours de beauté. Et j'en ai marre de devoir concourir, marre d'être une jolie petite princesse au sourire figé et à la tête courbée.* C'était une autre sorte de concours qui se jouait à présent : c'était un tournoi, un tournoi pour reconquérir Cerulea, un tournoi à mort.

Elle n'en pouvait plus de toutes ces robes de soie lourdes et encombrantes, de ces bijoux si précieux qu'ils nécessitaient leur propre service de sécurité, de ces couronnes en or et de ces tiares en diamants si lourdes à porter. Les vêtements qu'elle portait en ce moment lui permettaient de bouger à son aise et de se fondre dans la masse. Ses cheveux étaient si courts que plus personne ne pouvait tirer dessus pour l'empêcher de bouger. Plutôt que des bijoux autour du cou, elle portait une dague à la taille. Pour la première fois de sa vie, elle ne ressemblait pas à un membre de la famille royale. Elle avait l'air féroce et rebelle, une sirle qu'il valait mieux ne pas trop chercher. Et elle aimait ça.

Les trois sirènes franchirent un coude du Dunărea.

— Regardez ! Le voilà ! s'écria Ling, le bras tendu.

À une cinquantaine de mètres devant elles se trouvait l'Olt. Il se précipitait, rapide et puissant, dans le Dunărea, lourd de vase et agité de vifs remous. Il était doté, comme toutes les rivières, d'une voix qui lui était propre. Celle de l'Olt, grave et terreuse, chantait les montagnes noires dont il provenait : le loup, l'ours et la biche qui s'y désaltéraient, les arbres immenses qui bordaient son rivage et les douces brises qui en caressaient la surface. Les sirènes s'élancèrent dans l'embouchure et traversèrent ses eaux tumultueuses. Elles émergèrent quelques minutes plus tard, toussant, éternuant et passablement étourdies. Serafina se débarrassa de la vase collée à ses cheveux, Ling retira une grenouille de son écharpe et Neela cracha un petit poisson.

Sonnée, Serafina s'éloigna tant bien que mal de l'embouchure de la rivière et se dirigea vers la berge pour tenter d'échapper aux rapides. Elle s'adossa contre un entrelacs de racines noueuses.

Et ne vit que trop tard ce qui était tapi derrière.

— Sera, attention ! cria Neela.

Serafina fut subitement plaquée contre les racines de l'arbre. Elle entendit un grognement et sentit une odeur qui lui retourna le cœur. Elle hurla et tenta de se libérer, mais fut de nouveau tirée vers l'arrière.

— Tiens bon, Sera ! lui lança Ling en dégainant son épée de son fourreau.

La lame s'abattit juste à droite de la tête de la sirène. L'instant d'après, elle était libre… et un bras humain gisait sur le sol.

Elle se retourna vivement pour voir ce qui l'avait attaquée.

C'était un terragogg. Ou ce qu'il en restait. Il était mort. Ses vêtements partaient en lambeaux, tout comme sa peau. Son nez avait disparu. On distinguait quelques dents à l'intérieur de sa bouche sans lèvres. Il n'avait plus qu'un bras à présent. Et un seul œil. Ce dernier roulait furieusement dans son orbite tandis que son propriétaire arpentait avec rage sa prison de racines.

— Fretin de mer ! jura Sera, le souffle court. C'est *quoi*, ça ?

— Une pourriture, répondit Ling. Il y a du sacré malus à l'œuvre ici, les filles !

Serafina savait que des mages très puissants pouvaient réanimer les cadavres humains et les manipuler à volonté en se servant de la magie interdite du canta malus, le chant obscur.

Un grondement sourd s'éleva de la gorge de la créature, et elle tenta de les frapper de sa main décomposée.

— Je me demande s'il ne servirait pas de sentinelle pour les Iele, suggéra Ling. Il nous a vues, mais on ne l'aurait jamais repéré si Serafina ne s'était pas autant approchée de lui.

— Quel sens de l'hospitalité ! grimaça Neela.

— Et il y en a d'autres, dit Ling en indiquant de la pointe de son épée de petits objets blancs à moitié ensevelis dans la boue et les feuilles.

Il s'agissait de petits ossements provenant d'une main, visiblement. Ils formaient une figure ovale traversée par deux lignes entrecroisées.

— C'est du grec. Un thêta dans sa forme archaïque, précisa-t-elle. Ça symbolise la mort.

— La mort ? demanda Neela. Et pourquoi pas *Salut* ? Ou *Coucou* ? Ou encore *Ravie de vous rencontrer* ?

— C'est une mise en garde, je pense. Pour effrayer ceux qui n'auraient pas été invités.

— *Suivez les os*, dit Serafina. C'est ce que Vrăja m'a dit. Je pense que nous sommes sur la bonne voie.

La pourriture cessa de gronder. Elle se tourna vers l'embouchure de l'Olt, l'oreille dressée.

— Venez, dit Ling en rangeant son épée dans son fourreau. Ne traînons pas ici plus longtemps.

Les trois sirènes commencèrent à remonter la rivière Olt, et la pourriture resta là où elle était.

Pour écouter,
observer
et attendre.

36

Lorsque arriva la fin de l'après-midi, les sirènes avaient couvert cinq lieues supplémentaires et approchaient de la première boucle de l'Olt. Elles n'avaient fait usage d'aucun sort presto dans la rivière, de peur de passer devant un repère sans le remarquer. En chemin, elles avaient rencontré d'autres Eaudouces, toujours aussi méfiantes et attachées à leur territoire, et avaient dû négocier pour qu'elles les laissent traverser leur portion de la rivière. En arrivant à proximité de la boucle, elles entendirent des éclats de voix et des cris perçants leur parvenir.

— Quoi encore ? demanda Neela d'une voix lasse.

Serafina, inquiète, porta un doigt à ses lèvres et indiqua la berge du pouce. Le dos plaqué contre la rive, elles reprirent lentement leur progression. Lorsqu'elles franchirent le coude, un spectacle effrayant s'offrit à elles : trois revenantes étaient en train d'agresser une sirène ! Les fantômes étaient ceux d'anciennes jeunes filles goggs. Leurs tenues dataient d'une autre époque. La sirène, jeune elle aussi, avait les cheveux roux et bouclés, les yeux bleus, et une poignée de taches de rousseur lui saupoudrait le visage. Elle portait des lunettes cerclées de métal doré qui, à cet instant, ne tenaient plus que par une branche.

— Comment oses-tu venir ici ?! glapit l'une des revenantes.

— Après ce que tu as fait ! hurla la seconde.

— Tu me l'as volé ! aboya la troisième.

Les fantômes la pinçaient, la giflaient, lui tiraient les cheveux, mais la sirène se défendait vaillamment.

Ling soupira.

— À croire qu'il n'y a *que* des *tǐngjǔ* en Eaudouce !

— C'est quoi des… demanda Serafina.

— Des boulets.

Le trio s'empressa d'aller porter secours à la sirène aux cheveux roux.

— Laissez-la tranquille ! cria Ling. Fichez le camp d'ici !

— Ouste ! fit Neela.

Mais, au lieu d'effrayer les revenantes, elles ne réussirent qu'à décupler leur colère. À tel point que les fantômes délaissèrent leur victime pour les attaquer, elles. Les trois goggs étaient partout à la fois, les giflant et les pinçant douloureusement. À quatre contre trois, les sirènes auraient dû avoir le dessus, et pourtant c'était une vraie débâcle.

L'une des revenantes, une blonde aux formes généreuses, arracha la besace de l'épaule de Neela et se mit à fouiller dedans. Lorsqu'elle découvrit la nourriture qu'il contenait, elle l'engloutit voracement. Les aliments glissèrent lentement à travers son corps translucide pour finir par tomber au fond du lit de la rivière – ce qui la fit enrager. Une autre retira les peignes de la coiffure de la rouquine, arracha les perles de son cou et voulut s'en servir pour se refaire une beauté. Mais les bijoux coulèrent eux aussi au fond de l'eau. La troisième essaya d'arracher à Ling l'épée fixée dans son dos.

— Mais qu'est-ce que vous voulez ? cria Neela.

— Je veux récupérer mon Gregory !

— Mon Fyodor !

— Mon Aleksander !

— Les sirles, je suis en train de me faire botter la caudale, là ! s'écria Serafina tandis que l'un des fantômes lui déchirait le col de sa tunique.

— Qu'est-ce qu'on peut faire ? hurla Neela. Elles ne veulent pas me lâcher !

— *Meu Deus !* s'exclama une voix inconnue. C'est lui, là-bas ! Je viens juste de le voir... Il était avec *elle* !

Les trois revenantes se figèrent sur place.

— Quoi ? dit la première.

— Tu l'as vu ? dit la deuxième.

— Avec *elle* ? dit la troisième.

Une nouvelle sirène – portant de petites lunettes rondes à verres miroir, une tenue tout en fuchsia, et tenant un piranha au bout d'une laisse – hocha gravement la tête. Elle avait une peau brune au teint chocolat chaud et des dizaines de tresses noires moirées lui couvraient la tête.

— Oui, les dieux m'en soient témoins ! Il l'*embrassait*. Et ils riaient si fort. Ils se moquaient de toi, *querida*. C'est quoi ton prénom, déjà ?

— Elisabeta !

— Ileanna !

— Caterina !

— C'est ça ! C'est le prénom que je l'ai entendu prononcer. C'était bien toi, *mina*, aucun doute !

Les trois revenantes jetèrent les objets qu'elles avaient dérobés et poussèrent des cris de rage.

— Où est-il ? demandèrent-elles d'une seule voix.

La sirène indiqua une direction en aval de la rivière.

— Là-bas. À la sortie du village.

Les fantômes partirent en trombe.

— *Tão louca !* pouffa la sirène en les regardant s'éloigner, puis elle dit : Je m'appelle Ava. *Tudo bem, gatinhas ?*

— Eh bien… on est en vie… enfin, je crois, répondit Ling avant de se tourner vers les autres. Ava vient de nous demander si on allait bien. En portugais.

— J'en sais trop rien, dit Neela, des mèches ébouriffées devant les yeux. C'était *quoi*, ça ?

— Des *Roussalka*, c'est comme ça qu'on les appelle. Ici, en tout cas, expliqua Ava. Ce sont des fantômes de jeunes humaines qui, à la suite d'une peine de cœur, se sont jetées dans une rivière où elles sont mortes noyées.

— Le Saut de la Pucelle ! s'écria Serafina avec excitation. C'est l'un des repères de Vrăja !

— Le Saut de la Pucelle, répéta Ava en secouant pensivement la tête. *Maluca !* Les rivières doivent exercer une sorte d'attraction irrésistible sur les jeunes filles tristes pour qu'elles se sentent *obligées* de se jeter dedans ! J'ai déjà vu beaucoup de fantômes des rivières. Elles ressemblent aux vitrina, mais en version malveillante. On en a aussi dans mon fleuve, l'Amazone, mais on leur donne un autre nom.

— Comment les appelez-vous ? demanda Neela.

— Des idiotes ! s'esclaffa Ava. Vous vous rendez compte ? Se donner la mort pour un simple gars ? grimaça-t-elle. *Eca ! Não faz sentido !* Et qu'importe qu'il soit sexy ou pas !

Les autres se mirent à rire, elles aussi. Serafina se présenta, suivie de Neela, puis de Ling.

— Et toi, *mina* ? demanda Ava à la sirène aux cheveux roux.

— Je m'appelle Becca. Je viens de l'Atlantica. Merci pour le coup de main.

Agenouillée sur la berge, Becca ramassait ses affaires dispersées et les rangeait soigneusement dans sa mallette de voyage.

— Elles t'ont fait de vilaines griffures. Ta joue saigne, lui indiqua Ling. Je n'arrive pas à croire que tu te battais seule contre ces trois-là !

Becca sourit et chassa les inquiétudes de Ling d'un haussement d'épaules.

— Ce n'est qu'une égratignure. J'ai connu pire.

— Tu es courageuse, dit Ava. J'ai l'impression que tu aurais pu les combattre jusqu'à la nuit tombée.

— S'il l'avait fallu, oui, dit Becca, puis elle plissa les yeux. Et c'est elles qui auraient mordu la poussière… au bout du compte.

— *Une autre possède une âme forte et sûre*, récita Ava. C'est ce que j'ai ressenti à la seconde où je t'ai vue, *mina*.

Becca s'arrêta de ranger ses affaires et regarda Ava.

— Comment connais-tu cette phrase ?

Ava était sur le point de répondre lorsqu'un claquement sec et sonore détourna son attention.

— Il a essayé de me mordre ! glapit Neela. Je voulais juste le caresser !

— Attention ! dit Ava. Il a beaucoup de dents et n'a aucun savoir-vivre.

— Tu fais quoi avec un piranha au bout d'une laisse, d'abord ? demanda Neela, contrariée.

— C'est mon poisson-guide. Je serais perdue sans lui. N'est-ce pas, Bébé ? dit Ava en souriant au piranha grincheux.

Bébé s'arrêta de grogner pour lui rendre son sourire.

— Attends, tu es… Tu ne peux pas… Je veux dire, tu es… ? balbutia Neela.

— Aveugle ? Ouais, totalement. Je n'y vois rien.

Elle baissa ses lunettes. Ses yeux étaient pâles et voilés.

— Mais tu nous as bien vues à l'instant ! Et tu as vu les fantômes ! s'étonna Serafina.

— Je vous ai *entendues*, ainsi que les fantômes. Je vous ai *senties*, aussi. Mes yeux ne fonctionnent pas, mais je parviens quand même à voir. D'une manière un peu différente, c'est tout. Je perçois les choses, je les sens. Comme un… *tubarão*. Comment appelles-tu ça, *querida* ?

— Un requin, dit Ling.

— Voilà, comme un requin. Cela fait plusieurs jours que je vous ai repérées, toutes les trois.

— Tu es celle que Lena a vue, n'est-ce pas ? devina Neela. Elle nous a dit que tu avais traversé sa portion du fleuve… Mais alors, tu étais devant nous ! Comment se fait-il que tu sois derrière, à présent ?

— Je vous ai senties approcher, mais je ne savais pas si c'était une bonne ou une mauvaise chose. Alors j'ai plongé hors de vue et je vous ai laissées passer pour me faire une idée. Toi, dit-elle avec un signe de tête en direction de Serafina, tu es la fille de Merrow. Je le vois à la façon dont tu t'es interposée entre ces fantômes et tes amies, comme une princesse-guerrière. Toi, poursuivit-elle en saluant Neela d'un hochement de tête, tu abrites la lumière. Je la sens jaillir de toi, aussi chaude que le soleil. Et toi, dit-elle en se tournant vers Ling, tu maîtrises le chant des créatures. J'aimerais que tu parles à Bébé, tu veux bien ? Dis-lui de bien se tenir.

Serafina et Neela échangèrent un regard.

— *Une autre, tel un prophète, est visionnaire*, dirent-elles à l'unisson.

— Avec Becca, ça fait quatre, et avec Ava, cinq, nota Ling. Où est la sixième ?

— Demandons-le aux Iele, suggéra Becca. Elles le sauront peut-être.

— *Peut-être ? Que diabo !* protesta Ava. Les sorcières ont intérêt à nous dire où se trouve la sixième personne, et beaucoup d'autres choses aussi ! J'aurais fait tout ce chemin depuis Macapá jusqu'à cette rivière froide, lugubre et *repulsiva* pour entendre un *peut-être* ?

Becca ferma sa mallette d'un coup sec. Elle se leva et frotta la boue de ses écailles d'un revers de la main.

— On ferait mieux d'y aller, dit-elle en remontant ses lunettes sur son nez. Des patrouilles pourraient être tout proches et il nous reste deux lieues à parcourir, ce qui – d'après mes calculs – devrait nous faire arriver là-bas pour la soirée *si* on nage à un rythme modéré et si on ne croise plus de fantômes, de courants puissants, de cascades, de tritons en uniforme noir, ou…

Un nouveau claquement sec se fit entendre, suivi du « Hé ! » indigné de Ling.

— Bébé, qu'est-ce qui cloche chez toi ? Ça suffit, maintenant ! le gronda Ava. C'est une amie, pas un casse-croûte !

Serafina et Neela échangèrent un regard.

— J'ai l'impression qu'on était plus en sécurité avec Traho, les cavaliers de la mort et Alfred Treebot réunis, qu'on ne l'est en compagnie de Bébé, murmura Neela.

Serafina éclata de rire. Les autres se mirent en route et elle les suivit légèrement en retrait, regardant Neela nager avec Ling, et Ava avec Becca. Elle s'était immédiatement prise de sympathie pour la truculente et riante Ava, et était intriguée par Becca, qui semblait si organisée et efficace.

Les cavaliers de la mort étaient quelque part derrière elles, les Iele quelque part devant, et elle n'aurait su dire ce qui l'effrayait le plus. Mais, tandis qu'elle observait son amie de toujours et les trois nouvelles lui ouvrir la voie, elle se sentit plus confiante et plus forte pour affronter ce qui les attendait.

Neela se retourna.

— Sera, c'était quoi le point de repère suivant, déjà ? demanda-t-elle en lui faisant signe de les rejoindre.

Sera les rattrapa en quelques battements de queue et les cinq sirènes continuèrent de remonter l'Olt. Ensemble.

37

À mesure que les sirènes progressaient, les eaux de la rivière devinrent de plus en plus troubles et froides.

— On y est presque, dit Sera tandis qu'elles mettaient derrière elles les deux dernières lieues. On devrait en tout cas : *Deux lieues au-delà du Saut de la Pucelle* – c'est ce qu'a dit Vrăja. *Dans les eaux des Malacostraca.*

— C'est quoi, une malacostraca ? demanda Neela.

— Aucune idée.

Serafina regarda nerveusement autour d'elle, à l'affût de la moindre grotte, du moindre gouffre, ou de quoi que ce soit d'autre qui pourrait les mener aux Iele. Le soleil commençait à décliner. Levant les yeux en direction de la surface, elle vit une volée de corbeaux les survoler. Serafina interpréta leurs silhouettes sombres comme un mauvais présage. Elle reporta son attention sur les eaux qui s'étendaient devant elle, scrutant chaque recoin pour détecter un éventuel danger. Les berges de la rivière étaient parsemées de cavités. Des créatures y plongeaient ou en jaillissaient continuellement. Elle les sentit l'observer sur son passage et pria pour qu'il n'y ait pas d'autres pourritures tapies parmi elles.

— Chaque minute qui passe nous en rapproche un peu plus, n'est-ce pas ? demanda Neela. Pitié, dites-moi que c'est le cas ! Cette rivière me donne la chair de poulpe.

— Il vaudrait mieux, intervint Ava. Je perçois quelque chose derrière nous. Quelque chose qui vient dans notre direction. Quelque chose de rapide.

— Génial, grimaça Ling en regardant par-dessus son épaule.

— D'après mes calculs, la grotte devrait être exactement ici, dit Becca en scrutant les alentours.

— C'est bizarre, commenta Neela. J'ai aussi envie de l'atteindre que de ne jamais l'atteindre.

— Je comprends ce que tu veux dire, dit Becca. Je n'arrive pas à y croire. J'ai parcouru des milliers de kilomètres sur un coup de tête, à cause d'un simple rêve ! Je n'agis pas comme ça d'habitude. *Jamais*. J'ai dit à mes parents que j'allais visiter une université dans le Dunărea. Comment j'aurais pu leur dire la vérité ? « Maman, papa… Je vais rendre visite à des sorcières. Je ne sais pas où elles habitent exactement, ni même si elles existent vraiment, ni ce que je suis supposée faire une fois que je les aurai trouvées… Mais bon, faut que j'y aille. Ne me demandez pas pourquoi. » J'ai même dû prendre quelques jours de congé au magasin où je travaille après l'école.

— Tu travailles dans quoi, *mina* ? demanda Ava.

— Dans une boutique de chantperles. J'y travaille comme relieuse de sorts. Je prends des sorts prêts à l'emploi, je chauffe les perles – des roses des Caraïbes – dans une forge à lave et, lorsqu'elles sont suffisamment dilatées, j'y insère les sorts. On exporte des perles dans le monde entier ! La boutique s'appelle Baudel's.

— Baudel's ? couina Neela. Mais je connais Baudel's ! J'adore ce qu'ils font ! Ma famille commande des *tonnes* de leurs chantperles : des sorts décoratifs, des sorts festifs, des sorts coiffants, des sorts maquillants. Qu'est-ce qui est en stock pour la prochaine saison ?!

Malgré l'enthousiasme apparent de leurs papotages, Serafina percevait l'inquiétude qui perçait dans leurs voix. Elles parlaient de tout – d'absolument tout – pour dissiper leurs craintes. Les goggs avaient une bonne expression pour dire cela : siffler dans le noir pour se donner du courage.

— Eh bien, dit Becca, je suis *très* emballée par la nouvelle bombe à paillettes Tourbiperle. Elle fait partie de notre collection Enchantée pour Durer.

— J'adore cette collection ! Comment est-elle ?

— On prend une perle rose qu'on remplit de sorts paillettes d'une dizaine de couleurs. Lorsque tu l'utilises, tes cheveux, tes paupières, tes lèvres et tes nageoires se mettent à étinceler en bleu, en vert, en argenté – à toi de voir – pendant deux semaines. Sans décoloration ni ternissement. Qualité garantie ! C'était mon idée, ajouta-t-elle avec un petit sourire timide. Mon tout premier projet.

Neela posa une main sur son cœur.

— Chérie, *quand* est prévue leur mise en vente ?

— Euh… les sirles ? dit Ling en se figeant sur place.

— Elles sortiront cet hiver.

— Vous les faites aussi en fuchsia, *mina* ? demanda Ava. Tout le monde me dit que c'est ma couleur.

— Mesdemoiselles ? *You-hou ?* dit Ling. Je crois que nous sommes arrivées.

Le bras tendu, elle leur indiqua quelque chose droit devant elles : les deux écrevisses les plus grosses qu'aucune d'entre elles ait jamais vues ! Les bavardages s'interrompirent aussitôt. Les crustacés géants étaient dotés d'une carapace marron foncé, d'une paire d'yeux noirs brillants et d'une solide charpente. Sous les yeux des sirènes, ils se dressèrent sur leur queue et poussèrent un gros rocher avec leurs pinces. La pierre roula sur le côté, créant un sillon dans la vase de la rivière, et laissa apparaître une ouverture. Une sirène d'Eaudouce, le corps constellé d'un camaïeu de taches brunes et grises, en sortit. Son visage était pâle et ses cheveux noirs ondulaient librement. Elle portait un collier de dents de renard et une robe ajustée en plumes de hérons gris. Des squelettes de serpent s'entortillaient autour de ses avant-bras.

Serafina la reconnut : c'était une des sorcières qui psalmodiaient dans son rêve. Une des Iele. Enfin.

Elles avaient réussi. Avec l'aide des unes et des autres, elles avaient fini par atteindre leur destination et connaîtraient bientôt les raisons de leur convocation.

La sorcière échangea quelques mots brefs avec les écrevisses. Les créatures agitèrent vivement leurs mandibules à poils drus et balancèrent leurs longues antennes. La sorcière acquiesça, puis se tourna vers les sirènes.

— Je suis Magdalena, des Iele. Les Malacostraca m'informent qu'elles ont senti la présence d'ennemis à une demi-lieue d'ici en direction du sud, et qu'ils progressent vite. Suivez-moi, je vous prie. Pressons.

Serafina, Ava, Ling et Becca entrèrent d'un battement de nageoire. Neela les suivit, puis se déroba à la dernière seconde.

— Je ne peux pas, dit-elle. Une fois à l'intérieur, il n'y aura plus d'issue possible. Ça deviendra réel. *Vous* serez réelles. Tout ce temps, une partie de moi s'accrochait à l'espoir que vous n'étiez rien de plus qu'un rêve…

La sirène pencha la tête sur le côté.

— Rien de plus qu'un rêve ? répéta-t-elle, amusée. Il y a bien longtemps, un mage puissant a fait le rêve de dérober aux dieux leurs pouvoirs. Abbadon est né de ce rêve. L'Atlantide a sombré à cause de lui. Aujourd'hui, par la faute d'un nouveau rêveur, tous les royaumes de notre monde risquent de tomber. Il n'y a *rien* de plus réel qu'un rêve.

D'un signe de tête, elle indiqua les eaux qui s'étendaient derrière Neela. On percevait au loin un nuage de vase se soulever. Un gros nuage.

— Le triton Traho le sait, lui, poursuivit Magdalena. Il arrive. Si vous ne me croyez pas, peut-être que *lui* réussira à vous convaincre.

Neela, paralysée par la peur, resta figée sur place, les yeux fermés. Le bruit des nageoires brassant l'eau gagnait en intensité. Les cavaliers de la mort approchaient.

Serafina passa devant la sorcière et retourna à l'entrée du tunnel. Elle prit la main de son amie.

— On entre là-dedans ensemble, Neels. Ensemble ou pas du tout.

Ava les rejoignit.

— Ensemble, dit-elle en posant sa main sur celles de Neela et de Sera.

Ling et Becca l'imitèrent.

Neela rouvrit les yeux et Sera vit que la peur les avait quittés. Quelque chose d'autre l'avait remplacée : la confiance. Confiance en elle. Confiance en ses amies. Confiance en ce lien, bien que récent et fragile, qui les unissait.

— Ensemble, dit-elle.

Elle pénétra dans le tunnel et les autres la suivirent. Dès qu'elles furent toutes à l'intérieur, les Malacostraca replacèrent le rocher, effacèrent du bout de leurs queues les traces qu'il avait laissées dans la vase, puis allèrent se cacher, l'une sous un tronc d'arbre immergé, l'autre sous une couche de feuilles en décomposition.

Une demi-minute plus tard, Traho et cinquante cavaliers de la mort passèrent en trombe.

38

En observant les Malacostraca rouler la lourde pierre devant l'entrée des grottes des Iele et occulter la lumière provenant du dessus, Serafina eut le sentiment d'être emprisonnée dans un tombeau.

— Je vais vous conduire à l'obârşie, notre chef, maintenant, dit Magdalena.

Elle les guida le long d'un couloir aux eaux troubles. Éclairé par des globes de lave à la lumière vacillante, il s'enfonçait en spirale dans les profondeurs, se ramifiant en un réseau de tunnels creusés dans les rochers qui bordaient la rivière. À mesure que ses yeux s'adaptaient aux eaux ténébreuses, Serafina réalisa que de nombreux gardes – de grosses grenouilles aux yeux d'or – flanquaient les deux côtés du couloir. Ils brandissaient de longues lances à pointe d'acier devant eux, inclinées de telle sorte qu'elles formaient de grands X en travers du couloir. À l'approche de la sorcière, ils redressaient l'arme promptement de façon à la laisser passer. Serafina et les autres prirent soin de ne pas quitter son sillage. Un grand silence régnait dans le couloir.

— Ce qui est sûr, c'est que personne ne peut entrer. Pas avec cet énorme rocher qui bloque l'entrée, murmura Becca. C'est plutôt réconfortant.

— Et personne ne peut sortir, dit Ling. Ce qui l'est beaucoup moins.

— Quelqu'un aurait un zée-zée pour moi ? demanda Neela d'une voix tremblante.

Personne ne répondit, et la sorcière les guida plus bas le long du corridor. Puis, alors qu'il semblait qu'elle allait les conduire tout droit jusqu'au centre de la terre, elle s'arrêta devant une porte en bois ornée de runes richement sculptées. Un esturgeon à l'aspect féroce, le dos bosselé et hérissé de piquants, ses barbillons si longs qu'ils touchaient le sol, l'ouvrit. Magdalena les fit entrer.

Serafina regarda autour d'elle. La pièce avait tout l'air d'être le cabinet de travail de quelqu'un. Un gigantesque bureau de pierre, au plateau incrusté d'onyx, se dressait à l'autre extrémité. Derrière se trouvait un grand fauteuil composé de bois de cerf et d'ossements. Des chaises en bois flottant étaient disséminées dans la pièce. Sur des étagères taillées dans la roche étaient disposés des crânes d'animaux, des coquillages d'eau douce et des pots en pierre contenant des créatures, mi-dedans, mi-dehors, clignant des yeux et ondulant dans le courant. Becca posa sa mallette de voyage et Neela laissa tomber sa besace sur le sol.

— Attendez ici, dit Magdalena. Baba Vrăja va vous recevoir dans un instant.

La sorcière sortit de la pièce et l'esturgeon referma la porte derrière elle. Les sirènes étaient seules.

Ou du moins c'est ce qu'elles pensaient.

La pièce était emplie de tant de choses curieuses qu'il fallut plusieurs secondes à Serafina pour remarquer la présence d'une autre sirène. Leur tournant le dos, l'inconnue portait une longue veste en peau de phoque brodée de fils d'argent et un fourreau en peau d'anguille fixé à la taille. Sa queue noir et blanc possédait la même livrée contrastée que les orques. Deux tresses décorées couraient de chaque côté de sa tête. Le reste de ses longs cheveux blond-blanc ondoyait librement. Elle pivota vivement, et Serafina laissa échapper un cri de surprise lorsque ses yeux croisèrent le regard bleu de glace de la sirène.

C'était Astrid.

La fille de l'amiral Kolfinn.

De l'Ondalina.

39

La queue de Serafina brassa l'eau avec fureur. Une alarme se déclencha dans son esprit.

C'est un piège ! pensa-t-elle. *Comment ai-je pu être aussi stupide ?*

— Lâche ! gronda-t-elle en direction d'Astrid. Nous tendre une embuscade, comme ça… Tu es venue seule ou tu as amené tes assassins avec toi ?

— *Toi !* cracha Astrid. Voilà une perfidie typiquement merrovingienne ! C'est une bonne chose que tu aies prévu des renforts, Principessa. Tu vas en avoir besoin !

Astrid se jeta sur elle, nageoires déployées, mais Serafina parvint à l'esquiver. Les deux sirènes tournoyèrent autour d'une chaise, prêtes au combat. Ava peinait à retenir Bébé, comme électrisé par la scène.

— Hé, les sirles… Ça suffit, là ! protesta Ling, mais Sera et Astrid l'ignorèrent.

La fureur de Serafina semblait animée d'une vie propre. Elle la sentait bouillir et se tortiller en elle, étouffant son cœur de ses tentacules rouges. Elle pouvait entendre son rire, grave et rauque.

— Tes espions ont d'abord essayé de tuer mon père en plaçant un oursin sous sa selle – un oursin-diadème, une espèce qu'on ne trouve que dans les eaux miromaraines, siffla Astrid. Tu seras d'ailleurs déçue d'apprendre qu'il ne s'est pas brisé le cou, mais seulement quelques côtes. Puis ils ont mis du poison dans son dîner ! Le venin provenait d'une anémone *medusa*. Tu les connais bien, hein, Sera*fiel*a ? Elles poussent sur les récifs au large de Cerulea !

— N'accuse pas la Miromara d'employer les méthodes de l'Ondalina ! La pointe du carreau qui a blessé ma mère avait été plongée dans de la turbotoxine. Cerulea a été attaquée par des soldats portant des uniformes de l'Ondalina. J'y étais. Je les ai *vus* !

— Arrêtez, toutes les deux ! Je vous en prie ! supplia Neela.

— Les soldats de ton père ont détruit ma cité ! cria Serafina.

Elle saisit une poignée d'eau, en fit une boule compacte et la projeta sur Astrid tout en chantonnant un rapide sort stilus. Des pointes surgirent à la surface du projectile au moment où il atteignait sa cible.

— Isabella a ordonné la mort de mon père ! hurla Astrid en esquivant la boule avec dextérité.

Elle ne contre-attaqua pas avec un sort de son cru. Au lieu de cela, elle tira son épée de son fourreau et l'abattit sur son adversaire dans un arc de cercle.

— Kolfinn a tué des centaines d'innocents ! cracha Serafina en parant le coup d'un sort deflecto.

La lame percuta le bouclier d'eau qu'elle venait d'invoquer et des gouttelettes jaillirent comme des shrapnels.

Une porte située derrière le bureau de pierre pivota subitement sur ses gonds. Une sirène âgée la franchit d'un battement de queue. Elle portait un long manteau noir ainsi qu'une collerette de plumes de cygne ébène autour du cou. Ses cheveux gris étaient rassemblés en un chignon. Des bagues sculptées dans de l'ambre lui ornaient les mains. Des globes oculaires fixés entre leurs griffes dévisageaient les jeunes sirles en pivotant sur place. Ses yeux à elle flamboyaient de colère.

— Pauvres folles ! tonna-t-elle. Comment *osez*-vous vous conduire de cette façon en présence des Iele !

Serafina et Astrid se figèrent, comme arrachées à la transe écarlate où la colère les avait précipitées.

— Vous n'avez pas été convoquées ici pour vous battre ! C'est exactement ce que le monstre souhaite : que vous vous détruisiez les unes les autres.

— Vous êtes Baba Vrăja, n'est-ce pas ? murmura Neela, les yeux écarquillés. Oh-mes-dieux ! Je n'arrive pas à y croire. Je vous ai vue dans mon rêve ! Mais le duca Armando dit que les Iele ne sont rien de plus qu'un mythe, comme ceux que nos ancêtres ont inventés pour expliquer les orages. Il dit que vous n'êtes qu'une histoire pour les enfants.

— Alors votre duca est un idiot, répliqua la sorcière. Les mythes ne nous disent rien sur la nature des orages, mais sur la *nôtre*.

Elle dévisagea chacune des sirènes de ses yeux noirs étincelants.

— Venez. Suivez-moi et je vous montrerai un adversaire qui vaille la peine de vous battre.

Sans attendre leur réponse, Vrăja fit volte-face et franchit la porte en sens inverse. Neela, Ling, Serafina et Becca lui emboîtèrent le pas. Après avoir rappelé à Bébé de bien se tenir, Ava suivit les autres et Astrid ferma la marche. Vrăja les guida le long d'un tunnel tortueux. Elles durent nager vite pour ne pas la perdre. De jeunes sorcières des rivières remontaient le tunnel. En croisant Vrăja, elles se touchèrent le front de leurs mains jointes. L'une d'elles était couverte de bleus, une autre de sang. À moitié inconsciente, une autre encore avançait soutenue par deux sorcières.

— Rappelez-moi pourquoi on est là, déjà ? murmura nerveusement Neela.

— J'ai l'impression qu'on est sur le point de le découvrir, répondit Serafina.

— J'entends chanter, nota Becca.

— Moi aussi, dit Ling. Ava, tu vois quelque chose ?

— Pas mieux que du fretin. Il y a du fer dans les parages ?

— Oui. La porte juste devant nous, répondit Ling.

— On peut savoir où se termine cette promenade de fous, en attendant ? demanda Astrid depuis l'arrière.

— À l'Incantarium. Vous pouvez toujours faire demi-tour si vous avez peur, dit Vrăja en s'arrêtant près de la porte en fer.

— *Peur ?* Je n'ai pas peur, pouffa Astrid. C'est juste que j'aime savoir où je v…

Vrăja l'interrompit :

— Il y a un instant, j'ai dit que les mythes révélaient notre nature. Il y a quelque chose derrière cette porte dont l'histoire vous révélera ce que *vous* êtes. Avant que je l'ouvre, assurez-vous d'avoir réellement envie de le découvrir.

Personne ne fit demi-tour. Vrăja hocha la tête, puis poussa la porte pour l'ouvrir. Les chants s'amplifièrent alors et un cri de rage se répercuta sur les épais murs de pierre. Il flottait dans l'eau comme un puissant parfum de peur.

— Grands dieux, souffla Serafina en regardant dans la pièce.

Sous ses yeux, un cauchemar prenait vie.

40

Au centre de la pièce brûlait un feu d'eau.

Les mains jointes, huit sorcières des rivières – des incanti – chantaient autour en tournant dans le sens inverse des aiguilles d'une montre, exactement comme dans le rêve de Serafina. Elles avaient le visage gris et émacié. Un filet de sang coulait des lèvres de l'une d'elles et du nez d'une autre. Des bleus couvraient le visage d'une troisième. Sera comprit qu'elles payaient cher le prix de cette magie.

Vrăja tourna autour des sorcières, les yeux fixés sur le feu d'eau.

— *Du-te înapoi, diavolul, înapoi !* cria-t-elle à la chose à l'intérieur. *Arrière, démon, arrière !*

Lorsqu'elle s'approcha des sorcières, Serafina vit une image onduler dans le cercle de feu. Elle la reconnut : c'était la porte de bronze engloutie dans les profondeurs sous-marines et incrustée de glace. À l'intérieur du cercle, quelque chose bougeait avec une grâce sauvage. Derrière les barreaux apparut soudain un visage sans yeux, rehaussé d'une paire de cornes cruelles et noir de jais.

— *Shokoreth !* aboya la créature, comme consciente, étonnamment, que Sera et les autres pouvaient l'entendre. *Apateón ! Amăgitor !*

Le monstre se jeta contre la grille. Les barreaux tremblèrent, crissèrent, et la glace qui les recouvrait se craquela.

— *Daímonas tis Morsa !* grommela-t-il encore.

— *Aceasta le vede ! Consolidarea focului ! ţine-l înapoi !* ordonna Vrăja. *Il parvient à les voir ! Intensifiez les flammes ! Faites-le reculer !*

Les voix des sorcières enflèrent aussitôt. L'une d'elles, obligée de puiser dans le peu de force qui lui restait, ferma les yeux et se pencha en avant… vers les flammes du feu d'eau, vers l'image ondoyante… Ce fut une erreur.

Un grondement s'échappa de la bouche sans lèvres de la créature. Sous les yeux horrifiés de Sera, un bras noir, noueux et strié de rouge, jaillit entre les barreaux de la grille et traversa le feu d'eau jusqu'à l'Incantarium. Le monstre saisit la sorcière par la gorge. Elle hurla de douleur lorsque les ongles puissants s'enfoncèrent dans sa chair. Puis il la tira violemment vers lui, de sorte qu'elle lâcha les mains des incanti situées à sa gauche et à sa droite. Le feu d'eau s'éteignit.

— *S-a rupt prin ! Condu-l înapoi ! Închide cercul înainte să ne omoare pe toţi !* s'écria Vrăja. *Il s'est frayé un passage ! Renvoyez-le ! Fermez le cercle avant qu'il nous massacre toutes !*

D'autres hurlements s'élevèrent. Volutes de sang, terreur et chaos emplirent la pièce. Serafina était au cœur de la cohue, mais elle eut subitement l'impression de s'en détacher, de flotter au-dessus. Son ouïe s'affûta ; sa vision s'aiguisa. Elle pouvait voir quelle serait la prochaine attaque du monstre, et la suivante également, comme s'il s'agissait de simples pions se mouvant sur un échiquier. Et elle savait aussi comment les contrer.

— Becca ! cria-t-elle. On a besoin d'un deflecto !

— Je m'en occupe ! lui lança Becca, et elle commença à chanvoûter un bouclier de protection.

— Ling ! Prends la place de la sorcière !

Ling rejoignit la ronde des incanti et croisa les bras sur sa poitrine de façon à pouvoir leur donner la main malgré son bras en écharpe. Elle grimaça de douleur lorsqu'une des sorcières empoigna sa main blessée, puis elle commença à psalmodier. Tandis qu'elle chantait, le feu d'eau s'éleva lentement devant la prison sous la forme de longs doigts fins. Serafina savait que faire monter les flammes bleues prendrait du temps. Elle allait devoir repousser le monstre elle-même.

— Hé ! cria-t-elle en frappant des mains. Par ici !

La créature fit volte-face. Entre les barreaux se glissèrent d'autres mains au creux desquelles était niché un œil sans paupière.

— Viens par ici, raclure des bas-fonds ! cria Serafina. Je t'attends !

Le monstre lâcha l'incanta pour frapper Sera. L'attaque fut rapide et puissante, mais le deflecto de Becca, solide et bien chanté, la protégea.

Pendant que Serafina faisait diversion, Becca tenta de traîner l'incanta blessée loin du feu d'eau. Le monstre se retourna vivement vers elles.

— Non ! hurla Serafina.

Sans réfléchir, elle bondit hors de la protection du deflecto et fouetta bruyamment l'eau de sa queue.

Le monstre se détourna de Becca et frappa de nouveau dans sa direction. Elle bondit en arrière, mais pas assez vite. Les griffes s'enfoncèrent dans sa queue et la lacérèrent de trois longues entailles.

Serafina ravala sa douleur.

— Ava, dis-moi tout ! cria-t-elle. Tu vois quelque chose ? Un point faible ?

— La lumière, Sera ! Il déteste la lumière !

— Neela, bombarde-le !

Neela attira à elle la lumière des lampes à lave, la roula en une boule compacte et la jeta entre les barreaux de la prison. Au contact avec le sol, elle explosa en un millier d'échardes étincelantes qui forcèrent le monstre à reculer. Il ne lui fallut que quelques secondes, cependant, pour revenir derrière la porte, visiblement indemne et animé d'une nouvelle fureur. Les barreaux de bronze grincèrent sous ses secousses. L'un d'eux commença à se tordre. Le feu d'eau continuait de grandir, emplissant la pièce d'une aura bleutée, mais restait encore trop faible. Becca, la sorcière blessée dans les bras, joignit sa voix à celle des incanti et les flammes s'élevèrent plus haut.

— Il va réussir à sortir ! hurla Neela. Le feu manque de puissance !

Soudain, une masse confuse noir et blanc fusa devant elles. C'était Astrid, se déplaçant avec la vitesse foudroyante d'une orque.

— Pas si je peux l'en empêcher, grommela-t-elle.

— Astrid, *non* ! hurla Serafina. Tu es trop proche !

Mais l'Ondalinienne l'ignora. Dans un cri de guerre, elle brandit son épée pour frapper le monstre, faisant saillir les muscles de ses bras puissants. La lame s'abattit sur l'un des bras tendus par la créature et lui sectionna la main.

Le monstre hurla de douleur et battit en retraite dans les profondeurs de sa prison. Sa main coupée se tortillait dans la vase. Astrid la transperça de la pointe de son arme. Les doigts se crispèrent sur la lame, puis se rétractèrent comme les pattes d'une araignée agonisante.

Les yeux fermés, Becca mettait toute son énergie dans son chant. Tandis que sa voix s'élevait, les flammes du feu d'eau bondirent. Astrid s'en éloigna à reculons.

— Alors ça ! Si c'était pas l'attaque la plus *stupide* que j'aie jamais vue ! lui cria Serafina. Tu aurais pu te faire tuer !

— Ça a fonctionné, non ? lui répliqua Astrid sur le même ton.

— Les chanvoûtements aussi, ça fonctionne. Tu connais ?

Astrid ne lui répondit pas. Elle nagea jusqu'à un mur et s'y appuya, le souffle court. Elle avait une profonde entaille sur l'un des avant-bras et sa tempe gauche saignait.

Elle nous a sauvé la vie. À nous toutes, songea Serafina. *Même à moi*. Ce n'était pas ce à quoi elle s'attendait de la part de la fille de l'homme qui avait envahi Cerulea. Elle se sentait déroutée, perturbée.

Becca était assise par terre près de Vrăja. La sorcière tenait dans ses bras l'incanta blessée.

Serafina reporta son attention sur elles.

— Comment va-t-elle ?

Becca secoua la tête. Les yeux de l'incanta étaient à demi fermés. Du sang jaillissait d'une profonde blessure au cou. Elle essayait de dire quelque chose. Serafina se pencha tout près d'elle pour l'écouter.

— … si nombreux… dans le sang et le feu… Je les ai entendus, sentis… Perdus, tous perdus… Il arrive… Arrêtez-le…

Puis ses lèvres cessèrent de bouger et Serafina vit la lumière quitter ses yeux.

Vrăja releva la tête ; la peine qui lui broyait le cœur était gravée sur son visage.

— *Odihneşte-te acum, curajos*, dit-elle. *Repose-toi maintenant, courageuse Iele*.

Le propre cœur de Sera s'emplit de chagrin.

D'autres Iele, attirées par les rugissements de la créature, affluèrent dans l'Incantarium. Vrăja demanda à deux d'entre elles d'emporter le corps de leur sœur et de la préparer pour ses funérailles, puis à une autre de remplacer Ling dans le cercle afin de poursuivre la psalmodie. Puis elle se releva avec lassitude. Becca l'aida.

— Je savais qu'il était en train de gagner en puissance, dit la sorcière, mais j'ignorais encore à quel point.

— Est-ce que c'était… ? commença Serafina.

— Abbadon ? Oui, dit Vrăja.

— Est-il ici ? demanda Becca. Dans l'Incantarium ?

Vrăja éclata d'un rire sans joie.

— Normalement, il ne devrait pas, dit-elle. Seulement son image. Nous surveillons le monstre avec un ochi, un puissant sortilège d'espionnage. Abbadon a réussi à franchir l'ochi juste à l'instant, et le feu d'eau également. Ce qui, en soi, est déjà mauvais signe. Mais il s'est aussi manifesté physiquement dans cette pièce, ce qui est bien pire. Une telle chose s'appelle un arăta. Jusqu'à présent, l'existence de ce sortilège n'était que théorique. Bien que beaucoup l'aient essayé, personne – pas même une Iele – n'était encore parvenu à en lancer un. L'arăta du monstre était faible, dieux merci. Aurait-il été plus puissant qu'elles auraient toutes péri, pas seulement la pauvre Antanasia.

— Je *savais* que j'aurais mieux fait de rester dehors, commenta Neela.

— Oh non, porteuse de lumière, dit Vrăja. Si tu avais fait cela, je ne l'aurais jamais vu.

— Vu quoi ?

— À quel point vous êtes magnifiques lorsque vous êtes réunies ! C'est exactement ce que j'espérais. Ça dépasse même mes espérances ! Chacune de vous est puissante, certes, mais ensemble… Oh, *ensemble*, vos pouvoirs se démultiplieront ! Exactement comme pour eux.

— Excusez-moi ? intervint Ling. *Magnifiques*, vous dites ? L'une de vos sorcières vient de *mourir* ! On a toutes failli y passer. Cette chose est quasiment sortie de sa prison. Sans Astrid, elle aurait réussi. On n'a pas du tout été magnifiques, on a eu de la chance, oui !

— La chance n'y est pour rien, répliqua Vrăja. Abbadon devient puissant, c'est vrai. Mais vous le deviendrez, vous aussi, maintenant que vous êtes réunies.

— Je ne comprends pas, dit Serafina.

— N'avez-vous pas *ressenti* ce qui s'est passé ? N'avez-vous pas senti la puissance qui se dégageait de vous ? Toi, Serafina, tu as mobilisé tes troupes aussi intelligemment que ton arrière-grand-mère – la regina Isolda – l'a fait pendant la guerre de la crête de Reykjanes. Et toi, poursuivit-elle en montrant Ling du doigt, tu as psalmodié comme une incanta-née. Je n'aurais pas su mieux projeter la lumière que Neela l'a fait. Le deflecto de Becca ne s'est même pas fissuré sous les coups d'Abbadon. Ava a vu ce qui l'effrayait quand nous autres, les Iele, avons été incapables de le découvrir. Et l'attaque d'Astrid valait celle de dix guerriers.

Serafina regarda les autres. À voir l'expression de leurs visages, il était évident qu'elles avaient senti quelque chose, tout comme elle. Une précision, un savoir, une force nouvelle et subite… Ça avait été si étrange de sentir une telle puissance ! Déstabilisant, aussi, et un peu effrayant. *Comment est-ce arrivé ?* se demanda-t-elle.

— Vous ferez bien plus. Nous vous apprendrons, dit Vrăja en nageant vers la porte. Venez ! Il y a tant à faire. Retournons dans mes appartements à présent. Nous allons…

— Non, dit Astrid en rangeant son épée dans son fourreau. Je n'irai nulle part. Pas avant que vous nous ayez expliqué pourquoi vous nous avez fait venir ici.

Vrăja s'arrêta, se retourna et fixa Astrid de ses yeux noirs étincelants.

— Pour finir ce que tu viens de commencer.

— Finir *quoi* ? Je ne comprends pas. Vous voulez que je lui tranche d'autres mains, à ce monstre ?

— Non, mon enfant…

— Tant mieux, répliqua Astrid, l'air soulagé, parce que j'ai connu plus facile.

— … je veux que tu lui tranches la tête.

41

Le rire d'Astrid résonna si fort qu'il couvrit la psalmodie des incanti.

— *Lui trancher la tête !* Elle est bien bonne, celle-là, Baba Vrăja. Je veux dire : vous avez vu cette chose ? Ce monstre est aussi puissant qu'il est fou de rage ! S'il l'avait pu, c'est *nos* têtes qu'il aurait arrachées. Alors dites-moi la vérité maintenant : pourquoi nous avoir convoquées ici ?

Vrăja ne riait pas.

— Attendez, ce n'était pas une… ? Vous n'êtes pas sérieuse !

— Je n'ai jamais été aussi sérieuse. Vous devez vous rendre dans l'océan Austral, là où le monstre est retenu prisonnier. Un autre est à sa recherche, animé de noirs desseins, celui-là. C'est lui qui l'a réveillé. Vous devez trouver le monstre et le tuer avant que cet autre ne le libère. Si vous n'y parvenez pas, les océans et tous leurs habitants seront à la merci d'Abbadon.

Serafina en resta sans voix. Les autres aussi. Les yeux écarquillés, les six sirènes échangèrent des regards incrédules, avant de se mettre à parler toutes en même temps :

— Aller dans l'océan Austral ? répéta Ling.

— On va geler sur place ! s'exclama Becca.

— Tuer Abbadon ? demanda Ava.

— Encore faut-il qu'on le *trouve* ! hoqueta Neela. L'océan Austral est gigantesque !

— C'est de la pure folie, protesta Astrid. Ne comptez pas sur moi.

En observant Astrid s'éloigner en direction de la porte, Serafina se rappela soudain un des versets du chant de son cauchemar :

Venez à nous, par les mers et les rivières,
Devenez un seul esprit, un seul cœur, à l'unisson
Avant que les eaux et les créatures qui y prospèrent
Soient dévastées par Abbadon !

Elle sut soudain ce qu'elle devait faire, exactement comme lorsque, un instant plus tôt, le monstre les avait attaquées : il fallait qu'elle garde le groupe uni, quoi qu'il arrive. *Devenez un seul esprit, un seul cœur, à l'unisson*. Elle ne pouvait laisser personne s'en aller.

— Astrid, attends !

L'Ondalinienne renifla.

— À plus, dit-elle avec dédain.

— Tu as peur, dit Sera.

Elle pressentait que la provocation était la seule chose qui avait une chance de la faire rester.

Elle avait vu juste. Astrid s'arrêta net et fit volte-face, le regard ardent.

— Qu'est-ce que tu viens de dire ?

— J'ai dit : tu as peur. Cette histoire te fait peur. C'est pour ça que tu veux partir.

— Peur de quelle histoire ? De quoi tu parles ? Tu es aussi folle qu'elle ! répliqua Astrid en indiquant Vrăja du menton.

Serafina se tourna vers la sorcière des rivières.

— Baba Vrăja, avant que vous ouvriez la porte de cette pièce tout à l'heure, vous avez dit que ce qui se trouvait à l'intérieur avait une histoire. Et qu'elle nous révèlerait ce que nous sommes. Eh bien, cette histoire, nous avons besoin de l'entendre. Et tout de suite.

42

Trois globes oculaires sertis dans trois bagues d'ambre s'agitaient dans leur monture en dévisageant Serafina.

La sirène les regarda, mal à l'aise.

— Tu aimes mes bagues ? demanda Vrăja en lui tendant une tasse et sa soucoupe.

— Elles sont très, euh, originales.

Après avoir ramené les sirènes dans son cabinet de travail, Vrăja les avait invitées à s'asseoir et avait envoyé une servante chercher du thé.

— Ce sont des yeux de terragoggs, précisa-t-elle.

— Ils sont morts noyés ou un truc dans le genre ? demanda Neela.

— Un truc dans le genre, répondit Vrăja en souriant, et Serafina remarqua pour la première fois qu'elle avait les dents pointues. Le premier avait déversé du pétrole dans ma rivière, le deuxième avait tué une loutre. Quant au troisième, il avait déraciné à coups de bulldozer des arbres où nichaient des balbuzards. Ils continuent tous les trois de vivre – ou plutôt d'exister – sous la forme de cadavru. Ils me servent de sentinelles.

— Cette pourriture à l'embouchure de l'Olt, c'en est un ? demanda Neela.

— Oui. Il a son œil droit et je garde le gauche. Ce qu'il voit, je le vois aussi. C'est très pratique quand des cavaliers de la mort traînent dans les parages.

Elle finit de verser le thé, puis alla s'asseoir sur le rebord de son bureau. Elle s'était servi une tasse pour elle aussi, mais elle ne la but pas. Au lieu de cela, elle prit une pierre plate et lisse posée à côté de la théière et la fit tourner entre ses mains. Des symboles étaient gravés dessus.

— Le chanvoûtement pour faire un cadavru s'appelle un trezi, expliqua-t-elle. C'est un sortilège roumain très ancien. Je connais un grand nombre de sorts de ce genre. Transmis d'obârşie en obârşie. C'est grâce à eux que l'ordre des Iele a pu survivre aussi longtemps. Merrow nous a créées voilà quatre mille ans et, depuis, nous nous sommes acquittées de la tâche qu'elle nous avait confiée afin de protéger le peuple mer.

— De quoi ? demanda Ling.

Vrăja sourit.

— De nous-mêmes.

Elle brandit la pierre devant elle de façon à ce que Sera, Neela, Astrid, Becca et Ling puissent la regarder, puis elle la tendit à Ava, qui laissa courir ses doigts dessus. Bébé, endormi sur les genoux de sa maîtresse, grommela dans son sommeil.

— Savez-vous que cette inscription date de près de quarante siècles ? leur demanda-t-elle. Cette pierre provient d'un temple minoen. C'est l'un des derniers documents faisant encore état de l'Atlantide. Il nous raconte, comme le font les comptes-rendus de Platon et ceux d'autres anciens – Posidonius, Hellanicus, Philo –, que l'île a sombré à cause de catastrophes naturelles.

Elle releva les yeux vers les sirènes et ajouta :

— C'est un mensonge.

— Pourquoi ? demanda Ava.

— Parce que c'est ce que Merrow voulait que le monde croie à propos de l'Atlantide : des mensonges. Les histoires détiennent un grand pouvoir. Les histoires perdurent. Merrow le savait, alors elle a fait disparaître tout ce qui risquait de transmettre la véritable histoire de l'Atlantide.

— Mais pourquoi aurait-elle fait ça ? demanda Neela.

— La vérité était trop dangereuse, répondit Vrăja. Merrow avait vu son peuple – des hommes, des femmes, de jeunes enfants – se faire engloutir par les flammes et les eaux. Voyez-vous, contrairement à ce qu'on vous a très certainement enseigné, ce n'est pas un tremblement de terre ou un volcan qui a conduit l'Atlantide à sa perte. Ils ne furent que les mécanismes de sa ruine. C'est l'un des enfants mêmes de l'île qui l'a détruite.

— Baba Vrăja, comment savez-vous tout ça ? demanda Serafina.

Elle était comme magnétisée par le récit de la sorcière. L'histoire de l'Antiquité atlante la passionnait. Toute sa vie, elle avait rêvé d'en apprendre davantage sur l'île perdue, mais il y avait si peu de conques sur cette période, si peu d'informations disponibles !

— Nous l'avons appris de la bouche de Merrow elle-même. Elle a révélé la vérité à la première obârşie sous la forme d'un chant de sang. L'obârşie l'a conservé dans son cœur. Sur son lit de mort, elle l'a transmis à sa remplaçante, et ainsi de suite. Il nous est interdit d'en parler, à moins que le monstre se réveille. Nous sommes restées silencieuses pendant quatre mille ans.

— Jusqu'à aujourd'hui, dit Ling.

— Oui, dit Vrăja. Jusqu'à aujourd'hui. Mais j'ai commencé par la fin, et les débuts font de bien meilleurs points de départ. *Quel que soit votre rêve, vivez-le, car l'audace est empreinte de génie, de puissance et de magie*. C'est un terragogg qui a écrit cela. Certains prétendent qu'il s'agit du poète Goethe. Il aurait pu dire cela à propos de l'Atlantide, car l'Atlantide, c'était cela : une *audace*. Un lieu empreint de génie et de magie. Ah, et quelle magie ! s'exclama-t-elle en souriant. Il n'y avait rien de comparable. Athènes ? Un trou perdu. Rome ? Une ville de montagne poussiéreuse. Thèbes ? Un point d'eau. Ses mines de cuivre, d'étain, d'argent et d'or ont fait sa richesse. Ses terres fertiles l'ont rendue féconde. Ses eaux abondantes ont nourri sa population. Cette île paradisiaque était gouvernée par des mages…

— Les Six Souverains Originels, dit Becca.

— Oui. Orfeo, Merrow, Sycorax, Navi, Pyrrha et Nyx. Leur magie provenait des dieux. Ces derniers leur avaient donné à chacun un puissant talisman. Ils étaient très proches les uns des autres, les meilleurs amis du monde, et leurs pouvoirs n'étaient jamais aussi intenses que lorsqu'ils étaient réunis. Ils gouvernaient l'Atlantide avec sagesse et compétence, et on les vénérait pour cela. Aucune décision impliquant le bien-être des Atlantes n'était prise sans leur accord à tous les six. Aucun jugement ni aucune condamnation n'était prononcé. Il y avait une prison sur l'île : le Carceron. Elle était constituée de gigantesques blocs de pierre imbriqués les uns dans les autres et dotée de lourdes portes de bronze scellées à l'aide d'un astucieux système de verrouillage : on ne pouvait ouvrir les portes pour admettre de nouveaux prisonniers ou pour en libérer un sans que les talismans des six mages aient été insérés dans les six serrures du verrou.

Vrăja s'interrompit un instant pour boire une gorgée de thé.

— Aucune société n'est parfaite, poursuivit elle en reposant la tasse sur sa soucoupe. Mais celle de l'Atlantide était juste et paisible. À cette époque, on croyait que la civilisation atlante durerait toujours.

— Que s'est-il passé ? demanda Serafina, pendue aux lèvres de la sorcière. Pourquoi ce ne fut pas le cas ?

— On ne connaît pas toute la vérité. Merrow n'a pas tout dit à la première obârşie. Tout ce qu'elle lui a raconté, c'est qu'Orfeo avait fini par leur tourner le dos, qu'il avait délaissé ses devoirs et son peuple pour créer Abbadon, un monstre dont les pouvoirs rivalisaient avec ceux des dieux. Comment et en quelle matière il l'avait fait, elle ne l'a pas précisé. Les cinq autres mages ont tenté de l'arrêter, et cela a donné lieu à une bataille. Orfeo a libéré son monstre et l'Atlantide a été détruite. Abbadon a fait trembler la terre jusqu'à ce qu'elle se fissure. De la lave en a jailli, les océans se sont mis à bouillonner et l'île agonisante a disparu sous les flots.

Serafina s'appuya contre le dossier de sa chaise et secoua la tête en silence.

— Tu ne me crois pas, petite ? demanda Vrăja.

— Je ne sais plus ce que je dois croire, répondit-elle. Comment Abbadon a-t-il pu faire trembler la terre ? Comment a-t-il pu faire bouillir les océans ? Comment une telle puissance peut-elle exister ?

Vrăja inspira profondément. Elle toucha sa poitrine du bout des doigts et en tira un chant de sang. Elle grommela de douleur, car ce ne fut pas un simple filet qui sortit de son cœur mais un véritable torrent. Animé d'une force malveillante, il tourbillonna à travers la pièce, renversa les conques et les pots en pierre des étagères et rendit l'eau aussi obscure que la nuit.

Bruits et couleurs s'entremêlèrent violemment, puis les sirènes la virent : la destruction de l'Atlantide. Des gens couraient en hurlant à travers les rues d'Elysia, la capitale, tandis que le sol tremblait et que les bâtiments s'écroulaient tout autour d'eux. Il y avait des cadavres partout. L'air était saturé de fumée et de cendres. De la lave dévalait une volée de marches en pierre. Une petite fille, trop jeune pour marcher, était assise au pied de l'escalier, hurlant de terreur, sa mère morte à ses côtés. Un homme courut vers la fillette et la souleva dans ses bras. Quelques secondes plus tard, les pavés où elle était assise furent submergés par la roche en fusion.

— Fuyez ! cria une voix de femme. Allez dans l'eau ! Vite ! Il arrive de ce côté.

Une foule immense courut vers la mer.

— Aidez-les, je vous en prie… Oh, puissante Neria, mettez fin à ce massacre !

Serafina ne pouvait voir la femme qui venait de crier, mais elle savait qui elle était : Merrow, son ancêtre. C'étaient ses souvenirs auxquels elles assistaient.

Serafina entendit le monstre avant de le voir. Sa voix était composée d'un millier de voix hurlant à l'unisson. L'effet produit était si angoissant que la sirène se recroquevilla sur sa chaise. Puis la créature apparut à son tour.

C'était une silhouette de ténèbres vivantes émaillées de rouge sombre. De forme humaine, elle avait deux jambes et une multitude de bras. Sa musculature puissante lui conférait force et rapidité. Sa tête cornue et aveugle se tourna vivement, attirée par les cris, les pleurs et les vibrations provoquées par la foule en fuite. Se guidant à l'aide des yeux nichés dans les paumes de ses hideuses mains, le monstre frappa la population sans défense qui tentait de s'échapper. À chaque nouvelle victime, il basculait la tête en arrière, ouvrait le trou béant qui lui servait de bouche et poussait un rugissement.

— Merrow ! appela une voix.

Un homme apparut, trébuchant à travers les rues dévastées. Il était aveugle, avait une silhouette élancée et la peau noire. Il portait une tunique de lin, des sandales et une bague sertie d'un gros rubis. Il avait les pommettes hautes d'Ava et les mêmes tresses noires qu'elle.

— Nyx ! s'écria Merrow en s'élançant vers lui. Les dieux soient loués, tu vas bien ! Où est-il ?

— Il s'est barricadé dans le temple de Morsa.

— Nous devons récupérer son talisman. Et ceux de tous les autres. Si nous parvenons à tous les rassembler, nous pourrons ouvrir le Carceron et y enfermer le monstre.

— Il refusera de nous le donner. Il faudra le tuer pour l'obtenir.

— Alors c'est ce que nous ferons.

— Merrow, *non*. C'est *Orfeo* !

— Il n'y a pas d'autre solution, Nyx ! Sinon, c'est *nous* qu'il va tuer. Trouve Navi. Je m'occupe de Sycorax et de Pyrrha. Rejoignez-nous au temple.

Ensuite, le chant de sang s'estompa, les eaux s'éclaircirent et les six sirènes demeurèrent immobiles sur leur chaise, interdites et silencieuses.

Ce fut Vrăja qui parla en premier :

— Nyx fut tué par Abbadon avant d'atteindre le temple, mais il avait trouvé Navi. Bien que gravement blessée, elle put rejoindre le temple avec le talisman de Nyx et le sien. Merrow réussit à acculer Orfeo, à le tuer et à prendre son talisman. Les mages survivants parvinrent à faire entrer Abbadon de force dans le Carceron, mais Navi et Pyrrha perdirent la vie au cours du combat. Dès que le monstre fut enfermé, Merrow retira les talismans de leurs serrures et conduisit son peuple dans la mer. Sycorax, avec l'aide d'un millier de baleines, tira le Carceron jusqu'à l'océan Austral et l'immergea sous la glace. Mais elle mourut sur place et les baleines lui chantèrent un dernier hommage près de sa tombe. Dès lors, Abbadon resta endormi sous la glace. Oublié de tous. Effacé par le temps. Mais il est réveillé, maintenant. Quelqu'un essaie de le libérer. Et déjà sa présence maléfique se fait sentir : les royaumes entrent en guerre les uns contre les autres, des Mer meurent, les eaux rougissent du sang des massacres. Le temps est venu pour vous de le détruire. Vous devez rassembler les six talismans, les utiliser pour ouvrir le Carceron, puis pénétrer à l'intérieur et le tuer.

— Baba Vrăja, pourquoi nous ? demanda Serafina. Pourquoi nous convoquer *nous*, six jeunes sirles encore adolescentes, pour tuer Abbadon ? Pourquoi pas des empereurs, des amiraux ou des commandants aidés de leurs armées ? Pourquoi pas les mages les plus puissants des différents royaumes ?

Vrăja les dévisagea l'une après l'autre, puis dit :

— *Vous* êtes les mages les plus puissants. Il n'y en a pas eu de plus puissants en quatre mille ans. Pas depuis les Six Souverains Originels.

— OooooK, dit Astrid. Je me doutais que vous étiez cinglée. Maintenant, j'en suis sûre.

— L'une de vous sait que je dis la vérité, répliqua Vrăja. L'une de vous le *voit*.

Les sirènes échangèrent des regards. Elles avaient toutes l'air aussi déconcertées, à l'exception d'Ava, qui hochait la tête.

— Tu vois quelque chose, Ava ? demanda Serafina. Qu'est-ce que c'est ?

— Je ne sais pas pourquoi je ne l'avais pas vu avant, répondit-elle.

— Vu *quoi* ? dit Astrid. Personne ici n'est une canta magus. C'est de la démence !

— Non, pas du tout, dit Ava. C'est tout à fait logique. Il y en *avait* six. Il y en *a* six. Ils étaient six, nous sommes six.

Becca haussa les sourcils.

— Attends, tu es en train de dire que… Tu plaisantes, Ava. C'est impossible.

— Ça l'est, pourtant, dit Vrăja. Vous êtes les descendantes directes des six plus grands mages qui aient jamais existé, les héritières de leurs pouvoirs. Merrow, Orfeo, Sycorax, Navi, Pyrrha, Nyx… Les Six Souverains Originels continuent de vivre en chacune de *vous*.

43

Astrid cligna des yeux.

Ava resta bouche bée.

Becca et Ling secouèrent la tête.

Neela devint bleu vif.

Serafina prit la parole :

— Baba Vrăja, comment pourrait-on être les héritières des mages les plus puissants qui aient jamais existé ? Ça n'a pas de sens ! Astrid a raison : si c'était le cas, on serait toutes des canta magi avec des voix parfaites.

Vrăja sourit.

— Vous oubliez que les canta magi sont des Mer et que les pouvoirs des Mer résident dans leur voix. La déesse Neria en a décidé ainsi lorsqu'elle a transformé les Atlantes. Elle a fortifié nos voix pour qu'elles puissent porter dans l'eau. Mais Merrow comme les autres mages – vos ancêtres – sont nés humains ! La magie humaine revêt différentes formes. C'est peut-être aussi le cas de certains de vos pouvoirs. Les compétences dont vous avez fait preuve en combattant Abbadon semblent confirmer cette hypothèse. Neela et Becca ont lancé des chanvoûtements contre Abbadon. Ling s'est jointe à la psalmodie. Mais tu n'as pas chanté, Serafina. Ni Astrid ou Ava. Vos pouvoirs pourraient être un mélange de la magie humaine de vos ancêtres et de la magie marine propre à chacune.

— Qui descend de qui ? demanda Ava. Serafina est la descendante de Merrow, bien sûr, mais nous ?

— Très bonne question, répondit Vrăja. C'est la première fois que six descendants directs ont le même âge en même temps, comme c'était le cas des Six Souverains Originels.

Elle nagea vers Serafina et posa les mains sur ses épaules.

— Comme tu viens de le dire, Ava, poursuivit-elle, Serafina est la fille de Merrow. Dotée d'une âme de chef, elle était courageuse et juste. C'était aussi un mage très puissant. Le plus grand de tous ses pouvoirs, cependant, était l'amour.

— L'amour ? pouffa Astrid. Un pouvoir ?!

— Rien n'est plus puissant que l'amour, répliqua Vrăja.

— Ah vraiment ? Même le lance-roquettes de lave JK-67 ?

— Il te reste beaucoup à apprendre, dit la sorcière à Astrid. Ton lance-roquettes n'aurait pas suffi à nous sauver aujourd'hui. Si nous sommes en vie, c'est grâce à la rapidité d'esprit de Serafina. Elle se serait sacrifiée pour vous toutes. Être prête à donner sa vie pour les autres, c'est une disposition qui naît de l'amour.

— Ou de la bêtise, grommela Astrid.

C'était au tour de Neela.

— *Le cœur de l'une abrite la lumière*, lui dit Vrăja. Tu es la fille de Navi. C'était une femme fortunée qui avait quitté son pays, l'Inde actuelle, pour rejoindre l'Atlantide. Douce et généreuse, elle piochait dans ses richesses pour construire des hôpitaux, des orphelinats et des foyers pour les nécessiteux. On raconte qu'elle pouvait saisir la lumière entre ses doigts et la garder dans sa main comme dans son cœur. Elle était capable d'attirer à elle les rayons de la lune et des étoiles, et, comme elles, de redonner espoir aux gens dans les heures les plus sombres de leur vie.

Neela n'avait pas l'air convaincue.

— Baba Vrăja, je ne sais pas à quel point j'ai hérité du pouvoir de Navi. Je veux dire, il m'arrive parfois de lancer un frag à peu près honnête, mais, la plupart du temps, je réussis tout juste à faire briller un banc de méduses de lune.

— Il y a une explication à cela. Je pense que tes pouvoirs – comme ceux de tes amies – se renforcent lorsque vous êtes à proximité les unes des autres. Comment crois-tu que Serafina et toi avez pu fuir en traversant le miroir chez le duca ? Même les canta magi n'y arrivent pas toujours.

— Vous avez peut-être raison, dit Neela. Mes chanvoûtements sont toujours plus réussis quand Sera est dans les parages.

Vrăja haussa un sourcil.

— J'ai *peut-être* raison ? Essaie donc de refaire ce que tu as fait dans l'Incantarium !

Neela regarda timidement autour d'elle. Elle inspira profondément et entonna un fragor lux. Cette fois, la bombe de lumière qu'elle fit tournoyer à travers la pièce emporta un pan de mur entier sur son passage.

— Ouah, murmura-t-elle, les yeux écarquillés. Qu'est-ce qui… Comment j'ai…

— La magie engendre la magie, dit Vrăja.

Becca était la suivante.

— *Une autre possède une âme forte et sûre*, à l'image de ton ancêtre Pyrrha, lui dit la sorcière. C'était un chef militaire d'exception – l'un des meilleurs. Elle venait des rivages de l'Atlantica. Tu lui ressembles beaucoup !

— Ça me semble difficile à croire, dit Becca. Je ne suis qu'une simple lycéenne avec un job à mi-temps chez Baudel's ! Je compte aller à l'université et décrocher un diplôme de commerce pour ouvrir un jour mon propre magasin. J'ai des tas d'idées pour de nouvelles chantperles, mais je ne connais absolument rien à la vie militaire !

— Pyrrha a commencé comme simple artisane, elle aussi. Elle était forgeron et avait le pouvoir de commander au feu. Elle avait une forge sur l'île de l'Atlantide, tout comme toi chez Baudel's. Un jour, elle a vu arriver au loin des navires ennemis et a envoyé un jeune garçon prévenir la capitale au triple galop. Pendant ce temps, elle a fait appel aux flammes de sa forge et a rapidement transformé les instruments agricoles du village en armes qu'elle a distribuées à tous les habitants. Lorsque les pillards ont débarqué, les villageois leur ont tendu une embuscade et les ont tenus en respect jusqu'à ce que les troupes d'Elysia arrivent. La réactivité de Pyrrha a alors aidé à sauver l'Atlantide, tout comme tu nous as aidées aujourd'hui avec ta capacité à invoquer le feu d'eau.

— Je ne savais pas que j'en étais capable ! dit Becca. Pas avant aujourd'hui.

Vrăja s'arrêta ensuite devant Ava.

— Tu es une fille de Nyx. Il venait des rives d'un grand fleuve connu de nos jours sous le nom de Mississippi. Comme toi, il était aveugle. Et, comme toi, il avait le don de sentir les choses qu'il ne pouvait voir. De même que les chauves-souris dans les airs ou les requins dans la mer. La magie a renforcé ce don, de sorte qu'il ne percevait pas seulement ce qui était mais aussi ce qui allait être. C'est ce qui t'arrivera, à toi aussi.

Lorsque Vrăja en eut fini avec Ava, il ne restait plus que deux sirènes : Ling et Astrid.

— Et allons-y pour *la* question qui fâche : qui est la descendante d'Orfeo ? ricana Astrid. Et laissez-moi deviner… ce n'est *pas* Ling.

— L'ancêtre de Ling est Sycorax, indiqua Vrăja. Elle venait de Chine orientale, des rivages du Qin. Elle était omnivoxa de naissance, et ses pouvoirs magiques avaient renforcé son don. Elle ne parlait pas seulement un grand nombre de langues, elle parlait *toutes* les langues. Et pas seulement les langues humaines, mais aussi celles des animaux, des oiseaux, des créatures marines, des arbres et des fleurs. En tant que juge suprême de l'Atlantide, elle réglait les conflits qui opposaient les citoyens et négociait les traités entre les différents royaumes. Elle était dotée d'une grande sagesse.

Ling esquissa un sourire, mais il était teinté d'amertume.

— Quand j'étais petite, les gens disaient que j'étais une menteuse quand je leur disais que j'entendais parler les anémones. Le plancton, aussi. Et même le varech ! Je n'ai pas besoin d'apprendre une langue pour la connaître. Il me suffit de l'entendre. Je n'ai jamais su pourquoi. Maintenant, je le sais.

Pendant que Ling parlait, Astrid était restée assise, le regard fixe et le visage fermé.

— Donc, c'est *moi* la descendante d'Orfeo, dit-elle avec colère lorsque Ling eut fini. C'est juste parfait. En gros, c'est *moi* la méchante, c'est ça ?

— Orfeo était un guérisseur aimé de son peuple. C'était aussi un musicien, et il jouait de la lyre pour apaiser les personnes malades et souffrantes. Il venait du Groenland. Des six mages qui gouvernaient l'Atlantide, Orfeo était le plus puissant. Ses pouvoirs n'avaient pas d'égal. Comme cela pourrait être le cas pour les tiens, mon enfant.

Astrid éclata d'un rire grinçant.

— Vous vous trompez, Vrăja. Sur toute la ligne. Ce n'est pas vrai : Orfeo n'est *pas* mon ancêtre. Rien que l'idée en soi est parfaitement ridicule. Si vous saviez…

— Savoir quoi ? demanda Vrăja.

— Laissez tomber ! Oubliez, dit Astrid. Hors de question que je participe plus longtemps à cette ridicule virée entre sirles. Nos royaumes sont au bord de la guerre, au cas où vous ne l'auriez pas remarqué. Je rentre chez moi me rendre utile.

— Tu ne peux pas partir, dit Serafina, en dépit de la méfiance qu'elle éprouvait à l'égard d'Astrid. On est supposées être six, comme les Six Souverains Originels, pas cinq. Vrăja a dit que c'est *ensemble* que nous avons des pouvoirs extraordinaires. On n'a aucune chance de vaincre le monstre si nous ne sommes pas au complet.

— J'ai une info pour toi : on n'a aucune chance de le vaincre, *même* au complet. On est six ados ! Les seules qui rêvent ici, ce sont elles ! ajouta-t-elle en indiquant Vrăja du pouce. Elles feraient mieux d'arrêter leur psalmodie bidon, de lever une armée et d'aller attaquer cette chose pour de bon.

— *L'une, qui manque encore de foi*, dit Vrăja.

— Vous avez raison sur ce point, dit Astrid. Ne comptez pas sur moi pour faire le saut de la foi dans cette histoire ! Je n'arrive même pas à *croire* que je sois venue jusqu'ici et que je sois encore là, à écouter toutes ces foutaises…

— Excuse-moi…

C'était Becca. Sa voix, contrairement à celle de Sera et d'Astrid, était calme et posée.

— Tout ça ne nous avance pas beaucoup. Où se trouve exactement le Carceron ? demanda-t-elle en sortant de sa mallette un parchemin en varech, une plume et de l'encre de calmar.

— Tout ce qu'on sait, répondit Vrăja, c'est qu'il est quelque part dans l'océan Austral.

— Voilà qui réduit follement le champ des recherches, ironisa Astrid.

Becca griffonna quelques notes, puis demanda :

— À quoi ressemblent les talismans ?

— On ne sait pas, dit Vrăja. C'est une information que Merrow ne nous a pas révélée. Nous pensons qu'elle les a cachés de telle façon que personne ne puisse jamais s'en servir pour libérer Abbadon.

— Si c'est ce qu'elle craignait, pourquoi ne les a-t-elle pas détruits ?

— Parce qu'ils sont indestructibles. Ce sont des cadeaux des dieux.

— Vous avez une idée des endroits où ils pourraient être cachés ?

— Non.

— Bien sûr que non ! intervint Astrid. Pourquoi continuer à poser des questions, Becca ? Tu n'obtiens aucune réponse ! Ne renonces-tu donc jamais ?

Les lunettes de Becca avaient glissé le long de son nez. Elle les remonta du bout de l'index.

— Non, Astrid, jamais, répondit-elle simplement, avant de se tourner vers Vrăja. Et Abbadon… Vous avez une idée de la matière qui le compose ?

— On aurait dit qu'il était fait de ténèbres, nota Ling, mais je ne vois pas comment ça pourrait être possible.

— Seul Orfeo détient la réponse à votre question, répondit Vrăja, et il est mort depuis quatre mille ans. Même les cinq mages qui ont combattu Abbadon l'ignoraient. C'est pour ça qu'ils n'ont pas pu le tuer.

— Les plus puissants magi de tous les temps n'ont pas pu tuer Abbadon, intervint Astrid, mais *nous*, on est censées y arriver ?

— L'optimisme, *mina*, tu connais ? demanda Ava d'un ton sec.

— Et toi, le *réalisme*, tu connais ? répliqua Astrid. Comment est-on supposées le tuer ? En s'approchant de lui par surprise ? Il a, quoi, une douzaine de mains… avec un œil dans chaque paume ! On ne pourra même pas porter le premier coup !

— Alors on devrait faire quoi, selon toi ? Rentrer chez nous ? s'emporta Ling. Se laisser dériver en banc, faire du shopping ? Faire comme si rien de tout cela n'était jamais arrivé ?

— *Exactement !* cria Astrid.

— Attendez, on se calme, tout le monde. On respire un grand coup et on fait le point sur ce qu'on sait déjà, suggéra Becca.

— Ce qui revient à, hum, attendez, laissez-moi voir… *rien du tout* ! dit Astrid. On ne sait pas à quoi ressemblent les talismans ni où ils sont. On ne sait pas précisément où le monstre se trouve ni ce qu'il est.

— Peut-être, mais on sait… commença Becca.

— … qu'on va se faire méchamment botter la caudale ! l'interrompit Astrid. Abbadon a tué des milliers de personnes ! Il a fait couler une île entière !

— Tu serais gentille d'arrêter de m'interrompre, dit Becca.

— Et tu serais gentille de prendre un peu de plomb dans la tête.

— C'est incroyable ce que tu peux être insultante.

— Tu ne comprends rien à rien.

— Cessez de vous disputer, s'il vous plaît, intervint Serafina, soucieuse de garder le groupe soudé. Ça ne mène à rien.

— Tu as raison, ça ne mène à rien, dit Astrid. Du coup, hé ! On n'a qu'à empoisonner tout le monde et hop, problème réglé ! C'est bien comme ça qu'on fait les choses par chez toi, non ?

— Oh là ! intervint Ling. Temps mort !

— Astrid ! dit Ava. Tu dépasses *vraiment* les bornes !

Mais Astrid n'écoutait pas. Serafina, exaspérée, commença à lui lancer des insultes à la tête. Toutes les autres haussèrent le ton. Et, quelques minutes plus tard, le groupe entier se disputait, se criant dessus et se frappant à coups de nageoire.

— Je suis fatiguée. Je vais vous laisser, maintenant, dit subitement Baba Vrăja, un accent de défaite dans la voix. Les novices vous ont préparé de quoi manger, ainsi que des lits.

Elle se tourna pour s'éloigner.

— Merci, Baba Vrăja, dit Astrid, mais je n'aurai pas besoin de lit. Je m'en vais.

La sorcière fit demi-tour et plongea son regard dans celui de l'Ondalinienne.

— Orfeo avait de grands pouvoirs, mon enfant. Les plus puissants que le monde ait jamais vus. Mais encore fallait-il qu'il décide de la façon de s'en servir. Il a choisi le mal. La magie est ce qu'on en fait.

Le masque de colère qui figeait le visage d'Astrid se fissura. Il tomba comme de la glace du haut d'une corniche, et révéla une peur à l'état brut.

— Baba Vrăja, vous ne comprenez pas ! dit-elle. Je ne peux *pas* choisir !

Mais il était trop tard. Vrăja était partie. Les portes se refermèrent sur elle.

Les six sirènes étaient seules.

44

Serafina regarda Astrid.

— C'était quoi, ça ? De quoi tu parles ? lui demanda-t-elle.

— De rien, répondit brusquement Astrid. Merci les sirles, ça aura été intense. Bon courage pour la suite.

Elle voulut quitter le cabinet de Vrăja, mais deux grenouilles armées lui bloquèrent le passage. Les batraciens attendirent qu'elle arrête de râler, puis l'un d'eux s'adressa à elle.

— Tu peux me traduire ce qu'il vient de dire ? demanda Astrid à Ling.

— Non, désolée. Je ne parle pas le tĭngjŭ.

— Le tĭngjŭ ? Qu'est-ce que ça veut dire ? Les gardes ne parlent pas le tĭngjŭ, ils parlent l'amphibos !

Ling esquissa un sourire pincé.

— Tĭngjŭ signifie « malpoli ». Et je ne parlais pas des gardes.

— Désolée, souffla Astrid avec raideur. Pourrais-tu me traduire ce qu'il vient de dire, *s'il te plaît* ?

— Il a dit : « Vous devez rester, conformément aux instructions de Baba Vrăja. Les ténèbres sont pleines de danger. Ici, vous êtes à l'abri. »

— À l'abri… Ouais, bien sûr, murmura Astrid en adressant un regard appuyé à Serafina. Tant que je ne mange rien…

Serafina ne répondit rien, mais ses nageoires flamboyèrent. Une jeune sorcière des rivières apparut et conduisit les sirènes jusqu'à une suite de deux pièces en enfilade. La première contenait une table ronde en pierre entourée de chaises, et la seconde des lits. Deux autres sorcières apportèrent de quoi manger et les six sirènes s'attablèrent pour partager un souper tardif. La nourriture était simple, mais les produits servis étaient frais et délicieux : œufs de grenouille salés, araignées d'eau marinées, sangsues charnues dans de la sauce aux algues et salade d'herbe des marais nappée de scarabées d'eau croustillants.

Sera resta silencieuse pendant le repas, dépassée par l'ampleur de ce qu'elle avait appris dans le cabinet de Vrăja et par ce qui s'était passé dans l'Incantarium.

Tandis qu'elle mangeait, elle réalisa que rien de ce qu'on lui avait enseigné à propos de la genèse de son peuple n'était vrai. Merrow avait voulu protéger les Mer en effaçant toute trace de leurs véritables origines, mais, en faisant cela, elle les avait rendus dangereusement vulnérables au mal qu'elle tentait précisément de vaincre.

Merrow, la première regina, cette sirène vénérée, perçue comme infaillible dans l'esprit des Mer, avait fait une erreur. Une grosse erreur. Et c'était à elle et à cinq autres adolescentes de la réparer.

Sera repensa à l'imposante statue de son ancêtre qui se dressait dans l'enceinte du palais. Elle se revit, seulement quelques semaines plus tôt, levant les yeux vers elle, la contemplant avec admiration. Cette jeune sirle vêtue d'une magnifique robe de soie, entourée de Janiçari, préservée des cruautés du monde par sa puissante mère, lui paraissait tellement innocente et naïve à présent ! Une enfant… Une petite sirle vivant dans un monde conçu pour elle, et non par elle, soumise à des décisions prises à sa place, conformément aux nombreux décrets de Merrow.

Une partie de Sera ressentait la même chose que cette enfant, et regrettait encore la force et la sagesse de sa mère. Mais une autre partie, plus courageuse, avait compris que le temps de l'enfance était terminé et qu'il lui fallait désormais tracer sa propre voie, comme elle l'avait fait depuis qu'elle avait fui Cerulea.

Lorsque tout le monde eut fini de manger, Ava donna les restes du repas à Bébé tandis que Serafina, Neela et Becca débarrassaient la table. Ling sortit le jeu de lettres que Lena lui avait offert et s'amusa à composer des mots avec. Astrid tira une balle de caballabong de sa sacoche, et se mit à jouer avec en la faisant rebondir contre le mur dans un *tchac, tchac, tchac* régulier.

Neela lança un chanvoûtement pour éclairer davantage la salle à manger. Mais, au lieu d'augmenter en intensité, la lueur des globes de lave s'estompa rapidement.

— Oups, dit-elle, l'air embarrassé.

— Le cœur de l'une abrite la lumière ! dit Ling d'une voix pleine de trémolos.

— Descendante de Navi, le puissant mage ! renchérit Becca.

Serafina rétablit la lumière et tout le monde éclata de rire, y compris Neela. Mais cet instant de gaieté ne dura pas. Neela baissa subitement les yeux sur ses mains et soupira.

— Ce n'est pas drôle, en fait. *Vraiment* pas. Le cœur de l'une abrite la lumière ? Nan mais, *pitié*. Imaginez qu'on trouve le Carceron et que, au moment de balancer un frag à la tête d'Abbadon, je tamise les lumières ?

— Je comprends, dit Ling en déplaçant les petites lettres de sa main valide. Je partage la même inquiétude. Je veux dire : comment mes superpouvoirs de linguiste vont pouvoir vous aider à vaincre le monstre ? Qu'est-ce que je suis censée faire ? Le raisonner ?

— Explique-lui que le dialogue résout tous les problèmes ! plaisanta Neela.

Pouffant de rire, Ava avala sa boisson de travers. Ses reniflements bruyants firent glousser le reste de la bande.

— Tu pourrais lui dire que l'usage de la violence est absolument inacceptable, suggéra Becca.

— Ou qu'il serait temps de revenir dans le droit chemin, dit Sera.

— Tu diras à Abbadon le Ronchon qu'il risque d'être envoyé au piquet s'il fait sombrer une île de plus, ajouta Astrid en attrapant sa balle au bond.

Les cinq autres la regardèrent, stupéfaites, puis éclatèrent toutes d'un rire sonore, hystérique et incontrôlable. Becca riait si fort qu'elle grognait à la manière d'un morse chaque fois qu'elle reprenait son souffle. Serafina sifflait entre ses dents, Ava se tenait les côtes, Ling pleurait de rire et Neela devint bleu ciel.

— Astrid, tu es une marrante, tu sais ! dit Ling lorsque les rires se calmèrent. Qui l'eût cru ?

— Ne le dites à personne, dit l'Ondalinienne en faisant de nouveau rebondir sa balle contre le mur.

— Ah, *gatinhas*, dit Ava. Comment va-t-on s'y prendre ? Par où commencer ?

— Excellentes questions, dit Becca.

— Comment découvrir à quoi ressemblent les talismans ? demanda Neela. Ou l'endroit où ils se trouvent ?

— Avant que Traho le fasse, ajouta Serafina.

— Qui est Traho ? demanda Becca.

Serafina jeta un regard vers Astrid, cherchant sur son visage un signe révélateur – un tressaillement, des yeux qui s'écarquillent – qui aurait montré que ce triton ne lui était pas inconnu. Mais Astrid n'en donna aucun. Soit elle ne le connaissait pas, soit c'était une excellente actrice.

— Traho et les Ondaliniens ont attaqué la Miromara, expliqua Sera.

— Je ne m'aventurerais pas sur ce sujet si j'étais toi, la prévint Astrid.

Sera l'ignora et poursuivit :

— Ils nous ont capturées, Neela et moi, et ont fait de nous leurs prisonnières. Traho est au courant pour le cauchemar, le chant et les Iele. Il voulait les noms des autres sirènes qui ont été convoquées. Et il voulait savoir si l'une de nous avait déjà trouvé un ou plusieurs talismans.

— Que lui as-tu dit ?

— Que je ne savais pas de quoi il parlait. Ça n'a pas semblé lui plaire. Il m'a menacée de me couper les doigts, alors je lui ai donné de faux noms. Heureusement, on a pu s'échapper avant qu'il n'ait eu le temps de vérifier.

— Traho sait-il à quoi ressemblent les talismans ?

— J'imagine, oui. Sinon, il me l'aurait demandé. Il voulait juste savoir *où* ils se trouvaient.

— Mais comment peut-il le savoir ? Même les Iele l'ignorent ! intervient Ling, concentrée sur ses lettres.

— Tu n'as pas tort, reconnut Sera. Mais il les cherche déjà, donc il doit bien le savoir.

— Imaginons qu'on trouve les talismans et qu'on atteigne l'océan Austral avant ce Traho, dit Becca, ça n'empêche qu'on n'a aucune idée de la méthode à employer pour tuer le monstre.

— Parce qu'il ne peut pas être tué, intervint Astrid. Je vous le répète : Merrow et les autres mages n'y sont pas parvenus. Qu'est-ce qui vous fait penser qu'on en serait capables ?

De quoi a-t-elle peur ? se demanda Serafina. *Elle s'est battue contre Abbadon avec la fougue d'un requin-tigre. Comment est-il possible qu'une personne aussi courageuse puisse éprouver de la peur ?*

— La question n'est pas de savoir si c'est possible ou non, affirma Ling. Tu as vu ce que cette chose a fait à l'Atlantide. Il recommencera s'il se libère. Nous devons arrêter de nous demander « Pouvons-nous faire ceci ? » ou « Devrions-nous faire cela ? ». Il n'y a qu'une seule question à se poser… *Comment.*

Becca acquiesça.

— Ling a raison, dit-elle en sortant ses notes et en les parcourant des yeux. On ne peut rien faire tant qu'on n'a pas trouvé les talismans.

— Exact, dit Ava.

— Alors, il nous faut remonter le fil du temps. Effectuer une sorte de périple mental, repartir de la destruction de l'Atlantide, lorsque les talismans ont été utilisés la dernière fois, et progresser logiquement…

Périple. Le mot bondit dans l'esprit de Serafina. *Pourquoi ?* Elle retourna le mot en tous sens dans sa tête. Elle pressentait que c'était important, mais ne voyait pas le rapport avec Abbadon, le Carceron ou les talismans.

— … jusqu'à l'essor de la Miromara, le royaume de Merrow. Et ensuite, notre périple…

Périple… Merrow…

— C'est ça, Becca ! s'écria Serafina. Son *périple* ! Le Périple de Merrow… Tu es un génie !

— Ah ? répondit Becca, stupéfaite.

— Alors tu sais à quoi ressemblent les talismans, Sera ? demanda Ava. Et où ils se trouvent ?

— Non, j'ignore toujours où et ce qu'ils sont, malheureusement. Mais en revanche, les sirles, je pense savoir *à quelle occasion* Merrow les a cachés…

45

Serafina était tellement excitée qu'elle débitait un million de mots par minute.

— Je travaille en ce moment sur une conque-dissert à propos du Périple de Merrow, dit-elle. Enfin, je veux dire : je *travaillais* dessus, avant que Cerulea soit assiégée. J'ai passé des heures dans l'Ostrokon…

— Attends, Sera, parle moins vite ! dit Ling. De quel périple parles-tu ?

— Dix ans après la destruction de l'Atlantide, Merrow a écumé les océans du monde le temps d'un long voyage, expliqua Serafina. Officiellement, elle partait à la recherche de territoires où les Mer pourraient vivre en sécurité. Son peuple prospérait, sa population ne cessait de croître, et elle savait qu'ils auraient bientôt besoin de plus d'espace que ce que la Miromara pouvait offrir. Elle a emmené avec elle une poignée de ses ministres ainsi que quelques domestiques. Ce fut la seule fois, dans toute l'histoire de son règne, qu'elle quitta la Miromara.

— Et tu penses que ce voyage était en fait un prétexte pour cacher les talismans ? demanda Ava.

— Oui.

— Pourquoi ne pas les cacher en Miromara ? demanda Astrid.

— Trop risqué. Elle était perpétuellement entourée de courtisans. Quelqu'un aurait pu la voir faire. Comme je le disais, l'Ostrokon de Cerulea possède une grande collection de conques traitant du Périple de Merrow. J'en ai écouté une bonne vingtaine pour l'instant, mais il y en a encore beaucoup plus que ça. Peut-être que l'une d'elles peut nous indiquer où elle s'est rendue précisément, ainsi que les lieux les plus dangereux qu'elle a visités. C'est sûrement là qu'elle aura caché les talismans.

Astrid lui jeta un regard sceptique.

— Merrow pourrait les avoir cachés n'importe où.

— Je *sais* ça, Astrid. Mais il faut bien commencer quelque part. C'est un début, une première piste.

— Et en voici une autre, les sirles ! s'exclama Ling en montrant les lettres assemblées devant elle. Regardez !

Elle avait composé trois mots séparés : *shokoreth, apateón* et *amăgitor*.

— Regarder quoi ? demanda Astrid. C'est du charabia !

— C'est ce que je croyais aussi. Mais ce sont de vrais mots : les mots prononcés par Abbadon. Je croyais qu'il se contentait de pousser des cris de monstre. Mais je me trompais. Il parlait ! Le premier mot est en arabe, le deuxième en grec et le troisième en roumain. Ils veulent tous dire la même chose : *sournois.*

— Pourquoi répèterait-il plusieurs fois le même mot en différentes langues ? demanda Becca.

— Je ne sais pas. Ces mots-là, ajouta-t-elle en indiquant une autre rangée de lettres, *Daímonas tis Morsa*, signifient *démon de Morsa*.

— Morsa est une ancienne déesse, c'est ça ? demanda Ava. On ne parle quasiment jamais d'elle.

— C’est une déesse particulièrement maléfique, répondit Ling. Les mythes antiques racontent qu’elle était la déesse du pillage et qu’elle avait l’apparence d’un chacal. C’était le rôle d’Horok, l’antique dieu cœlacanthe, de conduire les âmes des morts aux enfers, et c’était celui de Morsa d’emporter les corps. Mais Morsa voulait plus de pouvoir, alors elle a commencé à pratiquer la nécromancie. Elle voulait lever une armée de morts pour renverser Neria. Lorsqu’elle a découvert ses projets, Neria est devenue furieuse. Elle a puni Morsa en lui donnant le visage de la mort et le corps d’un serpent, puis elle a posé une couronne de scorpions sur sa tête et l’a bannie.

— Ouh là. Sévère, la déesse, dit Neela. Morale de l’histoire ? Ne jamais chercher de noises à Neria.

— Il y avait un temple érigé en l’honneur de Morsa sur l’île de l’Atlantide, observa Serafina.

— Il pourrait nous en apprendre davantage, suggéra Becca. Pour peu qu’on puisse s’y rendre.

— N’y compte pas, répliqua Astrid. Il est entouré d’Opafago ! Tu en seras encore à cinq bonnes lieues qu’ils t’auront déjà tranché la tête.

— Et pourquoi, d’ailleurs ? s’interrogea Neela. Ça reste un grand mystère à mes yeux : comment a-t-on pu laisser une bande de cannibales assoiffés de sang prendre le contrôle des ruines de l’Atlantide ?

— Parce que Merrow les a chassés dans les Landes de Thira, les eaux qui entourent l’Atlantide, expliqua Serafina. Les Opafago vivaient en Miromara et se nourrissaient de Mer. Merrow voulait mettre fin à cela, alors elle s’est servie de ses acqua guerrieri pour les encercler et les repousser jusqu’aux Landes.

— Merrow a manqué de lucidité sur ce coup-là, non ? nota Neela. C’est le site archéologique le plus important du peuple mer, et on ne peut même pas y risquer une nageoire à cause des Opafago !

— C'est ce que je pensais, moi aussi, dit Serafina. Je pensais que ce n'était qu'un décret insondable de plus. Jusqu'à ce que Vrăja nous raconte comment s'est réellement déroulée la destruction de l'Atlantide. D'après les historiens, Merrow a *dit* qu'elle avait chassé les Opafago dans les eaux entourant l'Atlantide parce qu'elle avait besoin d'un lieu où les cantonner et parce que les ruines étaient… eh bien, des ruines, donc inutilisables. Mais, maintenant, je pense qu'elle les a délibérément envoyés là-bas. Pour éviter que quiconque n'aille les explorer.

— Et ne découvre la vérité, précisa Ava.

— Exactement. Ces ruines renferment des indices essentiels, j'en suis persuadée. Pour peu qu'on puisse y pénétrer.

— Les Opafago dévorent leurs victimes vivantes, tu sais ça ? lança Astrid. Pour que leur cœur continue de battre et de faire circuler le sang. Ça rend la chair plus juteuse.

— Astrid, tu es mon rayon de soleil, dit Ling en sautant de la table où elle était assise. On ne peut peut-être pas aller dans les ruines de l'Atlantide, mais on peut toujours observer Abbadon. Et c'est exactement ce que je vais faire, demain matin à la première heure. Ava a vu qu'il détestait la lumière. Je dois découvrir s'il a d'autres faiblesses. J'ai bien réussi à tirer quelque chose de lui aujourd'hui. *Sournois*. Ce n'est pas grand-chose. Ce n'est pas un talisman. Mais, comme disait Sera, c'est un début.

Elle bâilla et annonça aux autres qu'elle allait se coucher. Becca, Neela et Ava la suivirent de près. Sera ne se joignit pas à elles. Elle n'était pas fatiguée. Trop de réflexions se bousculaient dans sa tête.

Astrid avait recommencé à lancer sa balle de caballabong.

— Comment vas-tu faire tout ça, Serafina ? Comment vas-tu pénétrer dans ton Ostrokon et y écouter des conques alors que tout Cerulea est occupé ? Comment vas-tu atteindre l'Atlantide ? Comment vas-tu tuer Abbadon ?

— Je ne sais pas encore, mais j'arriverai peut-être à trouver de l'aide. Mon oncle et mon frère – si je parviens à les localiser : ils auront sûrement des idées. Et si ma mère est encore en vie…

Astrid l'interrompit.

— Si, si, si… Ce n'est *pas* un début, ça. C'est une fin ! Tu vas finir par te faire tuer. Et par les faire tuer, elles aussi, dit-elle avec un regard vers la chambre. Toute cette histoire n'est qu'une vaste blague, ajouta-t-elle, et la balle frappa le mur avec plus de force. Moi, la descendante d'Orfeo, le magicien le plus puissant qui ait jamais vécu… ! C'est bien la meilleure, ça !

Astrid n'adressait ces derniers mots qu'à elle seule, mais Serafina les entendit. *Pourquoi refuse-t-elle d'accepter qu'Orfeo est son ancêtre ? Est-ce à cause de ce qu'il a fait ? Ou y a-t-il quelque chose d'autre ?*

— Hé, Astrid… Baba Vrăja a raison, tu sais. La magie est ce qu'on en fait. Ce n'est pas parce qu'Orfeo était un être maléfique que tu as ça en toi. Ce n'est pas quelque chose qui se transmet par le sang, comme la couleur des yeux ou d'autres choses de ce genre.

Astrid arrêta de faire rebondir la balle et regarda Serafina.

— Ce n'est pas ça. Bien sûr, découvrir qu'Orfeo fait partie de ton corail généalogique, ça pue la marée basse, mais…

— Mais quoi ?

L'Ondalinienne secoua la tête.

— Astrid, de quoi s'agit-il ?

— De rien. Vraiment. Oublie !

Très bien. C'est oublié.

Frustrée par la réticence d'Astrid à en dire plus, Serafina récupéra les lettres que Ling avait laissées sur la table dans le creux de sa main et les rangea dans leur sachet. Elle rassembla les tasses éparses et les posa sur un plateau.

Astrid envoya sa balle rebondir avec plus de force.

— Ce n'était pas nous, dit-elle brusquement.

Elle se retourna pour faire face à Serafina. La balle flotta à travers la pièce.

— Je voulais que tu le saches, poursuivit-elle. L'Ondalina n'a *pas* envahi la Miromara. Nous n'avons pas attaqué Cerulea ni envoyé d'assassins. Mon père ne ferait jamais une chose pareille. Il ne ferait jamais de mal à Isabella, à Bastiaan ou aux Matalins. Il a beaucoup trop d'estime pour eux, et la paix entre nos deux royaumes est bien trop importante à ses yeux. Sa propre sœur vit en Miromara. À Tsarno, comme tu le sais. Il ne ferait rien qui pourrait mettre sa vie en danger.

Serafina soupesa les paroles d'Astrid.

— Il a tout de même rompu le permutavi, finit-elle par dire. Cela faisait un siècle que nos deux royaumes le respectaient. Tu étais supposée venir en Miromara et Desiderio partir en Ondalina. Tout comme ta tante Sigurlin et mon oncle Ludovico l'avaient fait lors du précédent permutavi. Pourquoi l'avoir rompu ?

Astrid s'assit en face de Serafina.

— Il y a des raisons à ça, dit-elle. Si tu savais… Si je pouvais te dire…

Ses mains devinrent des poings sur la table. Ses longs cheveux blonds, aussi pâles qu'un clair de lune, ondulaient autour de ses épaules. Son regard bleu glacé chercha celui de Serafina. Dans ses yeux, Sera pouvait voir qu'elle mourait d'envie de parler, de lui expliquer ce qui la préoccupait.

— Astrid, sérieux, c'est *Abbadon* l'ennemi, tu te rappelles ? Pas moi. Ni la Miromara, dit-elle, et ce désir soudain de dialoguer avec cette sirle au caractère si difficile la surprit elle-même. Nous n'avons pas envoyé d'assassins non plus. La guerre est bien la dernière chose que souhaite ma mère. Que ce soit pour son peuple ou pour le tien. Tu dis qu'il y a des raisons expliquant pourquoi l'Ondalina a rompu le permutavi, mais quelles sont-elles ? Dis-le-moi.

Serafina soutint le regard d'Astrid et, l'espace de quelques secondes, crut qu'elle allait se confier à elle. Mais, au lieu de répondre, Astrid repoussa brusquement sa chaise et se leva.

— Je ne peux pas, dit-elle, impuissante. Je ne *peux* pas !

Elle nagea vers la chambre, mais se retourna une fois devant la porte.

— Je suis désolée, dit-elle avant de disparaître à l'intérieur.

Serafina fixa le seuil vide.

— Ouais, dit-elle doucement. Moi aussi.

46

Elle est partie, annonça Serafina avec colère.

Elle venait d'entrer dans le cabinet de Vrăja. C'était le lendemain, tôt dans la matinée.

— Et cela t'étonne ? demanda la sorcière.

Assise dans son fauteuil composé de bois de cerf et d'ossements, Vrăja était vêtue d'une robe sang de bœuf dont l'encolure montante était garnie de minuscules crânes d'oiseau, et le corset ourlé de serres de faucon, de dents de loup et d'éclats de carapace de tortue.

— Vous le saviez ?

— Je l'ai entendue partir à l'aube.

— Pourquoi n'avoir rien fait pour l'arrêter ?

— Et comment ? En la retenant prisonnière ? *Rien* ne l'aurait empêchée de partir, dit Vrăja. Elle ne souhaitait pas rester. Assieds-toi, mon enfant.

Serafina s'assit de l'autre côté du bureau.

— Nous sommes supposées être les Six.

— Il semblerait que vous soyez les Cinq, maintenant.

— Comment allons-nous faire pour détruire le monstre sans elle ?

— Je l'ignore. Mais je le répète : je ne sais pas plus comment vous l'auriez fait *avec* elle.

— Elle a peur.

— Il faudrait être fou pour ne pas avoir peur d'Abbadon.

— Je ne pense pas qu'elle ait peur d'Abbadon. Enfin, pas plus que le reste d'entre nous. On dirait qu'elle fuit quelque chose d'autre. Mais je ne sais pas quoi…

— De qui parles-tu ? demanda malicieusement Vrăja. D'Astrid ou de toi-même ?

Serafina la dévisagea comme si elle avait mal entendu sa question.

— Eh bien, d'Astrid, dit-elle, vu que c'est *elle* qui s'est enfuie !

— C'est aussi ton cas, mon enfant.

— Bien sûr que non ! protesta Serafina. Moi, je suis *restée*, Baba Vrăja. Ici, avec les autres. On a même commencé à s'organiser, à essayer de voir clair dans toute cette histoire. Ling est allée écouter Abbadon, pour tenter de déchiffrer ce qu'il pourrait dire d'autre. Becca a demandé à la sorcière qui nous a apporté le petit déjeuner de lui apprendre à lancer un ochi. Neela s'exerce avec ses bombes lumineuses et…

— Et toi ? l'interrompit Vrăja.

— J'étudie le meilleur itinéraire pour me rendre dans les eaux kobold. Je voudrais savoir si les rumeurs disent vrai, voir si mon oncle se trouve vraiment là-bas. Et tenter d'en apprendre davantage sur ma mère ou mon frère. Avec leur aide, j'arriverai peut-être à retourner à Cerulea et à entrer dans l'Ostrokon, où je pourrai écouter les conques traitant du Périple de Merrow. On pense que c'est au cours de ce voyage qu'elle a caché les talismans. Les conques renferment peut-être des indices quant aux endroits exacts.

— Le Périple de Merrow… Très bon raisonnement ! Mais, dis-moi, pourquoi commencer par aller dans le Nord ?

— Je viens de vous le dire. Mon oncle est là-bas.

— Et ton peuple ? Est-il dans le Nord ? Ou en Miromara ?

— En Miromara, mais…

Vrăja hocha la tête.

— Précisément. Tu fuis aussi, mon enfant. Tu fuis ce qui t'effraie le plus.

— Ce n'est pas vrai ! Cerulea est occupée. Je ne peux pas y retourner sans l'aide de mon oncle.

Vrăja la dévisagea quelques instants.

— Tu prends ces rumeurs pour des certitudes ! Ta mère a été grièvement blessée. Ton oncle et ton frère sont portés disparus. Et pourtant, tu fais comme s'ils étaient tous les trois vivants et en bonne santé, à attendre que tu les retrouves d'une seconde à l'autre. Comment peux-tu affronter ce que représente Abbadon si tu n'es même pas capable d'affronter ta propre vérité ?

Serafina fixait le sol des yeux. Les paroles de Vrăja la mettaient en colère. Mais, plus que cela, elles la blessaient, profondément. Parce qu'elles touchaient juste.

— Tu as peur de ne pas réussir à accomplir ce pour quoi tu es née, dit Vrăja. Cette peur t'angoisse, alors tu essaies de la fuir. Au lieu de l'éviter, tu devrais la laisser s'exprimer et écouter avec attention ce qu'elle essaie de te dire. Elle te donnera de bons conseils.

Serafina releva la tête.

— Je passe mon temps à faire des erreurs, Baba Vrăja. Je n'ai pas pu aider mon père. Je n'ai pas pu sauver ma mère. J'ai fait confiance aux mauvaises personnes. Je suis allée dériver en banc et, par ma faute, Ling s'est fait capturer par un filet de pêcheur. Je n'ai même pas réussi à convaincre Astrid de rester.

Serafina battit des cils pour retenir ses larmes et ajouta :

— Ma mère n'aurait fait *aucune* de ces erreurs. Elle est au-dessus de tout ça. Je ne suis pas comme elle. Je ne suis pas comme vous.

Vrăja éclata de rire.

— Pas comme moi ? Je l'espère bien ! Parlons un peu de moi, mon enfant : il y a environ deux cents ans, alors que l'ancienne obârşie était sur le point de mourir, les aînées sont venues me chercher pour qu'elle puisse me transmettre tout ce qu'il fallait que je sache. J'avais tellement peur qu'elles ont dû déployer des trésors de persuasion pendant plus d'une heure pour que j'accepte de quitter ma chambre. On ne naît pas avec l'âme d'un leader. On apprend à le devenir.

— Mais, Baba Vrăja, je n'ai pas le temps d'apprendre ! Ce qui se passe dans nos royaumes en ce moment même, c'est une question de vie ou de mort ! Mon peuple, mes amis… Ils méritent le meilleur leader qui soit. Pas moi.

Vrăja leva les mains.

— Si c'est cela que tu souhaites devenir – le *meilleur* leader –, je ne peux pas t'aider. Une chose pareille n'existe pas. Nous faisons tous des erreurs et nous devons tous apprendre à vivre avec. Mais, si c'est devenir un *bon* leader qui t'intéresse, alors là, je te serai peut-être utile. Écoute-moi bien, mon enfant : Astrid a fui parce qu'elle manquait de foi. Elle n'arrivait pas à croire.

— À quoi ? À l'existence d'Abbadon ? Ce n'est pas possible… Elle l'a vu. Elle l'a combattu ! Comme nous toutes.

— Non, elle n'arrive pas à croire *en elle-même*. Aide les autres à croire en elles, Serafina. Aide Ling à croire qu'elle peut briser les barrières du silence. Aide Neela à croire que son plus grand pouvoir provient de l'intérieur, pas de l'extérieur. Aide Becca à croire que la flamme la plus chaude est celle que l'on partage. Aide Ava à croire que les dieux *savaient* ce qu'ils faisaient. C'est cela le rôle d'un leader : encourager les autres à croire en eux-mêmes.

— *Comment*, Baba Vrăja ? demanda Serafina, désespérée. Enseignez-moi comment faire !

— Serafina, ne le vois-tu pas ? répondit la sorcière en tendant le bras par-dessus son bureau pour lui prendre la main. En commençant par croire *en toi-même*.

47

Magdalena, la sorcière des rivières, observa la lézarde en forme d'araignée que Neela venait de créer dans la paroi de la grotte et secoua la tête.

— Tu es morte. Tu l'as loupé… et pas qu'un peu ! Ensuite, ça a été son tour. Et lui ne t'a *pas* ratée.

Neela essuya la goutte de sang qui lui perlait au nez.

— Essaie encore.

— Elle saigne, intervint Serafina. Elle a besoin de faire une pause.

Assise sur le sol de la grotte vide dont les Iele se servaient pour s'exercer au jet de sorts, Sera reprenait des forces. Neela, Ava et Becca se trouvaient avec elle. Ling était auprès d'Abbadon dans l'Incantarium, où elle avait passé une grande partie des quatre derniers jours.

Avant que ce soit au tour de Neela, Magdalena avait appris à Serafina à lancer un apă piatră, un ancien chanvoûtement de protection roumain consistant à dresser un mur d'eau de dix mètres puis à le rendre aussi solide que de la pierre pour se protéger lors d'une attaque. Elle avait réussi à le maintenir pendant deux bonnes minutes, mais l'effort lui avait donné un violent mal de tête.

— Tiens, dit Magdalena en tendant à Neela un morceau de tissu.

— Vous lui en demandez trop, protesta Serafina, inquiète pour son amie.

— Abbadon demandera bien plus d'elle, répliqua la sorcière.

— Ça va, Sera, je vais bien. C'est reparti, dit Neela en fourrant le tissu taché dans sa poche.

D'un battement de nageoire, Magdalena alla se placer à quelques mètres à droite de la fissure. Elle ramassa un caillou et s'en servit pour esquisser sur la paroi rocheuse la silhouette d'un colosse avec des cornes et une grosse tête affreuse. Elle traça un grand X au milieu de son front.

— Juste ici, dit-elle en tapotant la croix. Concentre-toi.

Neela, les yeux fixés sur le sol de la grotte, hocha la tête.

— Vas-y, ma chérie ! lança Ava.

— Pile entre les deux yeux, Neela ! l'encouragea Becca.

— Concentre-toi, dragă, répéta Magdalena.

Neela redressa la tête. Elle fixa son regard sur le X et commença à chanter :

J'appelle à me rejoindre
Les rayons de lumière
Afin de façonner
Une arme meurtrière…

Aussitôt, la lumière émise par les globes de lave de la pièce bondit dans sa direction. Neela s'en empara et la roula en boule, comme elle avait l'habitude de le faire pour les fragor lux. Cette fois, cependant, elle façonna une boule plus petite, plus serrée, plus compacte. Exactement comme Magdalena le lui avait enseigné.

Magie, aide-moi
À vaincre l'obscurité,
Guide ce projectile
Vers l'ennemi ciblé.

Elle poussa un grand cri et projeta le frag avec toute la puissance et la vitesse dont elle était capable. Il percuta le mur dans une grande explosion. Des éclats de roche volèrent à travers la pièce et tout le monde plongea se mettre à l'abri. Lorsque la vase fut retombée, il n'y avait rien d'autre qu'un gros trou à l'endroit où s'était trouvée la tête d'Abbadon.

— Excellent ! s'exclama Magdalena. Joli tir !

— C'était *fantastique* ! dit Becca.

Neela sourit. Une giclée de sang rouge vif jaillit de son nez.

— Neela ! s'écria Serafina.

Elle nagea jusqu'à son amie, tira le tissu de sa poche et le pressa contre son nez.

— C'est bon, tu t'arrêtes maintenant ! La magie est supposée faire éclater la tête d'Abbadon, pas la tienne ! Viens t'asseoir.

En regardant Neela se pincer le nez, Sera réalisa à quel point Vrăja avait raison : elles étaient bel et bien plus puissantes toutes ensemble. Mais leurs nouveaux pouvoirs avaient un prix. Les maux de tête et les saignements de nez n'en étaient qu'une partie. L'entraînement musclé qu'elles suivaient les avait couvertes de bleus et elles étaient percluses de crampes. Ava avait eu mal au ventre à plusieurs reprises, et le poignet cassé de Ling commençait à la faire souffrir affreusement. Elles étaient toutes épuisées. Magdalena, la sorcière appelée à devenir la prochaine obârşie, les aidait chacune à développer les pouvoirs transmis par leurs ancêtres et leur enseignait également quelques vieux sortilèges roumains uniquement connus des Iele. Il leur restait encore beaucoup à apprendre pour pouvoir affronter Abbadon, et bien trop peu de temps pour le faire. Magdalena ne leur accordait que peu de pauses.

— Becca, c'est à ton tour à présent, dit la sorcière. Je veux que tu nous chantes un gros flăcări bien puissant. Invoque-nous un feu d'eau qui déchire !

Becca se leva et nagea jusqu'à l'autre extrémité de la pièce. Elle se plaça de façon à flotter à quelques centimètres seulement du sol de la grotte, puis entonna son chanvoûtement :

Virevoltez autour de moi
En cercles concentriques.
Telle est ma demande,
Ô flammes antiques.

Des langues de feu d'eau, fragiles et vacillantes, s'élevèrent du sol en serpentant, tout droit venues du noyau de la terre, et formèrent un cercle autour d'elle.

Magdalena renifla avec dédain.

— Tu appelles ça un feu d'eau ? Ces flammes ne suffiraient pas à faire chauffer une bouilloire ! Con-cen-tra-tion. Il faut que tu puisses invoquer le feu chaque fois que tu en as besoin. Que se passe-t-il si Abbadon t'attaque et que tu n'es pas capable de faire apparaître les flammes ? Tu meurs. Recommence.

Becca inspira profondément et reprit tout depuis le début. Sa voix était plus forte cette fois-ci, plus ferme aussi :

Virevoltez autour de moi
En cercles concentriques.
Telle est ma demande,
Ô flammes antiques.
Feu bleu incandescent,
Déploie ta chaleur.
Force mon ennemi
À reculer de peur.

Lorsque la dernière note quitta ses lèvres, on entendit comme un grand *frouum !* et le feu d'eau s'éleva subitement sous la forme d'une colonne orange bouillonnante. Elle grimpa jusqu'au plafond de la grotte et Becca disparut au milieu.

Magdalena mit ses mains en porte-voix.

— Becca ? Becca, tu m'entends ? hurla-t-elle. VAS-Y MOLLO !

Tout à coup, le feu s'effondra et les flammes disparurent à nouveau dans le sol. Becca flottait toujours légèrement au-dessus du sol. Elle avait l'air sonné. Ses boucles étaient roussies, sa robe était noircie, et une petite veine avait éclaté près d'un de ses yeux.

— Tes pouvoirs croissent d'heure en heure, dit Magdalena. Mais pas la maîtrise que tu en as, malheureusement.

— Elle a besoin de plus de temps, dit Serafina. Comme nous toutes.

— Vous n'en avez pas. Et je ne peux pas vous en donner davantage, dit Magdalena avec raideur. Ce que je *peux* faire, en revanche, c'est vous aider à canaliser votre magie, si vous le voulez. Ava, c'est à toi ! Je souhaite que tu lances un ochi, tout comme hier. Je voudrais que tu le maintiennes et que tu enchaînes avec un convoca, afin de le montrer aux autres. Tu crois que tu pourras y arriver ?

Ava hocha la tête.

Serafina savait que l'ochi était ce que les Iele utilisaient pour surveiller Abbadon. Ce n'était pas un sortilège facile. Il fallait qu'un gândac – un mouchard – soit placé près de la personne ou de la chose que l'on souhaitait observer pour qu'il s'empare du sortilège et le maintienne sur place. Les coquillages, avec leur aptitude à capturer les sons, étaient ce qui fonctionnait le mieux. Elles avaient toutes essayé de lancer des ochis. Serafina n'avait réussi qu'à voir derrière un coin de mur. Ling avait été capable d'observer l'intérieur du cabinet de travail de Vrăja. L'obârşie avait levé les yeux de son bureau, amusée, et fait un signe de la main. Neela et Becca avaient vu les Malacostraca.

Ava avait pu observer Abbadon en se servant du même gândac que les Iele : un coquillage en or fixé à une chaîne que Sycorax portait autrefois autour du cou. Des générations plus tôt, Abbadon avait frappé le mage à travers les barreaux de la porte et l'avait mortellement blessée. Ses griffes s'étaient prises dans le pendentif et l'avaient arraché. Il avait coulé dans l'eau et la chaîne s'était emmêlée à l'une des barres transversales au bas de la porte. Le coquillage s'y trouvait toujours suspendu, recouvert d'une couche de glace, à l'insu du monstre.

Aujourd'hui, Ava n'avait pu maintenir sa vision d'Abbadon qu'une trentaine de secondes, mais rien que le fait d'y parvenir avait suffi à impressionner Magdalena.

Si l'ochi était difficile à lancer, le convoca – un sortilège de convocation – l'était encore bien plus. C'était ce qu'avait utilisé Vrăja pour les contacter. Magdalena souhaitait le leur enseigner à toutes car, en plus de convoquer les gens, il permettait de communiquer avec eux.

Ava se concentra. Ses yeux ne voyaient plus, mais son esprit en était toujours capable. Sera se demanda ce qu'elle allait essayer de leur montrer. Pas Abbadon, espéra-t-elle.

— Tu l'as ? demanda Magdalena.

Ava hocha la tête.

— Je vais essayer de vous montrer Macapá, ma cité. En guise de gândac, j'utiliserai un des coquillages posés sur le rebord de ma fenêtre, expliqua-t-elle.

— Ambitieux… Ça me plaît ! approuva Magdalena.

Ava entonna son chanvoûtement :

Dieux de l'obscurité,
Que mes prières soient entendues,
Rendez-moi je vous prie
Le don de la vue.
Dieux de la lumière
Vivant dans les hauteurs,

Donnez-moi de voir
Ce lieu cher à mon cœur.

Ava souriait à présent.

Un large fleuve,
Aux flots pressés.
Aidez-moi maintenant
À chanvoûter
Une vision claire
Pour que mes amies
Puissent voir mon foyer,
Où le fleuve finit.

Serafina ferma les yeux et attendit qu'Ava passe de l'ochi au convoca, prête à voir apparaître l'Amazone, le fleuve où son amie avait grandi, dans son esprit. Au lieu de cela, c'est une image d'elle-même qui se matérialisa sous ses paupières. Une fraction de seconde plus tard, une voix résonna dans sa tête :

— Sera ? C'est toi ?

— Ava !

— Oh là ! Je suis dans ta tête, *gatinha* !

— C'est très *bizarre*, Ava.

— Ava ? Sera ?

— Neela ?

— Oui !

— Hé, coucou !

— Becca !

— Oui, c'est moi ! J'entends ta voix, Ava ! Je vous entends toutes les trois !

Une autre voix intervint, celle de Magdalena :

— Eh bien, visiblement, le convoca a fonctionné, puisque Ava est en train de nous parler sans vraiment nous parler, mais l'ochi est complètement raté. Tu étais censée nous montrer quelque chose de très lointain – l'Amazone, c'est ça ? – mais, tout ce que je vois, c'est Sera et elle se trouve juste à côté de moi !

— Attendez une minute ! dit Serafina alors que l'image se faisait beaucoup plus nette. Ce n'est pas la grotte d'entraînement, ça ! Et… mais j'ai *quoi* sur le dos ?

Parée d'une armure, la Serafina de l'image chevauchait un gigantesque hippokampe noir. Elle hurlait des consignes à des soldats afin qu'ils se mettent en position.

Les sirènes ne tardèrent pas à voir pourquoi. À l'autre extrémité du champ, une armée effroyable était en train de se rassembler.

Ava laissa échapper un sifflement grave.

— *Meu deus !* Ces affreux gobelins ont l'air sacrément en colère !

— Des Feuerkumpel, dit Becca, le visage grave.

— Sera, attention ! cria Neela.

Un gobelin s'approchait furtivement dans son dos. Ses cheveux noirs attachés formaient une houppe au sommet de son crâne. Il avait le visage cireux et grêlé de brûlures de lave, des narines mais pas de nez, ainsi qu'une bouche pleine de dents pointues, noires et pourries. Il avait de petits yeux cruels aussi translucides que des méduses. Serafina pouvait voir le réseau de veines qui les parcourait, le sang marron qui pulsait à l'intérieur et, dans le fond, le jaune terne du cerveau du gobelin. Des plaques osseuses dures et noires, ressemblant à de la chitine de crabe, lui recouvraient le corps. Il tenait dans les mains une double hache aux lames courbées comme des croissants de lune. Sous les yeux des sirènes, il la brandit au-dessus de sa tête… avant de l'abattre.

— Non ! cria Ava.

Elle recula précipitamment, comme pour essayer d'échapper à la vision, qui disparut aussi vite qu'elle était apparue.

— *Que diabo !* jura-t-elle à haute voix. C'était quoi, *ça* ?

— Ton don qui gagne en puissance, répondit Magdalena.

— Sûrement pas ! Mon don, c'est la vue. Ça l'a toujours été. Je peux voir la vérité, la réalité de ce qui est.

— Non, Ava. Plus maintenant. Ton ancêtre Nyx voyait non seulement ce qui était, mais aussi ce qui allait être. Il avait le don de prophétie. Tu l'as, toi aussi. C'est juste que tu n'en avais pas encore conscience. C'est la présence des autres qui l'a fait ressortir.

— Alors j'ai vu quelque chose du futur ? demanda Ava.

— C'est ce que je pense, répondit Magdalena.

— Génial ! dit Serafina. Ce qui veut dire qu'on a une bataille contre des gobelins armés de haches qui nous attend… J'en suis ravie ! Parce que, vous voyez, Abbadon tout seul, je trouvais ça un peu léger comme défi à relever.

— Magdalena ! appela quelqu'un depuis le seuil de la porte.

C'était Tatiana, une autre Iele.

— Baba Vrăja souhaite te voir. Tout de suite, ajouta-t-elle, une note de panique dans la voix.

— Qu'est-ce qui ne va pas ? s'inquiéta Magdalena.

— Le capitaine Traho vient de franchir l'embouchure de l'Olt. Le cadavru l'a vu.

— Et alors ? Ce n'est pas la première fois. Ce n'est qu'une escouade d'éclaireurs.

— Il a cinq cents cavaliers de la mort avec lui. *Cinq cents !* répliqua la sorcière, un accent d'hystérie dans la voix.

— Calme-toi, Tatiana. Il ne sait pas où nous trouver, dit Magdalena. Personne ne le sait.

— *Il le sait maintenant.*

C'était Ling. Penchée dans l'entrebâillement de la porte, elle semblait à bout de souffle. Elle avait le visage rouge d'avoir nagé si vite.

— Mais comment est-ce possible ? Qui le lui a dit ? demanda Magdalena.

— Abbadon.

48

— J'avais tout faux ! s'exclama Ling.

Elle pénétra dans la pièce d'un battement de nageoire.

— Depuis tout ce temps, je croyais qu'Abbadon se parlait à lui-même, poursuivit-elle. Le monstre utilise un truc comme deux cents langues différentes ! Et beaucoup d'entre elles sous de très anciennes formes. C'est pour ça qu'il m'a fallu si longtemps pour déchiffrer la grille de lecture. Je veux dire : vous avez déjà essayé de traduire de l'abahatta ancien ?

— Quelle grille de lecture, Ling ? demanda Serafina, alarmée. Qu'est-ce que tu dis ?

— Je dis qu'Abbadon parle, mais pas à lui-même. Il parle de *nous*. Constamment. Je ne l'avais pas vu au début. Comme il n'arrêtait pas de changer de langue, j'avais du mal à le suivre, mais maintenant j'y arrive mieux. Tenez, regardez… J'ai pris en note une bonne partie de ce qu'il a dit.

Elle leur montra un morceau de parchemin. Il était couvert d'écritures.

— Six enfants envoyées par la sorcière pour combattre Abbadon… Petites sirles effrayées… stupides et faibles… Elles ne trouveront pas les talismans… Elles vont mourir… Leurs royaumes tomberont… et Abbadon sera de retour… lut-elle à haute voix.

Elle leva les yeux du parchemin et poursuivit :

— Il entend *tout* ce qui se dit dans ces grottes. Il a prononcé nos *noms*, l'endroit d'où l'on vient, le nom de nos ancêtres mages, les pouvoirs de chacune. Il parle de tout ce dont on a discuté ces derniers jours. Même des repères – ceux que Vrăja nous a donnés pour venir jusqu'ici ! Il parle des Malacostraca, parce qu'on les a mentionnées à un moment et qu'il nous a entendues.

— Oh non, murmura Becca.

— Regardez, vous voyez ce mot, là ? *Kýrios.* Et ceux-là ? *Zhŭ… stăpân… dominus.* Ils veulent tous dire la même chose : *maître.* Il s'adresse à Traho, à Kolfinn ou à qui que ce soit qui essaie de le libérer. Et il lui raconte absolument *tout.*

— Ce qui signifie qu'il sait où nous sommes, dit Serafina, l'estomac noué par la peur.

— Et comment venir jusqu'ici, ajouta Becca.

— Si les cavaliers de la mort trouvent l'entrée de ces grottes… commença Neela.

— Tu veux dire *quand* ils la trouveront. Si Abbadon a indiqué les repères à Traho – le Saut de la Pucelle, les ossements, les eaux des Malacostraca – ce n'est plus qu'une question de temps !

— Vous devez vous en aller, intervint Magdalena. Il y a un tunnel sous nos grottes. Il vous conduira à plusieurs lieues d'ici en direction du sud, loin de Traho et de ses soldats. Rassemblez vos affaires et rejoignez-moi dans le cabinet de travail de Vrăja.

La sorcière disparut, filant à toute nageoire derrière Tatiana.

Serafina sentit une colère sourde s'éveiller au fond de son cœur, tel un feu d'eau venu des profondeurs de la terre, et en chasser toute peur. Traho les forçait encore à s'enfuir ! Il l'avait arrachée à son foyer, à la sécurité du palazzo du duca, à Blu… Et maintenant il allait l'arracher à ses nouvelles amies alors qu'elles venaient à peine de se trouver ?!

— Elle a raison, dit Ling. Mieux vaut être loin d'ici quand Traho viendra frapper à la porte.

— Non. Oublie ça. Je ne pars pas. Pas comme ça ! dit Serafina, la voix pleine de défi.

— Mais on ne peut pas rester ! protesta Becca.

— On va partir, mais pas tout de suite. D'abord, donnons à Abbadon un vrai sujet de conversation.

— Comme quoi ?

— Un serment de sang.

— Non !? dit Ling. *Tu es sûre de toi ?*

— Certaine.

— C'est un chant obscur, Sera ! s'exclama Ava. Un canta malus !

— Nous vivons des heures sombres et obscures, répliqua Serafina.

On racontait que le canta malus était un cadeau empoisonné que Morsa avait offert au peuple mer pour tourner en dérision les cadeaux de Neria. L'invocation de certains sorts malus était passible de prison, comme c'était le cas des clepios, utilisés pour voler, de l'habeo, qui permettait de prendre le contrôle du corps ou de l'esprit de quelqu'un, du nocérus, utilisé pour blesser, ou encore du chanvoûtement nex, qui servait à tuer.

— Ce sont les hors-la-loi qui utilisent les serments de sang, d'habitude, dit Becca. Pour s'assurer qu'ils ne se trahiront pas.

— Traho a fait de nous des hors-la-loi, répliqua Serafina.

— Un serment de sang, c'est pour toujours, rappela Ava. Si tu le brises, tu meurs.

— Je sais ça, dit Sera. Je veux montrer à Traho que nous sommes déterminées et que nous le sommes toutes. Abbadon nous a traitées de plein de choses. Il a raison sur un point : nous avons peur. Mais nous ne sommes ni stupides ni faibles. Nous ne sommes plus des enfants et nous n'abandonnerons pas. Je ne sais toujours pas comment nous allons faire. Je ne sais pas comment utiliser tous mes pouvoirs. Je ne sais même pas comment empêcher le nez de Neela de saigner, mais il y a une chose que je sais : je me battrai jusqu'à la mort avec vous, et pour vous ! Il est temps qu'Abbadon, Traho et toutes ces raclures des bas-fonds de cavaliers de la mort le sachent, eux aussi !

— Je suis pour, dit Ling, à cent pour cent !

— Moi aussi ! dirent Becca et Neela d'une seule voix.

— Compte sur moi, ajouta Ava. On le fait quand ?

— Maintenant, répondit Serafina.

— Où ? demanda Becca.

— Dans l'Incantarium. Près du feu d'eau. Je veux être sûre qu'Abbadon nous entende. De façon claire et précise.

49

— Hé, je peux t'emprunter ça ? Merci !

D'un rapide sort magnitis, Ling s'empara de la hallebarde du garde avant qu'il ait le temps de comprendre ce qui se passait. Alors qu'il observait encore ses mains vides en clignant des yeux, elle pénétra d'un battement de nageoire dans l'Incantarium, se faufila à l'intérieur du cercle des incanti en passant sous les bras de deux d'entre elles, et planta le fer de hache dans le feu d'eau. Serafina et les autres pénétrèrent dans la pièce à sa suite. Bébé fermait le cortège.

— Hé ! Hé, le cafteur ! Réveille-toi ! hurla Ling en faisant trembler l'image ondoyante du Carceron.

— Puissante Neria ! Qu'est-ce que vous faites ? s'écria une incanta. Vous allez vous faire tuer !

— Il y a de fortes chances, oui, répliqua Ling.

Elle regarda à travers les grilles du Carceron. L'intérieur était plongé dans les ténèbres.

— Hé ! cria-t-elle. Tu m'entends, minable sac à vase ? Alors écoute ça ! On va faire un serment. Un serment de sang. T'as entendu ? J'ai dit un SERMENT DE SANG, monstre à la noix ! Va raconter *ça* à ton patron !

Elle s'éloigna du feu d'eau et attendit. Serafina sentait son cœur tambouriner dans sa poitrine. Au début, il n'y eut rien d'autre que le silence, puis un grondement sourd se fit entendre. Quelques secondes plus tard, quelque chose se mit à bouger dans les ténèbres. Un bras jaillit entre les barreaux, puis deux autres. Ils se frayèrent un chemin à travers l'ochi et le feu d'eau, jusque dans l'Incantarium. Les mains s'ouvrirent telles des fleurs marines noires et macabres, et les yeux nichés aux creux des paumes fixèrent les sirènes.

— Tu regardes bien, mon petit ? Alors ne bouge pas. Et voyons qui est le plus faible de l'histoire.

Ling s'éloigna encore du feu d'eau et se débarrassa de la hallebarde. Les autres l'attendaient.

— Vous voilà ! s'écria Magdalena, à bout de souffle. Je dois vous sortir d'ici et vous conduire jusqu'au tunnel. Ce sont les ordres de Baba Vrăja ! On doit toutes partir, excepté les incanti. Si on fait vite, on pourra rejoindre le Dunărea avant la tombée de la nuit.

Les sirènes l'ignorèrent et Serafina sortit la dague de sa poche.

— Vous m'avez entendue ? dit Magdalena. On doit partir !

Serafina leva la dague dans sa main droite et ouvrit la gauche, paume vers le ciel. Sans la moindre hésitation, elle fit courir la lame dans le creux de sa main. Son sang s'éleva en volutes à travers les eaux et elle se mit à chanter. D'une voix claire et forte. Chargée de tout ce qu'elle portait en elle :

Abbadon, ton heure est venue.
Voici le serment des élues :
Goutte après goutte, notre sang est mêlé,
Nos vies et destins à jamais liés.

Abbadon émit un grondement menaçant et d'autres mains apparurent. Sera était consciente qu'il aurait pu la frapper sans la moindre difficulté. Mais il n'en fit rien. Abbadon voulait voir ce que les sirles étaient en train de faire, pour tenir son maître au courant. *Parfait*, songea Serafina.

Neela prit la dague à son tour et se trancha la paume de la main. Son sang s'éleva dans l'eau. Elle posa la main sur celle de Serafina et chanta :

Notre sort est puissant, et bientôt notre sang
Viendra endiguer le flot débordant
Des maléfices d'Orfeo et de sa créature bestiale
Qui s'éveille à présent sur sa couche glaciale.

Becca suivit Neela. Abbadon poussa un cri aigu et secoua les barreaux du Carceron.

Ensemble, nous trouverons les talismans
Qui appartenaient aux six Puissants,
Dissimulés sous des eaux délétères
Suite au duel entre ténèbres et lumière.

Ava prit la suite :

Ces objets ne seront pas rassemblés
Dans la colère, l'envie ou la rage.
Mais avec audace, confiance et témérité
Pour occire la destruction dans sa cage.

Ling fut la dernière. Elle grimaça en saisissant la dague de sa main blessée, puis trancha la paume de sa main saine. Son sang fit des volutes dans l'eau, puis elle recouvrit la main d'Ava et conclut le chanvoûtement :

Venues jusqu'ici par les mers et les rivières
Avec un objectif juste et audacieux,
Nous jurons de chasser le mal et la guerre
De notre foyer : la belle et grande bleue.

Tandis que les dernières notes du chanvoûtement s'élevaient, le sang des cinq sirènes tourbillonna sous la forme d'une hélice pourpre et alla s'enrouler autour de leurs mains. Comme la mer tirant à elle les vagues à marée basse, leurs chairs exigèrent le retour du sang. Et c'est ce qu'il fit, tournoyant à travers l'eau avant de regagner l'intérieur de leurs blessures. Les entailles se refermèrent, comme guéries, mais une cicatrice resta visible dans chacune de leurs paumes, comme pour leur rappeler que toutes portaient désormais en elles le sang des autres.

Sera sentait ce nouveau sang en elle. Elle l'entendait chanter dans ses veines et rugir dans son cœur. Il la rendait plus forte et plus courageuse qu'elle ne l'avait jamais été. Neela, Ling, Becca et Ava étaient plus que des amies à présent, elles étaient des sœurs, pour toujours liées à elle par le sang.

La quête que leur avait confiée Vrăja n'était pas terminée ; elle ne faisait que commencer. Sera ignorait si elles ressortiraient vivantes des ténèbres et du danger qui les attendaient, mais elle savait qu'elles étaient prêtes à donner tout ce qu'elles étaient et tout ce qu'elles possédaient – y compris leur vie – pour vaincre le mal tapi dans l'océan Austral.

Elle pouvait voir leur détermination dans le regard plein de défi de Ling, dans la façon provocatrice qu'avaient Ava de pencher la tête et Becca de se tenir parfaitement droite, ou encore dans l'éclat dont Neela était auréolée.

Ling s'éloigna du groupe et nagea jusqu'au feu d'eau. Abbadon se rapprocha des barreaux.

— Ça va, tu en as vu assez, monstre à la noix ? demanda-t-elle. Tu n'a rien loupé de notre serment de sang ? Alors vas-y :

préviens ton maître, maintenant ! Tu as beaucoup de choses à lui dire, cette fois.

Mais Abbadon ne bougea pas.

Becca rejoignit Ling et entonna un puissant flăcări. Le feu d'eau se mua en un mur de flammes incandescentes qui déferlèrent entre les barreaux du Carceron. Abbadon rugit, gesticula comme un forcené face aux flammes, puis courut s'abriter dans les profondeurs de sa prison. Sa voix s'estompa peu à peu, jusqu'à ce qu'elles ne l'entendent plus du tout.

— C'est bon, vous avez fini ? demanda Magdalena. Vous *devez* sortir d'ici. Il nous reste très peu de temps !

— Ce n'est plus possible. Les tunnels sont scellés à présent. Les grottes sont vides. Tout le monde est parti à l'exception des personnes présentes dans cette pièce.

C'était Vrăja. Une sacoche en bandoulière, elle s'empressa de verrouiller les portes de l'Incantarium.

— Au nom des dieux, pourquoi êtes-vous encore là ? poursuivit-elle. On vous avait dit de partir !

— Nous avons chanvoûté un serment de sang. Sous les yeux d'Abbadon, expliqua Serafina. On a juré de trouver les talismans, de déverrouiller le Carceron et de le tuer. Le serment ne peut être brisé que par la mort !

— Ce qui risque d'arriver plus tôt que vous ne le pensez si vous ne partez pas *tout de suite*, répliqua la sorcière.

— Comment ? demanda Becca. Vous venez de verrouiller les portes !

Vrăja nagea jusqu'à l'autre extrémité de la pièce. Un objet de grande taille était appuyé contre un mur, recouvert d'un drap noir. Serafina ne l'avait pas remarqué auparavant. Vrăja tira sur le tissu, qui, en tombant, laissa apparaître un grand miroir.

— J'ai lancé un baricadă, un puissant sort d'obstruction. Il les retiendra le temps que vous vous enfuyiez à travers le miroir.

L'obârşie finissait à peine de parler lorsque le bruit d'une gigantesque explosion leur parvint du dessus. Des ondes de choc se propagèrent dans l'eau.

— Ils sont là, dit Vrăja.

Pour la première fois, Serafina lut de la peur dans ses yeux.

— Mais ils se trouvaient encore à l'embouchure de l'Olt il y a à peine quelques minutes ! s'exclama Becca en jetant un regard paniqué vers la porte. Il faut beaucoup plus que quelques minutes pour atteindre ces grottes !

— J'imagine que Traho sait se servir d'un presto. La plupart des chefs militaires mer savent comment accélérer le déploiement de leurs troupes. Allez, dans le miroir maintenant ! Dépêchez-vous !

— Allons-y toutes ensemble, suggéra Neela. L'union fait la force.

— Non, vous ne devez pas voyager ensemble, répliqua Vrăja. On ne peut pas prendre le risque que vous soyez capturées toutes les cinq.

Un martèlement brutal et sourd se fit soudain entendre. Traho se tenait de l'autre côté de la porte.

Serafina se rappela qu'elle était en fer et donc imperméable à la magie. Il allait falloir qu'il la défonce.

— Prenez ça, dit Vrăja en fouillant dans sa sacoche.

Elle en tira des fioles qu'elle leur distribua.

— C'est de la potion de Moïse, sécrétée par la sole de Moïse de mer Rouge. Les requins la détestent. Les cavaliers de la mort aussi, peut-être. Et voilà des galets de quartz envoûtés avec des sorts de transparence. Ainsi que des bombes d'encre. Rudimentaires, mais très efficaces. Elles m'ont tirée d'affaire plus de fois que je ne peux m'en souvenir.

Fouillant encore dans sa sacoche, Vrăja en tira une pleine poignée de scarabées morts et en donna à chaque sirène.

— J'aurais aimé vous enseigner les secrets du voyage en miroir, mais nous n'en avons pas le temps. Dès que vous serez dans le liquide argenté, secouez les scarabées. Il y a des poissons d'argent dans le miroir – de grandes créatures très rapides – et ils en sont friands. L'un d'eux viendra à vous. Dites-lui où vous avez besoin d'aller et il vous y conduira. Avec un peu de chance, vous quitterez le royaume de Riorim avant même qu'il sache que vous y étiez. Neela, vas-y la première.

— Mais, Baba Vrăja, je ne suis pas du tout prête pour ça ! dit-elle en fourrant les scarabées dans sa poche.

Les martèlements s'intensifièrent.

— File, mon enfant !

— Comment va-t-on se contacter ? demanda Neela.

— Un convoca. Le miroir. Un pélican, si nécessaire.

Sera se jeta au cou de son amie et la serra de toutes ses forces.

— N'aie pas peur, Neels, lui dit-elle. Rien ni personne ne saurait être *imbattable* comme toi.

Becca plongea à sa suite, puis ce fut au tour d'Ava et de Bébé, et enfin à celui de Ling. Sera eut l'impression que chacune emportait un morceau de son cœur avec elle. La porte de fer grinça sous les martèlements des troupes de Traho. Elle pouvait entendre leurs voix lui parvenir de l'autre côté des battants. Une charnière se décrocha dans un crissement déchirant.

— C'est à ton tour, Sera ! dit Vrăja en l'attirant contre elle pour l'embrasser. Je ne te reverrai peut-être pas. Pas dans cette vie.

— Non, Baba Vrăja, ne dites pas ça, *s'il vous plaît* !

— Bon voyage, mon enfant. Tu portes désormais les espoirs de toutes les eaux du monde. Trouve les talismans. Tue le monstre. Avant que le rêve s'achève et que démarre le cauchemar.

Une autre charnière céda et la porte s'effondra sous le poids des soldats.

— Va-t'en ! cria Vrăja.

Serafina plongea dans le miroir et le liquide argenté se referma sur elle. Elle regarda en arrière, les yeux pleins de larmes, juste à temps pour voir un flot de cavaliers de la mort envahir l'Incantarium. Juste à temps pour voir Traho briser le cercle.

Juste à temps pour voir Vrăja ramasser une pierre et fracasser le miroir.

ANNEXES

CORAUX GÉNÉALOGIQUES

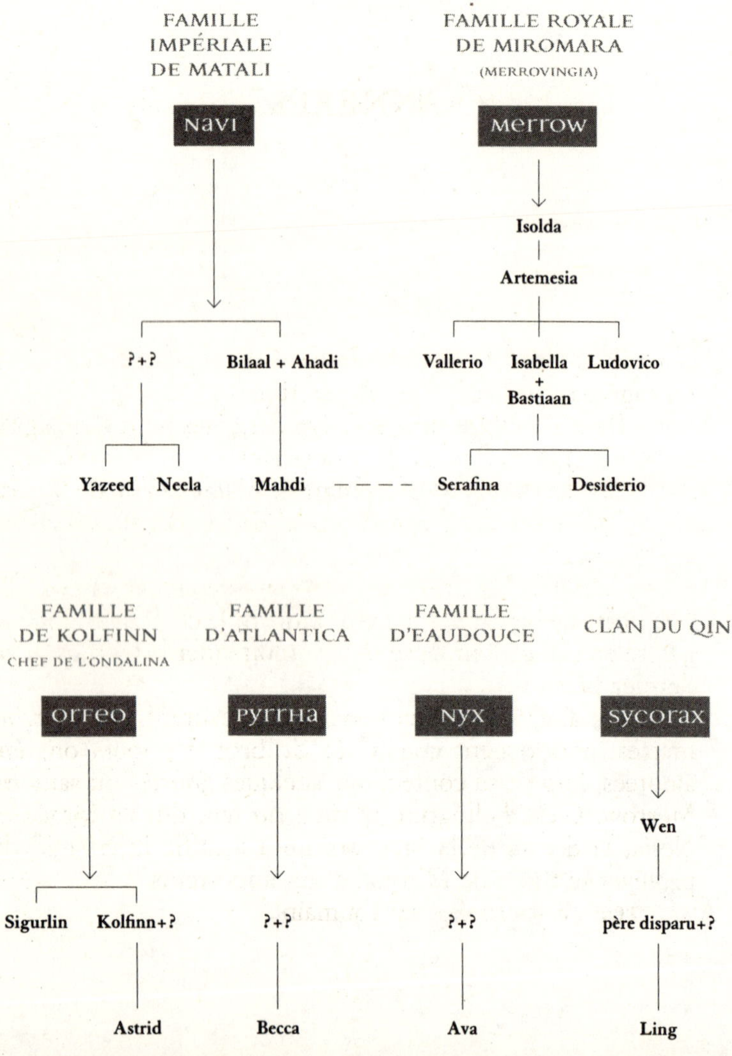

GLOSSAIRE

ABBADON : monstre colossal créé par Orfeo, puis vaincu et mis en cage dans les eaux de l'Antarctique.

ACQUA BELLA : village situé au large des côtes de la Sardaigne.

ACQUA GUERRIERI : soldats miromarains.

AHADI, IMPÉRATRICE : co-souveraine de Matali ; mère de Mahdi.

AKMAL, AMBASSADEUR : chaperon de Mahdi lors de ses visites en Miromara.

ALFRED VENOM TREEBOT : pire terragogg qui soit. Il possède une flotte de bateaux qui, en pratiquant le chalutage et la palangre en eau profonde, semble vouloir vider la mer jusqu'au dernier poisson.

ALÍTHEIA : araignée de mer venimeuse mesurant plus de trois mètres, entièrement constituée de bronze auquel ont été ajoutées, lors de sa confection, quelques gouttes du sang de Merrow. C'est Bellogrim, le dieu du feu, qui l'a forgée et Neria, la déesse de la mer, qui lui a insufflé la vie afin de protéger le trône de Miromara des imposteurs.

AMĂGITOR : « sournois » en roumain.

AMPHOBOS : langue des amphibiens.

ANARACHNA : « araignée » en miromarain.

ANNE BONNY, SAYYIDA AL-HURRA ET JACQUOTTE DELAHAYE : célèbres femmes pirates des XVIIIe, XVIIe et XVIe siècles.

APĂ PIATRĂ : ancien chanvoûtement de protection roumain qui permet de dresser un mur d'eau de dix mètres assez compact pour servir de bouclier.

ĀPARĀDHIKA : « criminel » en matalin.

APATEÓN : « sournois » en grec.

AQUABA : village mer situé près de l'embouchure du Dunărea.

ARMANDO CONTORINI : duca di Venezia, chef des Praedatori (dit Karkharias, le Requin).

ARTIMER : équivalent mer d'un artisan.

ASTRID : jeune sirle, fille de Kolfinn, dirigeant de l'Ondalina.

ATLANTE : de l'Atlantide.

ATLANTICA : nation mer située dans l'océan Atlantique.

ATLANTIDE : ancienne île paradisiaque de la Méditerranée où vivaient les ancêtres des Mer. Six mages la gouvernaient avec sagesse et compétence : Orfeo, Merrow, Sycorax, Navi, Pyrrha et Nyx. Lorsque l'île a été détruite, Merrow a sauvé les Atlantes en priant Neria de les transformer de façon à ce qu'ils puissent survivre sous l'eau.

AVA : jeune sirle d'Eaudouce venue de l'Amazone. Bien qu'aveugle, elle arrive à percevoir certaines choses.

AVARUS : poisson-scorpion et animal de compagnie de Lucia Volnero.

BABA VRĂJA : aînée (obârşie) des Iele, les sorcières des rivières.

BACO GOGA : triton aux allures d'anguille qui a capturé Serafina et Neela pour le compte de Traho.

BARICADĂ : puissant sort d'obstruction.

BARTOLOMEO, CONTE : ministre le plus ancien et le plus sage de la regina Isabella.

Bastiaan, principe consorte : époux de la regina Isabella et père de Serafina, héritier de la Maison des Kaden, originaire de la mer de Marmara.

Baudel's : boutique de chantperles où Becca travaille comme relieuse de sorts.

Bébé : piranha et poisson-guide d'Ava.

Becca : jeune sirle d'Atlantica.

Bellogrim : dieu du feu.

Bianca di Remora : dame d'honneur de Serafina.

Bilaal, empereur : co-souverain de Matali ; père de Mahdi.

Bing-bang : bonbon matalin.

Bioluminescent : créature marine qui produit et émet sa propre lumière.

Blu, Grigio et Verde : trois Praedatori qui aident Neela et Serafina à s'échapper des griffes de Traho.

Bolla : sort permettant de glisser un message oral dans une bulle d'air.

Boru : trompette de parade, longue et fine.

Caballabong : sport qui se pratique à dos d'hippokampe, comparable au polo des humains.

Cadavru (voir aussi Pourriture) : dépouilles humaines douées de vie mais dépourvues d'âme. Les Iele s'en servent comme sentinelles.

Canta magus (plur. magi) : mage miromarain, gardien de la magie.

Canta malus : chant obscur. Cadeau empoisonné offert par Morsa au peuple mer pour tourner en dérision les présents de Neria.

Canta mirus : chant extraordinaire.

Canta prax : chant simple. Les prax sont des sorts d'usage pratique, utiles au quotidien et à la survie des Mer : sorts de camouflage, d'écholocation, pour se déplacer plus vite ou pour épaissir un nuage d'encre. Même les Mer les moins doués en magie sont capables d'en lancer.

CARCERON : prison de l'Atlantide dont le verrou ne s'ouvre qu'en présence des six talismans. Il se trouve désormais quelque part au milieu de l'océan Austral.

CASSIO : dieu du firmament.

CAVALIERS DE LA MORT : soldats de Traho se déplaçant sur des hippokampes noirs.

CERULEA : cité royale de la Miromara où vit Serafina.

CHANT DE SANG : volute de sang que l'on tire de son propre cœur pour rendre visibles à d'autres certains de ses souvenirs.

CHANTPERLES : perles dans lesquelles sont insérés toutes sortes de sortilèges.

CHANVOÛTEMENT : élément de base de la magie mer. Sortilège qui utilise la voix comme vecteur et le chant comme amplificateur.

CHILLAWONDA : bonbon matalin.

CIRCÉ : sorcière qui vivait en Grèce antique.

CLEPIO : sort malus utilisé pour voler.

CLIO : hippokampe de Serafina.

CONFUTO : sort prax qui donne aux humains l'apparence de fous lorsqu'ils parlent du peuple mer.

CONQUE : coquillage dans lequel on enregistre des informations pour les stocker.

CONSEIL DES SIX EAUX : réunion exceptionnelle rassemblant tous les gouvernants des océans.

CONVOCA : chanvoûtement dont on peut se servir pour convoquer des personnes ou communiquer avec elles.

COSIMA : petite sirle membre de la cour de Serafina. Surnom : Coco.

DAVUL : sorte de grosse caisse fabriquée à partir d'un bénitier géant et dont on joue à l'aide de baguettes en os de baleine.

DEFLECTO : sort permettant de chanvoûter un bouclier de protection.

DELPHUS : langue des dauphins.

DEPULSIO : sort servant à déplacer les objets.

DÉRIVER EN BANC : activité dangereuse pratiquée par les jeunes Mer en quête de sensations fortes, qui consiste à se laisser porter par un banc de poissons, l'esprit vide. Ainsi déconnecté de la réalité qui l'entoure, la sirle ou le triçon se retrouve à la merci des prédateurs et des filets de pêche.

DESIDERIO (DES) : grand frère de Serafina.

DOKIMÍ : « test » en grec. Une cérémonie au cours de laquelle l'héritière du trône miromarain doit prouver qu'elle est une véritable descendante de Merrow en versant son sang en présence d'Alítheia, l'araignée de mer. Elle doit ensuite pratiquer un chanvoûtement, prononcer ses vœux de fiançailles et jurer de donner un jour une fille au royaume.

DONNAS : dames de compagnie et dames d'honneur de Serafina.

DRACDEMARA : langue des poissons-chats.

DRAGĂ : « ma chérie » en roumain.

DUCHI DI VENEZIA : duché créé par Merrow pour protéger la mer et tous ses habitants des terragoggs.

DUNĂREA : nom roumain du Danube.

EAUDOUCE : nation mer regroupant les fleuves, rivières, lacs et mares du monde, ou Mer habitant l'Eaudouce.

ÉCUM : monnaie du peuple mer comprenant le trocus d'or (plur. trocii), la drupe d'argent et la porcelaine de cuivre. Les doublons en or servent d'écum parallèle pour le marché noir.

ELYSIA : capitale de l'Atlantide.

FER : métal imperméable à la magie.

FEU D'EAU : feu magique – le fameux waterfire dont la saga porte le nom – utilisé pour enfermer ou circonscrire quelqu'un ou quelque chose.

FEUERKUMPEL : mineurs gobelins formant l'une des tribus kobold. Ils extraient le magma de gisements enfouis sous la mer du Nord. La lave ainsi obtenue permet aux Mer de s'éclairer et de se chauffer.

FILOMENA : cuisinière du duca Armando.

FLĂCĂRI : sort permettant d'invoquer un feu d'eau.

FORBANS : jeunes Mer en rébellion contre la société qui s'habillent comme des pirates.

FOSSEGRIM : liber magus de la Miromara, gardien du savoir.

FRAGOR : dieu de l'orage.

FRAGOR LUX (FRAG) : sort pour façonner une bombe de lumière.

GALERIE DES SOUPIRS : immense galerie pleine de miroirs où Serafina et Neela rencontrent Riorim Erissem.

GÂNDAC : mouchard posé près de la personne ou de la chose que l'on souhaite observer. Son rôle consiste à s'emparer du sort ochi et à le maintenir sur place.

GLOBE DE LAVE : lampe dont la source de lumière est obtenue à partir de magma extrait, raffiné et transformé en lave blanche par les Feuerkumpel.

GRIFFES-NOIRES : dragons dont se sont servies les troupes qui ont attaqué Cerulea.

GROTTA : équivalent mer d'une salle de bains.

GUERRE DE LA CRÊTE DE REYKJANES : conflit qui a opposé l'Ondalina et la Miromara lorsque l'arrière-grand-mère de Serafina, la regina Isolda, était au pouvoir. Elle s'est achevée par la victoire de la Miromara et la promulgation du permutavi.

GUERRIERS DE L'ONDE : humains qui se battent pour préserver les océans et leurs habitants.

HABEO : sort malus utilisé pour prendre le contrôle de l'esprit ou du corps de quelqu'un.

HIPPOKAMPE : créature mi-cheval, mi-serpent dont les yeux ressemblent à ceux d'un reptile.

HÖLLEBLÄSER : souffleurs de verre gobelins formant l'une des tribus kobold.

IELE : sorcières des rivières.

ILLUMINATA : sort pour créer de la lumière.

ILLUSIO : sort servant à se déguiser.

INCANTA (plur. INCANTI) : sorcière des rivières en charge de la psalmodie.

INCANTARIUM : pièce où les incanti surveillent et contrôlent Abbadon à l'aide d'un feu d'eau et d'une psalmodie.

ISABELLA, SERENISSIMA REGINA : souveraine de Miromara ; mère de Serafina.

JANIÇARI : garde personnelle de la regina Isabella.

JANTEESHAPTA : bonbon matalin.

KALUMNUS : membre de la famille Volnero qui a essayé d'assassiner Merrow.

KANJAYWOOHOO : bonbon matalin.

KARKHARIAS : le Requin, chef des Praedatori.

KOBOLD : tribus de gobelins vivant dans la mer du Nord.

KOLEGIO : équivalent mer d'une université.

KOLFINN, AMIRAL : gouverneur de l'Ondalina.

KOLISSEO : énorme théâtre de pierre à mer ouverte datant de l'époque de Merrow, situé à l'extérieur des murs de Cerulea.

LAGUNE : étendue d'eau qui baigne la cité humaine de Venise où il est interdit aux Mer de s'aventurer.

LAGUNIEN : habitant de la Lagune.

LANDES DE THIRA : étendue d'eau peuplée d'Opafago qui entoure l'Atlantide.

LENA : sirène d'Eaudouce – et propriétaire d'un grand nombre de poissons-chats – qui aide Serafina, Neela et Ling à se cacher de Traho.

LIBER MAGUS : mage miromarain, gardien du savoir.

SERMENT DE SANG : chanvoûtement au cours duquel le sang de différents mages se mélange pour former un lien indestructible et leur permettre de partager leurs compétences.

LING : jeune sirle originaire du royaume du Qin. C'est une omnivoxa.

LIQUESCO : sort qui liquéfie les objets.

LOQUORO : sort qui permet de comprendre momentanément la langue de son interlocuteur.

LUCIA VOLNERO : dame d'honneur de Serafina. Membre de la lignée Volnero, une famille noble aussi ancienne et presque aussi puissante que celle des Merrovingia.

MAGDALENA : sorcière des rivières, future obârşie des Iele, qui aide les sirènes à maîtriser leurs pouvoirs.

MAGNITIS : sort permettant d'attirer les objets à soi.

MAHDI : prince héritier de Matali, futur fiancé de Serafina ; cousin de Yazeed et de Neela.

MALACOSTRACA : écrevisses géantes qui gardent l'entrée menant aux grottes des Iele.

MORGANE : type de sirènes dont les origines se perdent dans l'écume de l'histoire et auxquelles leur physique et leur voix, hors du commun, donnent le pouvoir d'envoûter hommes et tritons.

MARKUS TRAHO, CAPITAINE : chef des cavaliers de la mort.

MARSOUINE : langue des marsouins.

MATALI : royaume mer situé dans l'océan Indien. De simple avant-poste implanté au large des Seychelles, la Matali est devenue un gigantesque empire qui s'étend jusqu'aux eaux africaines à l'ouest, à la mer d'Arabie et au golfe du Bengale au nord, et aux rivages de la Malaisie et de l'Australie au sud.

MATALIN(E) : de Matali.

MEHTERBAŞ I : chef des Janiçari.

MERLANGUE : langue commune du peuple mer.

MERROVINGIA : descendants de Merrow.

MERROVINGIEN(NE) : relatif à la famille des Merrovingia.

MERROW : mage faisant partie des Six Souverains Originels de l'Atlantide, ancêtre de Serafina. Première souveraine du peuple mer, elle est l'auteur des premiers chanvoûtements et de nombreux décrets, y compris ceux établissant les règles du Dokimí.

MIROMARA : royaume dont Serafina est originaire. Il comprend toute la Méditerranée, les mers Adriatique, Égée, Baltique, Ionienne, Ligure et Tyrrhénienne, les mers de Sardaigne, des

Baléares, de Marmara et de Libye, mais aussi la mer Noire, la mer d'Azov ainsi que les détroits de Gibraltar, des Dardanelles et du Bosphore.

MIROMARAIN(E) : de la Miromara.

PILOŢII MORŢILOR : cavaliers de la mort.

MORSA : ancienne déesse des pillards et des charognards dont le rôle consistait à emporter les corps des défunts. Elle avait prévu de renverser Neria avec une armée de morts. La déesse de la mer l'a punie en lui donnant le visage de la mort et le corps d'un serpent, puis l'a bannie.

NAVI : mage faisant partit des Six Souverains Originels de l'Atlantide, ancêtre de Neela.

NEELA : princesse mataline, meilleure amie de Serafina, sœur de Yazeed et cousine de Mahdi. C'est une bioluminescente.

NERIA : déesse de la mer.

NEX : canta malus ou chant obscur utilisé pour tuer.

NOCÉRUS : canta malus ou chant obscur utilisé pour blesser.

NYX : mage faisant partie des Six Souverains Originels de l'Atlantide, ancêtre d'Ava.

OBÂRŞIE : chef des Iele.

OCÉAN AUSTRAL : étendue d'eau qui baigne l'Antarctique.

OCHI : puissant sort d'espionnage pour lequel il faut placer un gândac (un mouchard) près de la personne ou de la chose que l'on souhaite observer.

OLT : rivière de Roumanie où habitent les Iele.

OMNIVOXA (OMNI) : mer qui a la capacité naturelle de parler tous les dialectes dérivés de la merlangue et de communiquer avec les creatures marines.

ONDALINA : nation mer située dans les eaux de l'Arctique.

ONDALINIEN(NE) : de l'Ondalina.

OPAFAGO : Mer cannibales qui vivaient en Miromara jusqu'à ce que Merrow parvienne à les repousser dans les Landes de Thira, l'étendue d'eau baignant les ruines de l'Atlantide.

ORFEO : mage faisant partie des Six Souverains Originels de l'Atlantide, ancêtre d'Astrid.

ORSINO, CONTE : ministre de la Défense miromarain.

OSTROKON : équivalent mer d'une bibliothèque.

PÉRIPLE DE MERROW : dix ans après la destruction de l'Atlantide, Merrow a écumé les océans du monde à la recherche de régions que les Mer pourraient coloniser sans danger.

PERLE DE TRANSMERENCE : perle dans laquelle est inséré un chanvoûtement d'invisibilité.

PERMUTAVI : pacte liant l'Ondalina et la Miromara, promulgué après la guerre de la crête de Reykjanes et prescrivant l'échange des enfants des deux dirigeants.

PESCA : langue parlée par certaines espèces de poissons.

PORTIA VOLNERO : mère de Lucia, l'une des dames d'honneur de Serafina. Elle aurait voulu épouser Vallerio, l'oncle de Serafina.

POURRITURE (voir aussi CADAVRU) : dépouilles humaines douées de vie mais dépourvues d'âme.

PRAEDATORI : bandits de grands courants détroussant les voyageurs. Peut-être davantage…

PRAESIDIO : demeure vénitienne du duca Armando.

PRESTO : sort permettant de se déplacer plus vite.

PYRRHA : mage faisant partie des Six Souverains Originels de l'Atlantide, ancêtre de Becca.

QIN : nation mer située dans l'océan Pacifique dont Ling est originaire.

QUEUE DU DIABLE : bosquet épineux protecteur qui flotte au-dessus de Cerulea.

RAIE-LECTE : langue des raies manta.

REGGIA : ancien palais de Merrow.

RELIEUR DE SORTS : artimer talentueux capable d'insérer un sort dans un objet.

REQUIN-LIMIER : requin très doué pour suivre une piste.

Révolte de la Frontière : tentative de coup d'État menée par Livilla Volnero contre les Merrovingia il y a deux mille ans.

Riorim Erissem : maître du Vadus, le royaume des miroirs.

Robus : sort permettant de renforcer un objet.

Rursus : langue parlée au Vadus, le royaume des miroirs.

Roussalka : fantômes de jeunes humaines mortes noyées après s'être jetées dans une rivière à cause d'une peine de cœur.

Sabregueules : dragons redoutables et emblèmes de la Matali.

Scorpion des mers arctiques : poisson arctique venimeux.

Sejanus Adaro : mari de Portia Volnero, décédé un an après la naissance de Lucia.

Serafina : principessa di Miromara.

Shokoreth : « sournois » en arabe.

Sirle : équivalent de « fille » en merlangue.

Six Souverains Originels : mages qui gouvernaient l'Atlantide.

Stilus : sort qui fait apparaître des pointes à la surface d'une boule d'eau.

Suma : gouvernante de Neela.

Sycorax : mage faisant partie des Six Souverains Originels de l'Atlantide, ancêtre de Ling.

Sylvestre : pieuvre et animal de compagnie de Serafina.

Tajdar : ministre des Affaires étrangères de la Matali.

Talisman : objet aux propriétés magiques.

Tavia : gouvernante de Serafina.

Terragoggs (Goggs) : humains. Jusqu'à présent, ils n'ont jamais réussi à franchir les sortilèges de protection du peuple mer.

Thalassa : canta magus de la Miromara, gardienne de la magie et magistra (« professeur » en latin) de Serafina.

Tortellique : langue des tortues marines.

Trezi : chanvoûtement servant à transformer un cadavre en cadavru.

Triçon : équivalent de « garçon » en merlangue.

Trykel et Spume : dieux jumeaux des marées.

Tsarno : cité-forteresse située à l'ouest de Cerulea.

TURBOTOXINE : poison sécrété par le scorpion des mers arctiques.

VADUS : royaume des miroirs.

VALLERIO, PRINCIPE DEL SANGUE : frère de la regina Isabella, chef d'état-major des armées de Miromara ; oncle de Serafina.

VITRINA : âmes d'humains beaux et vaniteux qui ont passé tellement de temps à s'admirer devant leur miroir qu'elles sont désormais piégées à l'intérieur.

YAZEED : frère de Neela ; cousin de Mahdi.

ZÉE-ZÉE : bonbon matalin.

ZENO PISCOR : mer qui a trahi Serafina et Neela en faveur de Traho.

hachette s'engage pour l'environnement en réduisant l'empreinte carbone de ses livres. Celle de cet exemplaire est de :
300 g éq. CO_2
Rendez-vous sur www.hachette-durable.fr

PAPIER À BASE DE FIBRES CERTIFIÉES

« Pour l'éditeur, le principe est d'utiliser des papiers composés de fibres naturelles, renouvelables, recyclables et fabriquées à partir de bois issus de forêts qui adoptent un système d'aménagement durable. En outre, l'éditeur attend de ses fournisseurs de papier qu'ils s'inscrivent dans une démarche de certification environnementale reconnue. »

Édité par la Librairie Générale Française – LPJ
(58, rue Jean-Bleuzen, 92170 Vanves)

Composition Nord Compo
Achevé d'imprimer en Espagne par Liberdúplex
Dépôt légal 1re publication : septembre 2019
54.2850.1/01 – ISBN : 978-2-01-786719-7
Loi n° 49-956 du 16 juillet 1949 sur les publications destinées à la jeunesse
Dépôt légal : septembre 2019